荣 获

新闻出版总署优秀畅销书奖
全国优秀古籍图书普及读物奖
第十七届山西省优秀图书一等奖
第 二 届 山 西 出 版 政 府 奖
山西出版集团2008年度十种好书

全套藏书累计销售 500 万册

诸子百家卷

《诗经》《尚书》《礼记》《楚辞》《论语·大学·中庸》《孟子》
《老子》《庄子》《荀子》《韩非子》《孙子兵法·尉缭子·鬼谷子》
《墨子》《周易》《山海经》《吕氏春秋》《三十六计》

名家选集卷

《三曹诗集》	《陶渊明集》	《王勃集》	《王维集》	《孟浩然集》
《高适集》	《岑参集》	《李白集》	《杜甫集》	《白居易集》
《刘禹锡集》	《元稹集》	《李商隐集》	《李贺集》	《杜牧集》
《韩愈集》	《柳宗元集》	《李煜集》	《欧阳修集》	《王安石集》
《苏轼集》	《黄庭坚集》	《柳永集》	《秦观集》	《周邦彦集》
《李清照集》	《辛弃疾集》	《陆游集》	《范成大集》	《杨万里集》
《姜夔集》	《文天祥集》	《元好问集》	《唐寅集》	《张岱集》
《三袁集》	《李贽集》	《傅山集》	《纳兰性德集》	《袁枚集》
《郑板桥集》	《龚自珍集》			

史著选集卷

《左传》《国语》《战国策》《史记》《汉书》《后汉书》《三国志》
《资治通鉴》

综合选集卷

《唐诗三百首》《宋词三百首》《元曲三百首》《千家诗》《古文观止》
《汉魏六朝小赋骈文选》《唐宋八大家文选》《明清小品文选》

笔记杂著卷

《蒙学六种——三字经·百家姓·千字文·增广贤文·幼学琼林·格言联璧》
《颜氏家训·朱子家训》 《世说新语》 《金刚经·坛经·心经·地藏经》
《曾国藩家书》《菜根谭·小窗幽记·幽梦影》《浮生六记》《闲情偶寄》
《近思录》《徐霞客游记》《古代书信精选》

戏曲小说卷

《元杂剧精选》《西厢记》《牡丹亭》《长生殿》《桃花扇》《今古奇观》
《三国演义》《水浒传》《西游记》《红楼梦》《聊斋志异》《儒林外史》
《封神演义》《话本小说选》《文言小说选》

孟浩然集

一唐一 孟浩然 一著

阮堂明 李云 一解评

中国家庭基本藏书 名家选集卷

山西出版集团
三晋出版社

博学工作室

智慧之府
经验之储
为读为藏
为鉴为引

九五夏姚奠中年

· 山西大学教授姚奠中先生为《中国家庭基本藏书》题词

前言

　　说起孟浩然(689—740)，许多人首先想起的是他著名的五言绝句《春晓》（按，题应作《春晚绝句》）："春眠不觉晓，处处闻啼鸟。夜来风雨声，花落知多少。"的确，这首描绘了一幅春意盎然、落英缤纷的图画的小诗，几乎我们呀呀学语时便牢牢地定格在了记忆中，成为我们许多人启蒙教育中接受的第一首诗。因而，对于这位写出了伴随我们许多人成长的诗歌的诗人，我们没有理由不进入他的诗世界，在对他做进一步了解的同时，继续从他的诗中汲取更多的精神营养——这其实也是我们评解孟浩然诗的目的所在。既然如此，还请先允许我们对孟浩然其人其诗做一概括的介绍，作为前言，弁于其首，权当是我们立足自己的理解为读者所描绘的孟浩然的画像吧！

　　如果以最简练的语言、用一句话来描述孟浩然的话，这句话我们觉得可以这样说：孟浩然是盛唐前期在襄阳地域文化影响下，具有鲜明"名士情结"的山水田园诗人。这句话中，我们需要把握四个关键词："盛唐前期"、"襄阳地域文化"、"名士情结"、"山水田园诗人"。

先说"盛唐前期"。我们强调这个时期，主要是想说明孟浩然在诗史中的地位。众所周知，初盛唐之际，唐代社会已渐趋于开元、天宝盛世，社会经济一派欣欣向荣的景象。伴随着经济的发展，诗歌创作也在经过了初唐近百年的准备之后，而迎来了诗国高潮的曙光，逐步从初唐以应制奉和为主要形式而扩大到注重仁兴而为、感兴而发，逐步从过去以台阁、宫掖为中心而转移向了广大的江山塞漠与市井里巷。而另一方面，李白、杜甫、高适、岑参、王维、王昌龄、李颀等，或刚刚登上诗坛，或尚未登上诗坛。在此之际，孟浩然文不按古，仁兴而作，继初唐四杰之后，借助于山川自然的新鲜空气，洗刷宫廷诗软媚、谀颂之习，成为盛唐初期诗坛的清道者，为盛唐山水田园诗派与盛唐诗歌高潮的来临准备了条件。诚如李浩同志所指出的，孟浩然"在山水田园中傲然翘出一段春枝，弹奏出山水清音的第一组旋律，最早透露出盛唐气象郁然勃发的消息，具有开风气之先的伟绩"。诗歌在由初唐到盛唐的转变中，孟浩然是做出了很大贡献的。对此，李白、杜甫、王维等盛唐代表性的诗人都曾给予过高度的评价，尤其是杜甫"赋诗何必多，往往凌鲍谢"（《遣兴五首》之五）、"复忆襄阳孟浩然，清诗句句尽堪传"（《解闷十二首》之六）之评，更是从诗史的高度肯定其历史地位。应该说，这种评价都是以他们所受到的孟浩然诗艺之沾溉为前提的；至于苏轼所说的孟浩然"韵高而才短"，并不能否定孟浩然在诗坛的历史地位。

　　再说"襄阳地域文化"。襄阳人杰地灵，是一个颇为造化所钟、甚得山川之形胜的地方；正因如此，历史上襄阳名士辈出，并形成浓郁的隐逸文化传统，从汉阴丈人到庞德公，从三国时的诸葛亮，再到晋代的习凿齿等等，他们构成了襄阳深厚的隐逸文化传统。孟浩然生于斯，长于斯，自小便受到这种传统的深刻影响，早年即隐于此，优游于襄阳山川风物，虽然中间曾往游两京、吴越等地，但襄阳始终是他念兹在兹的地方。从他"山水观形胜，襄阳美会稽"等大量吟咏襄阳山川形胜的诗句中，我们不难体会到他心中浓郁的襄阳情怀。这种情怀，不是单纯地对故乡山川的热爱，更与襄阳每一片山水所积淀下来的绵长深厚的隐逸传统密切相关。对于孟浩然来说，襄阳既是故乡，更是他神交古人的精神家园，他的身心深深地融入进了襄阳。正如同我们可以说诗的孟浩然与孟浩然的诗已经合二为一一样，襄阳的孟浩然与孟浩然的襄阳也同样水乳交融地融合在了一起。唐代诗人张祜《题孟浩然宅》所谓"襄阳属浩然"，可谓一语道尽此意。现代著名诗人、学者闻一多先生对于孟浩然隐于襄阳，曾以诗意的笔触指出："孟浩然原来是为隐居而隐居，为着一个浪漫的理想，为着对古人的一个神圣的默契而隐居。"这句话揭示了孟浩然与襄阳以及襄阳先贤之间的内在的精神关系。

正由于受襄阳隐逸文化的影响，我们在孟浩然身上还可感受到一种鲜明的"名士情结"。孟浩然身在唐代，但对于魏晋名士之风操非常渴慕与神往，他不仅在诗歌创作中大量引用有关魏晋名士的典故，更在生活行为上表现出名士风概。王士源《孟浩然诗集序》载，孟浩然曾与当时朝廷重臣韩朝宗有约，韩回朝时与偕行赴京，为引谒于朝；然临行之际，适逢浩然与故人饮，酣饮欢甚，竟不赴。这种记载或当与史实有出入，但颇能传孟浩然率性而为的名士风神。王士源在描述孟浩然的相貌时，谓其"骨貌淑清，风神散朗"，这与魏晋名士的精神风操，何其神似！从结果来说，这种"名士情结"既限制了孟浩然对功名的追求及追求的方式，又成全了孟浩然"隐逸诗人"之名，树立了他在当时诗坛超尘拔俗的崇高形象。李白《赠孟浩然》诗即云："吾爱孟夫子，风流天下闻。红颜弃轩冕，白首卧松云。醉月频中圣，迷花不事君。高山安可仰，徒此揖清芬。"李白以晚辈后生的口吻，所表达的对孟浩然的崇仰之情，反映的便是当时人们心目中的孟浩然的形象；尽管这种隐逸诗人的形象或许有违于孟浩然内心的真实。

最后说"山水田园诗人"。在孟浩然之前，山水诗与田园诗是分别在谢灵运、陶渊明的影响下形成并独立发展的。如果把二者比作并行的两条河流的话，那么这两条河流到孟浩然这里时，已经开始汇合了！这是诗歌史上具有重要意义的现象；而孟浩然是率先体现诗史这一变化的诗人。王维自来被看作是盛唐山水田园诗创作高峰的代表，其实，由晋宋以降的山水田园诗到王维，孟浩然是其间的重要桥梁和节点，他熔陶谢于一冶，合山水与田园于一体，大体上为盛唐山水田园诗定下了基调，也为王维的山水田园诗准备了条件，因而在盛唐这一诗国高潮时代，孟浩然具有先驱者的重要地位。

根据王士源《孟浩然诗集序》，孟浩然诗集是孟浩然卒后由王士源搜求编辑的，天宝年间经韦滔整理而成，此后经过历代增补传刻，流布甚广。在众多版本中，以宋蜀刻本《孟浩然诗集》（现藏于国家图书馆）为最早。我们这本《孟浩然集》所选录的孟浩然一百多首诗，即是以宋本为底本，同时参考了其他的版本的。新解、新评中也参考了学术界的有关成果，在此，谨致谢忱！

为了方便读者使用，末附"孟浩然年谱简编"、"孟浩然著作主要版本"、"孟浩然研究主要著作"及《孟浩然集》名言警句"（正文中用着重号标出）。"诗无达诂"。由于水平有限，我们对孟浩然诗的评解，难免存在错误，我们愿意倾听广大读者的批评意见，以便以后修订时及时改正。

阮堂明　李云
2008年6月

唐诗杂论·孟浩然（代序）

闻一多

当年孙润夫家所藏王维画的孟浩然像，据《韵语阳秋》的作者葛立方说，是个很不高明的摹本，连所附的王维自己和陆羽、张洎等三篇题识，据他看，也是一手摹出的。葛氏的鉴定大概是对的，但他并没有否认那"俗工"所据的底本——即张洎亲眼见到的孟浩然像，确是王维的真迹。这幅画，据张洎的题识说：

虽轴尘缣古，尚可窥览，观右丞笔迹，穷极神妙。襄阳之状顾而长，峭而瘦，衣白袍，靴帽重戴，乘款段马——一童总角，提书笈负琴而从——风仪落落，凛然如生。

这在今天，差不多不用证明，就可以相信是逼真的孟浩然。并不是说我们知道浩然多病，就可以断定他当瘦。实在经验告诉我们，什九人是当如其诗的。你在孟浩然诗中所意识到的诗人那身影，能不是"顾而长，峭而瘦"的吗？连那件白袍，恐怕都是天造地设，丝毫不可移动的成分。白袍靴帽固然是"布衣"孟浩然分内的装束，尤其是诗人孟浩然必然的扮相。编《孟浩然集》的王士源应是和浩然很熟的人。不错，他在序文里用来开始介绍这位诗人的"骨貌淑清，风神散朗"八字，与夫陶翰《送孟六入蜀序》所谓"清朗奇素"，无一不与画像的精神相合，也无一不与浩然的诗境一致。总之，诗如其人，或人就是诗，再没有比孟浩然更具体的例证了。

张祜曾有过"襄阳属浩然"之句，我们却要说：浩然也属于襄阳。也许正惟浩然是属于襄阳的，所以襄阳也属于他。大半辈子岁月在这里度过，大多数诗章是在这地方、因这地方、为这地方而写的。没有第二个襄阳人比孟浩然更忠于襄阳，更爱襄阳的。晚年漫游南北，看过多少名胜，到头还是：

山水观形胜，襄阳美会稽。

实在襄阳的人杰地灵，恐怕比它的山水形胜更值得人赞美。从汉阴丈人到庞德公，多少令人神往的风流人物，我们简直不能想像一部《襄阳耆旧传》，对于少年的孟浩然是何等深厚的一个影响。了解了这一层，我们才可以认识孟浩然的人，孟浩然的诗。

隐居本是那时代普遍的倾向，但在旁人仅仅是一个期望，至多也只是点暂时的调剂，或过期的赔偿，在孟浩然却是一个完完整整的事实。在构成这事实的复杂因素中，家乡的历史地理背景，我想，是很重要的一点。

在一个乱世，例如庞德公的时代，对于某种特别性格的人，入山采药，一去不返，本是唯一的出路。但生在"开元全盛日"的孟浩然，有那必要吗？然则为什么三番两次朋友们伸过援引的手来，都被拒绝，甚至最后和本州采访使韩朝宗约好了一同入京，到头还是喝得酩酊大醉，让韩公等烦了，一赌气独自先走了呢？正如当时许多有隐士倾向的读书人，孟浩然原来是为隐居而隐居，为着一个浪漫的理想，为着对古人的一个神圣的默契而隐居。在他这里，无疑的那成为默契的对象便是庞德公。孟浩然当然不能为韩朝宗背弃庞公。鹿门山不许他，他自己家园所在，也就是"庞公栖隐处"的鹿门山，决不许他那样做。

鹿门月照开烟树，忽到庞公栖隐处。岩扉松径长寂寥，惟有幽人自来去。

这幽人究竟是谁？庞公的精灵，还是诗人自己？恐怕那时他自己也分辨不出，因为心理上他早与那位先贤同体化了。历史的庞德公给了他启示，地理的鹿门山给了他方便，这两项重要条件具备了，隐居的事实便容易完成得多了。实在，鹿门山的家园早已使隐居成为既成事实，只要念头一转，承认自己是庞公的继承人，此身便俨然是

《高士传》中的人物了。总之，是襄阳的历史地理环境促成孟浩然一生老于布衣的。孟浩然，毕竟是襄阳的孟浩然。

我们似乎为奖励人性中的矛盾，以保证生活的丰富，几千年来，一直让儒道两派思想维持着均势，于是读书人便永远在一种心灵的僵局中折磨自己，巢、由与伊、皋，江湖与魏阙，永远矛盾着，冲突着，于是生活便永远不谐调，而文艺也便永远不缺少题材。矛盾是常态，愈矛盾则愈常态。今天是伊、皋，明天是巢、由，后天又是伊、皋，这是行为的矛盾。当巢、由时向往着伊、皋，当了伊、皋，又不能忘怀于巢、由，这是行为与感情间的矛盾。在这双重矛盾的夹缠中打转，是当时一般的现象。反正用诗一发泄，任何矛盾都注销了。诗是唐人排解感情纠葛的特效剂，说不定他们正因有诗作保障，才敢于放心大胆地制造矛盾，因而那时代的矛盾人格才特别多。自然，反过来说，矛盾愈深愈多，诗的产量也愈大了。孟浩然一生没有功名，除在张九龄的荆州幕中当过一度清客外，也没有半个官职，自然不会发生第一项矛盾问题。但这似乎就是他的一贯性的最高限度。因为虽然身在江湖，他的心并没有完全忘却魏阙。下面不过是许多显明例证中之一：

　　　　欲济无舟楫，端居耻圣明。坐观垂钓者，徒有羡鱼情。
然而"羡鱼"毕竟是人情所难免的，能始终仅仅"临渊羡鱼"，而并不"退而结网"，实在已经是难得的一贯了。听李白这番热情的赞叹，便知道孟浩然超出他的时代多么远：

　　　　吾爱孟夫子，风流天下闻。红颜弃轩冕，白首卧松云。
　　醉月频中圣，迷花不事君。高山安可仰，徒此揖清芬。

可是我们不要忘记矛盾与诗的因果关系，许多诗是为给生活的矛盾求统一、求调和而产生的。孟浩然既免除了一部分矛盾，对于他，诗的需要便当减少了。果然，他的诗是不多，量不多，质也不多。量不多，有他的同时人作见证，杜甫讲过的："吾怜孟浩然……赋诗何必多，往往凌鲍谢。"质不多，前人似乎也早已见到。苏轼曾经批评他"韵高而才短，如造内法酒手，而无材料"。这话诚如张戒在《岁寒堂诗话》里所承认的，是说尽了孟浩然，但也要看才字如何解释。才如果是指才情与才学二者而言，那就对了，如果专指才学，还算没有说尽。情当然比学重要得多。说一个人的诗缺少情的深度和厚度，等于说他的诗的质不够高。孟浩然诗中质高的有是有些，数量总是太少。"气蒸云梦泽，波撼岳阳城"式的和"微云淡河汉，疏雨滴梧桐"式的句子，在集中几乎都找不出第二个例子。论前者，质和量当然都不如杜甫,论后者,至少在量上不如王维。甚至"不材明主弃,多病故人疏",质量都不如刘长卿和十才子。这些都不是真正的孟浩然。真孟浩然不是将诗紧紧地筑在一联或一句里,而是将它冲淡了,平均地分散在全篇中:

> 出谷未停午,至家已夕曛。回瞻下山路,但见牛羊群。

> 樵子暗相失,草虫寒不闻。衡门犹未掩,伫立望夫君。

甚至淡到令你疑心到底有诗没有:

> 垂钓坐磐石,水清心益闲。鱼行潭树下,猿挂岛萝间。

> 游女昔解佩,传闻于此山。求之不可得,沿月棹歌还。

淡到看不见诗了,才是真正孟浩然的诗。不,说是孟浩然的诗,倒不如说是诗的孟浩然,更为准确。在许多旁人,诗是人的精华,在孟浩然,诗纵非人的糟粕,也是人的剩馀。在最后这首诗里,孟浩然几曾做过诗?他只是谈话而已。甚至要紧的还不是那些话,而是谈话人的那副"风神散朗"的姿态。读到"求之不可得,沿月棹歌还",我们得到一如张洎从画像所得到的印象,"风仪落落,凛然如生"。得到了象,便可以忘言;得到了"诗的孟浩然",便可以忘掉"孟浩然的诗"了。这是我们前面所提到的"诗如其人"或"人就是诗"的另一解释。

超过了诗也好,够不上诗也好,任凭你从环子的哪一点看起。反正除了孟浩然,古今并没有第二个诗人到过这境界。东坡说他没有才,东坡自己的毛病,就在才太多。

> 庄子笑曰:"周将处乎材与不材之间。材与不材之间,
> 似之而非也,故未免乎累。"

谁能了解庄子的道理,就能了解孟浩然的诗,当然也得承认那点"累"。至于"似之而非",而又能"免乎累",那除陶渊明,还有谁呢?

闻一多(1899—1946),原名闻家骅,号友三,湖北浠水人。现代著名诗人、学者、爱国民主人士。1912年考入清华大学,1922年留学美国,1925年回国。历任第四中山大学、武汉大学、青岛大学、清华大学、西南联大等校教授。著有《红烛》、《死水》等新诗集,诗风在形式上追求格律化,讲究音乐美、绘画美。后从事学术研究,在《周易》、《诗经》、《庄子》、《楚辞》的研究上达到相当成就。有《楚辞补校》、《神话与诗》、《唐诗杂论》等古典文学研究著作多种,今人辑有《闻一多全集》。1946年7月15日,作为西南联合大学的教授,在昆明因反对国民党独裁被暗杀,表现出大无畏的革命精神。

以上"代序"选自《唐诗杂论》。

目录

◎附录

◎诗

寻香山湛上人

题解

　　香山：在今河南洛阳市南。白居易《修香山寺记》云："洛阳西郊，山水之胜，龙门首焉。龙门十寺之胜，香山首焉。"或疑香山在今湖北京山北及江西庐山等地，疑非是。湛上人：疑为开元时僧湛然。孟浩然有《还山赠湛禅师》诗，所指或当为一人。据龙门地区新发现的唐代石刻《唐故荥阳郡夫人郑氏墓志铭》"汉阳沙门湛然书"，湛然为湖北汉阳人，为香山寺僧。上人，是对僧人之尊称。佛家分人为四等，上人为其中之一。《十诵律》："人有四种：一、粗人；二、浊人；三、中间人；四、上人。瓶沙王呼佛弟子为上人。古师云：内有智德，外有胜行，在上之人，名上人。"诗中"谷口"二句，或在"苔壁饶古意"之后。"两相弃"，或作"永相弃"。

朝游访名山，山远若空翠。
氛氲亘百里，日入行始至。
谷口闻钟声，林端识香气。
杖策寻故人，解鞍暂停骑。
石门殊豁险，篁径转森邃。
法侣欣相逢，清谈晓不寐。
平生慕真隐，累日探灵异。
野老朝入田，山僧暮归寺。
松泉多清响，苔壁饶古意。
愿言投此山，身世两相弃。

　　朝游访名山，山远若空翠。氛氲亘百里，日入行始至——空翠：山色青翠，远映于天空之中。氛氲：盛大的样子。亘：横亘、绵延。这四句写诗人慕香山之盛名清早往访，远望香山，但见山色青翠，远远地映于天空之中。山势盛大，绵延百里之远，直到日落时分才赶到山下。

　　谷口闻钟声，林端识香气。杖策寻故人，解鞍暂停骑——谷口：山谷的入口处。香气：《法苑珠林》卷七："有十二因缘能生寒冷于须弥山、佉提罗迦山。二山之间

中国家庭基本藏书

有须弥海，阔八万四千，由旬周回无量，其中众华皆遍满，香气甚盛，日天光明，照触彼海。"杖策：杖，持。策，手杖。左思《招隐诗》："杖策招隐士，荒途横古今。"这四句意思是说诗人刚到山谷的端口，就听到山寺清远的钟声，浓郁的香气也在林端弥漫、扩散，沁人心脾，遂翻身下马，杖策而行，寻访故人。

石门殊豁险，篁径转森邃。法侣欣相逢，清谈晓不寐——殊：尤其。豁险：五臣注《文选》卷二十二徐悱《古意酬到长史溉登琅邪城》："此江称豁险，兹山复郁盘。"吕延济注云："豁险，郁盘、重厚貌。"篁径：竹径。森邃：幽暗深远。法侣：指尊法之徒侣，即僧侣。梁武帝《金刚般若忏文》："恒沙众生，皆为法侣。"清谈：魏正始中，何晏、夏侯玄、王弼等，崇尚老、庄，专谈玄理，以无为本，时人谓之清谈。这里是指妙谈佛理。这四句描写诗人入山后的见闻，意思是说初入石门，甚觉厚重，而步入竹径时，又转而感到幽暗深远。与僧侣欣然相逢，畅谈佛理，虽向晓而不寐。

平生慕真隐，累日探灵异。野老朝入田，山僧暮归寺——真隐：真正的隐士。《南史·何尚之传》："二十九年致仕于方山，著《退居赋》以明所守，而议者咸谓尚之不能固志。……袁淑乃录古来隐士有迹无名者为《真隐传》以嗤焉。"野老：乡野之年长者。这四句的意思是说自己平生仰慕那些真正的隐者，日复一日地探寻天下景物之神奇灵异者。在这样的地方，那些乡间老者白天下地从事于耕作，僧侣们则潇然散澹，日暮时分才回到寺里。

松泉多清响，苔壁饶古意。愿言投此山，身世两相弃——饶：多有。愿言：表示希望之意。《诗经·邶风·终风》："寤言不寐，愿言则嚏。"言，语气助词。这四句诗人自抒怀抱，表达志在山林之趣尚，意思是说松林中泉水清澈荡漾，时时传来淙淙之声响，而岸边石壁上布满的青苔，又给人亘古久远的历史之感。真希望能够投入到香山的怀抱，永远地将人世放弃、遗忘。

这首诗题作《寻香山湛上人》，用意却在香山，全诗对湛上人未置一词，将笔墨全部地集中到了香山的环境与景色上。在描写香山时，诗人又以自己的行踪为线索，采取由远而近、由外到内的方法，先写上山之前远望时所见，再写近前时所见，最后写入山后之见闻，从而使香山之景随着诗人行踪的变化而得到依次展开。诗人就像一位高明的导游，把我们带进了一个远离尘嚣、清幽深静的世界。史称孟浩然的诗"文采丰茸"，这首诗的景物描写，就体现了采秀内映的特点；尤其是"松泉多清响，苔壁饶古意"二句，描写景物动中有静，生动传神，洵为妙句也。不过，应该注意的是，诗人笔下的香山之景，除了具有宣示其地清幽的意义外，还有衬托、烘托湛上人的深意在焉。诗人看似并未着墨于湛上人，实际是以景衬人，借对香山之景的描写，来衬托修佛于香山的湛上人，正如贾岛《寻隐者不遇》"松下问童子，言师采药去。只在此山中，云深不知处"，借对深幽的隐居环境的描写，以衬托隐者之高深一样，可谓异曲而同工。明乎此，我们才能理解诗人何以在诗中对湛上人以及寻访的结果不做交代。

晚泊浔阳望庐山

浔阳：《元和郡县志》卷二十八《江南西道·江州下》："浔阳县，本汉旧县，属庐江郡，以在浔水之阳，故曰浔阳。"治所在今江西九江市。庐山：本名鄣山，因西汉时匡俗隐沦潜景，结庐于此，汉武帝拜为大明公，俗号庐君，故山取号。位于浔阳县东三十二里。《艺文类聚》卷七《山部·上·庐山》云："伏滔《游庐山序》曰，庐山者，江阳之名岳，其大形也，背岷流，面彭蠡，蟠根所据，亘数百里。重岭桀嶂，仰插云日，俯瞰川湖之流焉。"此诗是诗人开元二十一年(733)游历越中归来后经浔阳所作。诗题或作《晚泊浔阳望香炉峰》；诗中"但闻钟"，一作"空闻钟"。

挂席几千里，名山都未逢。
泊舟浔阳郭，始见香炉峰。
尝读远公传，永怀尘外踪。
东林精舍近，日暮但闻钟。

挂席几千里，名山都未逢——挂席：犹言挂帆、扬帆。《文选》卷二十二谢灵运《游赤石进帆海》："扬帆采石华，挂席拾海月。"李善注："扬帆、挂席，其义一也。《海赋》：'维长绡，挂帆席。'"几千里：这里是夸张，极言长远，非确言。这两句，诗人侧面写来，欲扬先抑，意思说自己乘舟而行，行进了几千里，却一直未逢名山。

泊舟浔阳郭，始见香炉峰——泊：停泊。郭：外城。《初学记》卷二十四《城郭》："管子曰：'内为之城，外为之郭。'《释名》云：'城，盛也，盛受国都也。郭，廓也，廓落在城外也。'"香炉峰：庐山著名山峰。《太平寰宇记》卷一百一十一："香炉峰在山西北，其峰尖圆。烟云聚散，如博山香炉之状。"这两句从内容来说，诗人写自己泊舟浔阳之后，才见到烟云缥缈的香炉峰。一个"始"字，传达了诗人由起先因为"名山都未逢"的失望转而为喜悦的心情。

尝读远公传，永怀尘外踪——远公：慧远(334—416)，东晋时一代名僧。俗姓贾氏，雁门人。早年博综六经，尤善庄老，及闻释道安讲《般若经》，豁然而悟，遂委命受业。曾与弟子数十人，欲往罗浮山传道，及届浔阳，见庐峰清静，因止焉。卜居庐山凡三十馀年，影不出山，迹不入俗。尝作《庐山记》，云："东南有香炉山，孤峰秀起，游气笼其上，则芬氲若烟。"其生平行事见于梁僧慧皎《高僧传》卷六。

永怀：长想。永，长。尘外：尘世之外。佛教谓世间一切之事皆染污人的真性，故称世界以尘凡、尘世，尘即垢染之义。《文选》卷十五张衡《思玄赋》："游尘外而瞥天兮，据冥翳而哀鸣。"李善注："《庄子》曰，彷徨尘垢之外。"这两句诗人由庐峰而转写曾托迹庐峰的远公，表达自己追慕古人、游心世外的怀抱。

东林精舍近，日暮但闻钟——东林精舍：即慧远居处。据慧皎《高僧传》，远公投止庐山，尝与沙门慧永一同居于西林，因弟子已广，信众方多，刺史桓伊乃为其于山东更立房殿，即东林精舍。精舍，原是儒家教授生徒或儒生读书之所，后专以指佛寺。这两句诗人写泊舟浔阳时，已是日暮时分，虽已接近东林精舍，但暮霭沉沉，只听到寺中悠远的钟声。

"庐阜之奇，秀甲天下"。作为天下名山与江表胜概的庐山，自来先贤往哲、骚人墨客题咏不断，留下许多与庐山之秀相得益彰的名篇佳什；孟浩然的这首《晚泊浔阳望庐山》，便是其中有代表性的作品。这首诗的匠心独运之处在于，诗人避实而就虚，不在庐山上做文章，虽题作"望"，但不因"望"便写望中所见掩映于暮霭之中的庐山，而是着笔于曾托迹庐山的远公。结尾两句，笔墨虽回到了庐山，也是转"望"而为"闻"，化实为虚。故而整首诗运笔空灵，不露痕迹，悠然神远，可谓"不着一字，尽得风流"。苏轼谓孟浩然诗"韵高而才短，如造内法酒手，而无材料"，其所谓"韵高"也者，正于此等诗中见出，诚所谓"清空一气，不可以炼句炼字求者"（施补华《岘佣说诗》）。清人王士禛《分甘馀话》卷四曾论及此诗云："襄阳诗：挂席几千里，名山都未逢。泊舟浔阳郭，始见香炉峰。常读远公传，永怀尘外踪。东林不可见，日暮空闻钟。诗至此，色相俱空，政如羚羊挂角，无迹可求，画家所谓逸品是也。"可以帮助我们把握此诗艺术之妙。

云门兰若与友人同游

云门：佛寺名，在今浙江绍兴市南云门山。《方舆胜览·浙东路·绍兴府》："云门寺，在会稽南三十里，为州之伟观。昔王子敬居此，有五色祥云，诏建寺，号云门。"

兰若：僧人所居寺院。《释氏要览》卷上："兰若，梵云阿兰若，或云阿练若，唐言无诤，《四分律》云空静处，《萨婆多论》云闲静处，《知度论》云远离处。"此诗题一作《云门寺西六七里闻符公兰若最幽与薛八同往》，二题相较，知题中"友人"即是薛八。唐代独孤及有《三月三日自京到华阴水亭独酌寄裴六薛八》诗，又有《送薛处士业游庐山序》，称其"敦于诗，困于学，敏于行。时然后言，言而寡尤。口弗言禄，禄亦不及"，疑此薛八即为薛业。《山西通志》即载云："薛业，汾阴人，天宝间处士也。西游庐山，补阙赵骅、侍御史王定、评事张有略，各以文赠。独孤及尝称其'敦于诗、困于学、敏于行，口弗言禄，禄亦不及'。识其真者，以为永叹，以为景慕。"（卷一百四十六）不过，从钱起《送薛八谪居》诗"东水将孤客，南行路几千。……谪去宁留恨，思归岂待年"看，薛业后曾为官，并迁谪南居。薛业与孟浩然为友人，孟集另有《夜泊牛渚趁薛八船不及》、《广陵别薛八》（详见后）。此诗是诗人开元年间游历越中时所作。诗中"密筱"二句，或作"云簇兴座隅，天空落阶下"。

谓余独迷方，逢子亦在野。
结交指松柏，问法寻兰若。
小溪劣容舟，怪石屡惊马。
所居最幽绝，所住皆静者。
密筱夹路傍，清泉流舍下。
上人亦何闲，尘念都已舍。
四禅合真如，一切是虚假。
愿承甘露润，喜得惠风洒。
依止托山门，谁能效丘也。

谓余独迷方，逢子亦在野。结交指松柏，问法寻兰若——谓余：自谓。迷方：迷，惑。方，向。《文选》卷三十一鲍照《拟古三首》其二："南国有儒生，迷方独沦误。"刘良注："迷方，谓惑于所向，而自沈沦为误也。"子：谓友人薛业。在野：不居官而处于乡野，与在朝、在位相对。《尚书正义》卷四《大禹谟》："君子在野，小人在位。""结交"句：喻友情如松柏常青，志操坚贞。《文选》卷二十九苏子卿《诗四首》之一："骨肉缘枝叶，结交亦相因。"刘良注："结交为友，情亦相亲。"法：指佛法。这四句交代往游兰若的缘由，写自己一直为素来追求的儒家之道所拘，友人也沦落在野，无位无为。彼此志趣投合，结而为友，期待能像松柏那样坚贞长久，为了求佛法之奥义，遂一同往访佛寺。

小溪劣容舟,怪石屡惊马。所居最幽绝,所住皆静者——劣:仅。容:容纳。静者:《老子》:"夫物芸芸,各复归其根。归根曰静,是曰复命。"这里指舍弃尘念、潜心奉佛之人。这四句意思是:溪水细窄,只能容得下一只小船,沿溪而行,但见路边山石嶙峋,奇形怪状,马每每因此受惊。到了佛寺以后,但见寺里深幽绝俗,居者皆沉静澹然,潜心奉佛。

密筱夹路傍,清泉流舍下——筱:细竹。这两句写佛寺景色,意思是说佛寺内竹子茂密,分布于道路两旁,山泉清澈,自佛舍淙淙而流。这里,诗人写景动静结合,生动传神。

上人亦何闲,尘念都已舍。四禅合真如,一切是虚假——上人:僧人。见上一首《寻香山湛上人》诗注。尘念:也称俗念。佛教称妨害修佛的人世之俗念为尘念。四禅:即四禅定。佛教分禅定为四种。《法苑珠林》卷一百一:"《六度集经》云:复有四种禅定,具足智慧。何等为四?一、常乐独处;二、常乐一心;三、求禅及通;四、求无碍佛智。"真如:佛家用来指不受外因干扰、永世不变之内心平静境界。《大般若经》:"《般若波罗蜜多起信论心》:真如者,即是一法界、大总相法门体。所谓心性不生不灭,一切诸法惟依妄念而有差别,若离妄念,则无一切境界之相,是故一切法从本已来,离言说相、离名字相、离心缘相,毕竟平等,无有变易,不可破坏。惟是一心,故名真如,以一切言说假如无实也。"这四句着笔于僧侣,描写他们因为舍弃了人世之俗念而精神闲澹,怡然自得,他们皆具足智慧,体认到大千世界中一切的一切皆虚幻无实,从而达到了无生无灭、离言绝相的真如境界。

愿承甘露润,喜得惠风洒。依止托山门,谁能效丘也——甘露:佛教以甘露比喻解救人类苦难之物。《涅槃经》:"我今身有调牛良田,除去株杌,唯悕如来甘露法雨。"惠风:《文选》卷三张衡《东京赋》:"惠风广被,泽洎幽荒。"薛综注:"惠,恩。"吕向注:"惠风,仁惠之风。"山门:指佛寺。效丘:《庄子·大宗师》:"孔子曰:'彼,游方之外者也;而丘,游方之内者也。'"成玄英疏:"方,区域也。彼之二人,齐一死生,不为教迹所拘,故游心寰宇之外。而仲尼、子贡,命世大儒,行裁非之义,服节文之礼,锐意哀乐之中,游心区域之内,所以为异也。"这四句诗人自言怀抱,写自己也希望能接承佛国甘露的润泽,沐浴佛国的仁惠之风,从此托迹于佛门,不再像过去"迷方"时那样效法孔子志于道、据于德、依于仁。

孟浩然的山水诗常常以自己的游览活动为背景,将游历过程与景物描写有机地融合起来,使诗中的景物描写因为诗人观察景物角度的变化而体现出鲜明的动态性、阶段性的特征。这样的景物描写富于变化,引人入胜。这首《云门兰若与友人同游》也具有这样的特点。不过，对这首诗细加阅读，可以发现，孟浩然这首诗所属意的，更多的还是在人事活动的描写上，虽然诗中有"所居最幽绝"的句子，但作者恰恰没有围绕佛寺景色加以描写，而是将笔墨移至人事活动的描写上，整首诗描写佛寺景色的只有"密筱夹路傍，清泉流舍下"二句，诗人更多地将目光投向了佛寺内悠然自得、精神澹然的僧侣。诗中结尾四句，诗人自抒怀抱，其实也是因为见到僧侣心生仰慕之情后引发的。孟浩然舍山水景物描写而重在表现人物活动，说明他更多地不是寻幽览胜，将佛寺看作名胜之地观赏，满足好奇之心，而是视之为栖息心灵的精神家园。由此我们又可以看出，孟浩然其实不光留意、关注外在的山水世界，也同样地关注自己的内心；也就是说，孟浩然的精神世界其实也具有相当的思想深度。

宿天台桐柏观

　　天台：山名，在今浙江剡县东南。《元和郡县图志》卷二十六"台州唐兴县"："天台山，在县北一十里。"《文选》卷十一孙兴公(绰)《游天台山赋并序》云："天台山者，盖山岳之神秀也。涉海则有方丈、蓬莱，登陆则有四明、天台，皆玄圣之所游化，灵仙之所窟宅。夫其峻极之状，嘉祥之美，穷山海之瑰富，尽人神之壮丽矣。"桐柏观：又称桐柏崇道观、桐柏宫，位于天台山脉之桐柏山。唐睿宗景云二年(711)，为道士司马承祯建。《台州府志》曰："环有九峰，曰：玉女、卧龙、紫霄、翠微、玉泉、莲花、青琳、香林、玉霄。传说吴越时葛元在此炼丹。观，道教称庙宇曰观。此诗为孟浩然游历越中期间之所作。

> 海行信风帆，夕宿逗云岛。
> 缅寻沧洲趣，近爱赤松好。
> 扪萝亦践苔，辍棹恣探讨。
> 息阴憩桐柏，采秀弄芝草。
> 鹤唳清露垂，鸡鸣信潮早。
> 愿言解缨络，从此去烦恼。
> 高步陵四明，玄踪得二老。
> 纷吾远游意，学此长生道。
> 日夕望三山，云涛空浩浩。

海行信风帆，夕宿逗云岛——海行：乘舟远行，行游江海。信：任由，听凭。逗云岛：这里指桐柏山。因云涛漫漫，萦绕于山际，望之如水中岛屿，故谓之云岛。逗，住、留。这两句就题而发，意思是说乘船远行，游历江海，任凭小船随风而行，傍晚之际投止于桐柏山。

缅寻沧洲趣，近爱赤松好——缅：貌远。沧洲：阮籍《为郑冲劝晋王笺》："临沧洲而谢支伯，登箕山以揖许由。"陆云《泰伯碑》："沧洲遁迹，箕山辞位。"泛指沧海洲渚而言。《文选》卷二十七谢朓《之宣城出新林浦向板桥》："既欢怀禄情，复协沧洲趣。"李善注："扬雄《檄灵赋》曰：'世有黄公者，起于苍州，精神养性，与道浮游。'"吕延济注曰："沧洲，洲名，隐者所居。言我既欢得禄，复合此趣矣。"后世因以沧洲为隐者所居之处。赤松：当作"赤城"，山名，在今浙江天台县。《元和郡县志》卷二十六"台州唐兴县"："赤城山，在县北六里，实为东南之名山。"《嘉定赤城志》卷二十一："赤城山，在县北六里，一名烧山，又名消山，石皆霞色，望之如雉堞，因以为名。"孔灵府《会稽志》："赤城，山名。色皆赤，状似云霞。"这两句诗人以"缅寻沧洲趣"引出"近爱赤城好"，表示自己素来向往浮游沧洲的隐逸之趣，但眼前赤城的山水也令人击节称好，流连忘返。

扪萝亦践苔，辍棹恣探讨——"扪萝"句：攀援藤萝，步踏莓苔。《文选》卷十一孙绰《游天台山赋》："践莓苔之滑石，搏壁立之翠屏。揽樛木之长萝，援葛藟之飞茎。"李善注："天台山石桥，路径步盈尺，长数十步，步至滑，下临绝冥之涧。……莓苔即石桥之苔也。"扪：摸，这里是攀援。萝：一种生长于山中的地衣类植物，缘树而长，常自树梢悬垂，状如垂丝，呈淡黄绿色或灰白色。践：踏、踩。苔：莓苔，呈墨绿或青绿色，多生于阴湿之处。辍棹：停舟。恣：肆意，尽情。探讨：寻幽探奇。讨，讨究。这两句写诗人停船而下，恣意寻幽探奇，虽石阶上布满莓苔，步履艰难，仍然扪萝而行，兴致不减。

息阴憩桐柏，采秀弄芝草——息阴：《文选》二十五卷谢灵运《还旧园作见颜范二中书一首》："卫生自有经，息阴谢所牵。"李善注："息阴，即息影也。"意指就阴止影，不再劳形。憩：休息。"采秀"句：《楚辞·九歌·山鬼》："采三秀兮于山间，石磊磊兮葛蔓蔓。"王逸注："三秀，谓芝草也。"《尔雅·茵芝》邢昺曰："瑞草名也。一岁三华，一名茵，一名芝。"孙绰《游天台山赋》："八桂森挺以凌霜，五芝含秀而晨敷。"李善注："《神农本草经》曰：赤芝，一名丹芝；黄芝，一名金芝；白芝，一名玉芝；黑芝，一名玄芝；紫芝，一名水芝。"芝草，一种菌类植物，古人以为瑞草，认为服食可以长寿、成仙，故又谓之灵芝。这两句诗人写暂憩于桐柏观，欲到山上寻觅、采掇可以长生久视的灵芝仙草。

鹤唳清露垂，鸡鸣信潮早——"鹤唳"句：《艺文类聚》卷九十《鹤》："《风土记》曰：鸣鹤戒露，此鸟性警，至八月白露降，流于草上，滴滴有声，因即高鸣相警，移徙所宿处，虑有变害也。"唳，鹤鸣声。"鸡鸣"句：《太平御览》卷六十八《地部三十三·潮》：《临海异物志》曰："石鸡清响以应潮，慧躯轻游以远絷。"注曰："石鸡形似家鸡，在海中山上，海潮水将至，辄群鸣相应，若家鸡。"任昉《述异记》卷上："伺潮鸡，潮水上则鸣。"信潮：潮水应时而至，故曰"信潮"。这两句描绘桐柏观夜景，写其周围山间丛林深茂，清露从树梢流于草上，滴滴作响，以至于引起鹤的警觉，高声而鸣，远处也不断地传来天鸡的鸣声，又传递着海潮将要上涨的信息。

愿言解缨络，从此去烦恼。高步陵四明，玄踪得二老——愿言：见《寻香山湛上人》诗注。缨络：《文选》卷十一孙绰《游天台山赋》："方解缨络，永托兹岭。"李善注："缨络，以喻世网也。"《说文》："络，绕也。"高步：左思《咏史八首》之五："被褐出阊阖，高步追许由。"四明：山名。与天台山相连接。《宁波府志》："四明山在府西南一百五十里，为郡之镇山。由天台发脉，向东北行一百三十里，涌为二百八十峰，周围八百馀里。上有方石，四面有穴如窗，通日月星辰之光，故曰四明山。"陵：驾越。"玄踪"句：孙绰《游天台山赋》："追羲农之绝轨，蹑二老之玄踪。"李善注："二老，老子、老莱子也。《史记》曰，老子者，楚苦县人。名耳，字聃，姓李氏。见周之衰，乃遂去。西至关，关令曰，子将隐矣，强为我著书。乃著上、下二篇，言道德之意。又曰，老莱子，亦楚人也。著书十五篇，言道家之用，修德而养寿也。'刘向《别录》曰：'老莱子，古之寿者。'"玄踪，玄妙神异的踪迹。这四句诗人自抒怀抱，希望能高步四明，追蹑老子、老莱子的遗踪，从世俗的尘网中解脱出来，从此沉浸于清静世界，而远离烦恼。

纷吾远游意，学此长生道。日夕望三山，云涛空浩浩——纷吾：谓感触极多，纷至沓来。《文选》卷九班彪《北征赋》："纷吾去此旧都兮，骓迟迟以历兹。"李善注："杜预《左氏传注》：'纷，乱也，谓心绪乱也。《楚辞》曰：吾乘兮玄云。'"长生道：《老子》："是谓根深固柢，长生久视之道。"《庄子·在宥》："必静必清，无老女形，无摇女精，乃可以长生。"成玄英疏："精神静虑，体无所劳，不缘外境，精神常寂，心闲形逸，长生久视。"三山：古代神话传说中的三座海上仙山。《史记·封禅书》："自(齐)威、宣、燕昭使人入海，求蓬莱、方丈、瀛洲。此三神山者，其傅在勃海中，去人不远，患且至，则船风引而去。盖尝有至者，诸仙人及不死之药皆在焉。"浩浩：水盛大貌，这里指云海茫茫。这四句写自己纷然远游的目的正在于学长生久视之道，故而对传说中的海上仙山充满神往，从早到晚一直遥望，然而徒见云涛浩浩，弥漫于天际，却不见仙山踪迹。

天台，作为越中之名山，自东晋以来，便吸引越来越多的文人墨客，成为登临和文学表现的对象，这些流传后世的名篇佳什，作为后世天台诗文创作的独特背景，影响甚至规定了后世天台诗文的创作。孟浩然这首诗，便受到了孙绰《游天台山赋》的深刻影响。诗中许多语词、典故皆出自孙赋，所表达的思想感情也与孙赋"方解缨络，永托兹岭，不任吟想之至，聊奋藻以散怀"的创作目的颇为一致。不过，孟浩然此诗又不是简单地对孙赋的重复，而是既有借鉴，又有发展，这主要表现在孟诗淡化了孙赋描写天台山之景时的灵异虚幻色彩，更多地从物理的意义上去描写，不是将天台山之景视作神灵存在的对象，而是更多地作为审美对象看待，结尾二句"日夕望三山，云涛空浩浩"，表达的便是对虚无的宗教世界的否定。这种思想上的差异，体现出不同时代文学创作在艺术精神上也是异趣的。对于孟浩然而言，身处盛唐时代，受当时时代精神的鼓舞，也自然有着执著现实的人生追求，诗中景物描写中注重从实体性、物质性角度加以把握和表现，便是这种精神的体现。

冬至后过吴张二子檀溪别业

题解

冬至：节气名。每年公历十二月二十二或二十三日。吴张二子：名未详。檀溪：水名，在今湖北襄樊西南。《水经注·沔水》："沔水又北径檀溪，谓之檀溪水。侧有沙门释道安寺，即溪之名，以表寺目也。……溪水傍城北注，昔刘备为景升所谋，乘的颅马西走，坠于斯溪。"《元和郡县图志》卷二十一"襄州襄阳县"："檀溪，在县西南。"别业：别墅、别居。此诗作于诗人隐居襄阳时，借描写友人别业周围之景，表现幽隐之趣，具体时间今已难考。诗题另本无"冬至后"。

卜筑依自然，檀溪不更穿。
园庐二友接，水竹数家连。
直取南山对，非关选地偏。
卜邻依孟母，共井让王宣。
曾是歌三乐，仍闻咏五篇。
草堂时偃曝，兰枻日周旋。
外事情都远，中流性所便。
闲垂太公钓，兴发子猷船。

余亦幽栖者，经过窃慕焉。

梅花残腊月，柳色半春天。

鸟泊随阳雁，鱼藏缩项鳊。

停杯问山简，何似习池边。

卜筑依自然，檀溪不更穿——卜筑：择地而筑屋以居。《梁书·刘讦传》："讦善玄言，尤精释典，讦与族兄刘歆听讲于钟山诸寺，因共卜筑宋熙寺东涧，有终焉之志。"不更穿：《文选》卷二十五谢灵运《还旧园作见颜范二中书》："曩基即先筑，故池更不穿。"吕向注："言昔隐居之处，不加其穿筑。"这两句的意思是，吴、张二子的别业依檀溪之自然环境构筑而成，故不需另加开凿。

园庐二友接，水竹数家连——《水经注·沔水》："（檀）溪之阳有徐元直、崔州平故宅，悉人居，故习凿齿与谢安书云，每省家舅，纵目檀溪，念崔、徐之友，未尝不抚膺踌躇，惆怅终日矣。"这里，诗人以借崔、徐喻吴、张二子，意思是吴、张二子的别业像徐元直、崔州平的故居一样依傍相接，又以水竹与不远处的几户人家连在一起。

直取南山对，非关选地偏——南山：这里指岘山。《元和郡县图志·襄阳县》："岘山，在县东南九里。"陶渊明《饮酒》其五："结庐在人境，而无车马喧。问君何能尔，心远地自偏。采菊东篱下，悠然见南山。"这两句诗人隐括陶渊明诗意，意思是说吴、张二子卜筑别业只属意于遥对南山，至于偏远与否，原本即未作计较。

卜邻依孟母，共井让王宣。曾是歌三乐，仍闻咏五篇——卜邻：选择邻居。《左传·昭公三年》："且谚曰：'非宅是卜，唯邻是卜。'二三子先卜邻矣。"杜预注："卜良邻。"孟母：《文选》卷十一何晏《景福殿赋》："嘉班妾之辞辇，伟孟母之择邻。"李善注："《列女传》曰，孟轲母者，即孟母也，号曰孟母。其舍近墓，孟子之少也，嬉戏为墓间之事，踊跃筑埋。孟母曰，此非所以居处子也，乃去，舍市傍，其子嬉戏为贾。又曰，此非所以居处子也，乃舍学官之傍，其子嬉戏，乃设俎豆，揖让进退。曰，此可以居子。遂居。及孟子长，学六艺，卒成大儒。""共井"句：王宣，指王粲字仲宣，东汉末年文学家，为建安七子之一。《襄阳耆旧传》："王粲与繁钦并邻同井。粲以西京之扰乱，乃之荆州依刘表，其墓及井见在。"此处以王、繁喻吴、张二子。三乐：《论语·季氏》："孔子曰，益者三乐……乐节礼乐，乐道人之善，乐多贤友，益矣。"邢昺疏："正义曰，此章言人心好乐、损益之事各有三种也。乐节礼乐者，谓凡所动作，皆得礼乐之节也。乐道人之善者，谓好称人之美也。乐多贤友者，谓好多得贤人以为朋友也。言好此三者，于身有益也。"五篇：《文选》卷一班固《东都赋》："主

中国家庭基本藏书

人之辞未终,西都宾矍然失容,逡巡降阶,㦬然意下,捧手欲辞。主人曰:'复位,今将授子五篇之诗。'……其辞曰:《明堂诗》《辟雍诗》《灵台诗》《宝鼎诗》《白雉诗》(词略)。"这四句写吴、张二子择善而邻,一如当年的王粲与繁钦,对他们居于仁而游于艺加以称赞。

草堂时偃曝,兰枻日周旋——偃曝:偃卧曝背。《文选》卷二十六王僧达《答颜延年》诗:"寒荣共偃曝,春醖时献斟。"李善注:"桓子《新论》曰:'余与扬子云奏事,坐白虎殿廊庑下,以寒故,背日曝焉。'"《列子·杨朱篇》:"昔者宋国有田夫,常衣缊黂,仅以过冬。暨春东作,自曝于日,不知天下之有广厦隩室,绵纩狐貉,顾谓其妻曰:'负日之暄,人莫知者,以献吾君。'"兰枻:《文选》卷三十二《九歌·湘君》:"桂棹兮兰枻,斫冰兮积雪。"张铣注:"棹,楫也。枻,船傍板也。桂、兰取其香也。"枻,同"栧"。周旋:周游。《文选》卷六左思《魏都赋》:"琴高沈水而不濡,时乘赤鲤而周旋。"吕延济注:"周旋为周游也。"这两句写吴、张二子安于贫而乐于道,暇时或偃卧曝背,或信舟而游。

外事情都远,中流性所便——外事:身外之事,犹言世事。嵇康《家诫》:"所以然者,长吏喜问外事,或时发举,则怨或者谓人所说,无以自免也。若行寡言慎,备自守则,怨责之路解矣。"《西京杂记》卷二:"司马相如为《上林》《子虚赋》,意思萧散,不复与外事相关。"中流:水流之中。谢灵运《登临海峤初发疆中作与从弟惠连可见羊何共和之一首》:"中流袂就判,欲去情不忍。"性所便:顺性而发,任情以为。这两句,写吴、张二子情志萧散,宅心世外,泛舟中流,顺性而为。

闲垂太公钓,兴发子猷船——太公:吕尚,西周时人,尝钓于渭水,后得遇周文王,周也因之以兴。司马迁《史记·齐太公世家》:"太公望吕尚者,东海上人。……以渔钓奸周西伯。西伯将出猎,卜之,曰'所获非龙非彲,非虎非罴,所获霸王之辅'。于是周西伯猎,果遇太公于渭之阳。"子猷:王徽之,字子猷,东晋时人,曾任大司马桓温参军、黄门侍郎等,雅性放诞,卓荦不羁。《世说新语·任诞篇》:"王子猷居山阴,夜大雪,眠觉开室,命酌酒,四望皎然,因起彷徨,咏左思《招隐诗》。忽忆戴安道,时戴在剡,即便夜乘小船就之,经宿方至,造门不前而返。人问其故,王曰:'吾本乘兴而来,兴尽而返,何必见戴。'"这两句借用典实写吴、张二子闲暇之时或垂竿而钓如吕尚,或仁兴而为如王子猷。

余亦幽栖者,经过窃慕焉——幽栖者:隐居者。《宋书·谢灵运传》:"灵运驰出京都,诣阙上表曰:'臣自抱疾归山,于今三载,居非郊郭,事乖人间,幽栖穷岩,外缘两绝,守分养命,庶毕馀年。'"经过:过访。这两句,诗人转而自写,说自己也是一位隐居者,过访吴、张二子的别业,窃生羡慕之情。

梅花残腊月,柳色半春天——残:残落、凋零。半:这里用以指柳芽初吐、柳叶尚未完全长出时的样子。这两句诗人写过访吴、张二子的时令，当时正值冬去春来，梅花将尽、柳芽初吐之时。

鸟泊随阳雁，鱼藏缩项鳊——泊：栖止。随阳雁：《尚书正义》卷六《禹贡》："彭蠡既潴，阳鸟攸居。"孔安国传："彭蠡，泽名。随阳之鸟，鸿雁之属，冬日所居此泽。"孔颖达疏："日之行也，夏至渐南，冬至渐北。鸿雁之属，九月而南，正月而北，左思《蜀都赋》所云'木落南翔，冰泮北徂'是也。日，阳也。此鸟南北与日进退，随阳之鸟，故称阳鸟。冬月所居于此彭蠡之泽也。"缩项鳊：此种鱼小头缩项，穹脊阔腹，扁身细鳞，其色青白，腹内有肪，味最腴美，多产于汉、沔。习凿齿《襄阳耆旧传》云："汉水中鳊鱼甚美，常禁人捕，以槎断水，因谓之槎头缩项鳊。"这两句写初春时天气渐暖，天上的飞鸟已随日而北转，水中的游鱼也开始活跃。

停杯问山简，何似习池边——山简：《晋书·山简传》："简，字季伦，性温雅有父(山涛)风。……永嘉三年出为征南将军，都督荆、湘、交、广四州诸军事，假节镇襄阳。于时四方寇乱，天下分崩，王威不振，朝野危惧，简优游卒岁，唯酒是耽。诸习氏，荆土豪族，有佳园池，简每出游嬉，多之池上，置酒辄醉，名之曰高阳池。"习池：即习家池，又名高阳池。《方舆胜览·襄阳府》："习家池，《襄阳记》：岘山南有习郁大鱼池，依范蠡养鱼法，当中筑一钓台，将亡，敕其儿曰，必葬我近鱼池。山季伦每临此，必大醉而归。按，郁后汉人，封襄阳公，即凿齿之先也。"《湖广通志·山川志·襄阳府·襄阳县》："白马山，县东十里，下有白马泉，晋习凿齿居焉，因名习家池。后山简日饮其上，更名高阳池。"这两句，诗人写吴、张二子设宴置酒，款待自己，宾主兴致高涨，开怀畅饮，一如当年山简醉饮习家池。

就形式而言，这首诗是一首五言排律，故而讲究偶对。诗中像"梅花残腊月，柳色半春天"等句，即设对巧妙，堪称佳句，体现出孟浩然为诗精于锻炼的特点。

在内容上，此诗写诗人过访吴、张二子别业。诗歌在创作上的一个突出特点，是抓住历史上与襄阳相关的人和事，以为典实，融入诗中，将吴、张二子筑屋于檀溪放置于襄阳悠久深厚的历史文化背景中，视之为襄阳历史文化的流风馀韵。这既很好地顺应和满足了主人的意愿，也同样传达了诗人自己对襄阳先贤崇慕的怀抱和志趣。

与诸子登岘山

岘山：一名岘首山，在今湖北襄樊市南。《元和郡县志》卷二十三"襄州襄阳

后人立碑，谓之堕泪碑，其铭文即蜀人李安所制。”此诗作于诗人隐居襄阳时，具体
时间已难考。题下另本有“作”字。

人事有代谢，往来成古今。
江山留胜迹，我辈复登临。
水落鱼梁浅，天寒梦泽深。
羊公碑尚在，读罢泪沾襟。

人事有代谢，往来成古今——代谢：更替变化。《文选》卷四十九《晋纪论晋武
帝革命》："帝王之兴，必俟天命。苟有代谢，非人事也。"李善注："《淮南子》曰：'二
者代谢舛驰。'高诱曰：'代，更也。谢，次也。'""往来"句：《鹖冠子·能天》："量
往来而兴废，因动静而结生。"又《世名》："往古来今，事孰无邮。"这两句诗人遥接
古人，由羊祜垂泣岘山而致慨，意思是说人事沧桑，更替变化，往来之际旋即成今古
之别。

江山留胜迹，我辈复登临——胜迹：名胜古迹，这里指岘山。谢朓《游山》："永
志昔所钦，胜迹今能选。"这两句写只有江山胜迹能超越时间而流传下来，使我们
得以沿着前贤的足迹登临观赏。

水落鱼梁浅，天寒梦泽深——鱼梁：洲名。《水经注·沔水》："襄阳城东，有
东白沙，白沙北有三洲，东北有宛口，即清水所入也。沔水中有鱼梁洲，庞德公所
居。"《晋书·习凿齿传》："凿齿既罢郡归，与秘书曰：'吾以去五月三日来达襄阳，
触目悲感……纵目檀溪，念崔徐之友；肆睇鱼梁，追二德之远，未尝不徘徊移日，惆
怅极多。'"梦泽：古泽薮名，即云梦泽，在今湖北省。《元和郡县志·安州·安陆县》：
"云梦泽，在县南五十里。《史记·司马相如传》曰：'楚有七泽，其小者名云梦，方
九百里。'《左传》云：'邛子之女，弃子于梦中'，无云字。'楚子济江入云中'，复
无梦字。以此推之，则云、梦二泽，本自别矣。而《禹贡》及《尔雅》皆曰云梦者，
盖双举二泽而言之，故后代以来，通名一事。《左传》曰'畋于江南之云梦'是也。"
这两句写诗人登高之所见：俯瞰山下，鱼梁洲因为水势下落而显露出来；遥望天际，
但见远方的云梦泽掩映于深郁的秋意之中。

羊公碑尚在，读罢泪沾襟——羊公碑：羊公即羊祜。《十道志》："羊祜尝与从
事邹润甫登岘山，垂泣曰：'自有宇宙，便有此山，由来贤达胜士，登此远望者多矣，
皆湮没无闻。'润甫对曰：'公德冠四海，道嗣前哲，令闻令望，当与此山俱传。'后

人思慕,遂立羊公庙并碑。"这两句诗人写伫立在堕泪碑前,吟咏碑文,念及宇宙缅邈、人世短暂,不禁悲从中来,以至于泪洒衣襟。

岘山,作为襄阳的名胜之一,积淀有深厚的历史文化意蕴;尤其是羊祜当年因感于人事之代谢与山川之永恒而堕泪于此,更是感动和感染着后世的人们,成为这种文化积淀的重要内容。孟浩然作为襄阳名士,自然深受这种文化的熏染和影响。这首诗便是诗人神交古人之作。诗虽题作"与诸子登岘山",但并未围绕登山,着笔于登山所见,诗中"水落鱼梁浅,天寒梦泽深",虽为实写,其实更主要地还是为了烘托、渲染气氛。诗开篇两句议论,看似劈空而来,不着边际,其实正是由诗人思古而来,足见其感慨遥深。结尾两句"羊公碑尚在,读罢泪沾襟",情思由历史回归现实,言语之中表现了个人的情怀。整首诗全以神行而不以物赘,故宋人刘辰翁评云:"此诗起得高古,略无粉色,而情境俱肖,悲慨胜于形容,真岘山诗!后有能言者,亦在下风。"(高棅《唐诗品汇》卷六十引)此言很好地揭示了孟浩然此诗的特点。

陪张丞相自松滋江东泊渚宫

张丞相:指张九龄,唐玄宗开元年间著名政治家。官至中书侍郎、同中书门下平章事。开元二十四年(736),坐引非其人,左迁荆州大都督长史。《旧唐书·孟浩然传》:"张九龄镇荆州,署为从事,与之唱和。"此诗即作于诗人任张九龄幕僚时。松滋:《舆地纪胜》卷六十四《江陵府》:"松滋县,在府西一百二十里。《元和郡县图志》:'本汉高城县地,属南部。'"渚宫:春秋时楚成王所建别宫。故址在今湖北江陵城内。《左传·文公十年》:"沿汉溯江,将入郢,王在渚宫。"孔颖达疏:"渚宫,当郢都之南。"此诗诗人以从事的立场,对张九龄高才理郡加以表彰,暗含对张九龄左迁之不平之意。

> 放溜下松滋,登舟命檝师。
> 宁忘经济日,不惮沍寒时。
> 洗帻岂独古,濯缨良在兹。
> 政成人自理,机息鸟无疑。
> 云物吟孤屿,江山辨四维。

晚来风稍急，冬至日行迟。

猎响惊云梦，渔歌激楚词。

渚宫何处是，川暝欲安之。

【新解】

　　放溜下松滋，登舟命樶师——放溜：任舟顺流自行。《文苑英华》卷二百八十九梁元帝萧绎《发龙巢诗》：“征人喜放溜，晓发晨阳偎。”樶师：船工。师，长于所事之谓也。《文选》卷五左思《吴都赋》：“篙工楫师，选自闽禺。习御长风，狎玩灵胥。”吕向注：“工谓所善，师谓所长，皆使其驾行舟也。”这两句就题而发，写宾主登上小船，叮嘱船工，无须驾驭，而是任由船只顺流自行。

　　宁忘经济日，不惮洰寒时——经济：经邦济世，经世济民。《抱朴子·内篇·明本》：“欢忧礼乐之事，经世济俗之略，儒者之所务也。”张九龄开元二十五年春为右相时，有《骊山下逍遥公旧居游集》诗：“君子体清尚，归处有兼资。虽然经济日，无忘幽栖时。”洰寒：寒气凝闭冻结，极为寒冷。《左传·昭公四年》：“其藏冰也，深山穷谷，固阴洰寒，于是乎取之。”孔颖达疏：“洰，闭也，牢阴闭寒，言其不得见日，寒甚之处。”这两句作者着笔于张九龄，运用比兴的手法，以天气严寒喻张九龄处境之艰，写其虽身处逆境，左迁外任，也不忘经世济民。

　　洗帻岂独古，濯缨良在兹——洗帻：谢承《后汉书》：“巴祇字敬祖，为扬州刺史，禄俸不使有馀。黑帻毁坏，不复改易，以水澡胶墨傅而用之。”濯缨：《文选》卷三十三《楚辞·渔父》：“渔父莞尔而笑，鼓枻而去，歌曰：‘沧浪之水清兮，可以濯吾缨；沧浪之水浊兮，可以濯吾足。’遂去，不复与言。”刘良注：“清，喻明时，可以修饰冠缨而仕也。沧浪之水，江水名也。”张铣注：“浊，喻乱世，可以抗足远去。”江陵县有夏水，传说为渔父所歌处。《水经注·夏水》：“刘澄之著《永初山川记》云：‘夏水，古文以为沧浪，渔父所歌也。’”这两句诗人借用典故称赞张九龄于政治休明之时修饰冠缨，能以俭化俗，抗迹古人。

　　政成人自理，机息鸟无疑——政成：《春秋左传注疏》卷四：“礼以体政，政以正民。是以政成而民听。”“机息”句：《列子·黄帝篇》：“海上之人有好沤鸟者，每旦之海上，从沤鸟游，沤鸟之至者，百住而不止。其父曰：‘吾闻沤鸟皆从汝游，汝取来吾玩之。’明日之海上，沤鸟舞而不下也。”张湛注曰：“心动于内，形变于外，禽鸟犹觉，人理岂可诈乎哉？”机，机心。这两句写荆州经过张九龄的治理，百姓尊礼奉法，以诚待物，无有机心。

　　云物吟孤屿，江山辨四维——云物：景物。谢朓《和萧子良高松赋》：“尔乃青春爱谢，云物含明；江皋绿草，暖然已平。”孤屿：孤岛。谢灵运《登江中孤屿》：“乱流趋正绝,孤屿媚中川。"四维:指东南、西南、东北、西北四隅。《淮南子·天文训》:"东北为报德之维也,西南为背阳之维,东南为常羊之维,西北为蹄通之维。"这两句写诗人与张九龄一道登上孤岛,目睹四方远水高山,茫茫云海,不禁诗兴触动。

晚来风稍急,冬至日行迟——"冬至"句:《吕氏春秋·有始》:"冬至日行远道,周行四极,命曰玄明。"高诱注:"远道,外道也。"日行远道,故曰行迟。这两句写冬日傍晚之景,意思是说,傍晚之际,寒风渐急,冬日因为行于远道而丝毫感觉不到它的温暖。

猎响惊云梦,渔歌激楚词——猎响:打猎时发出的声响。庾信《同州还诗》:"上林催猎响,河桥争渡喧。"云梦:见前《与诸子登岘山》注。"渔歌"句:孟浩然陪张九龄所泊渚宫,为楚地,渔人所歌多楚声,故云。这两句写诗人随晚风而听到从远处传来的田猎之声和渔人之歌。

渚宫何处是,川暝欲安之——暝:傍晚。这两句照应题目,写天色已晚,暮色苍茫,欲投止渚宫。

这首诗在结构和内容上明显地分成前后两个部分,前八句作为第一部分,主要称颂张九龄善于理政,虽左迁外任,仍不忘经世济民。后八句作为第二部分则围绕行迹写舟行所见,表达投止渚宫之意。这首诗是诗人以宾客与幕僚的身份而作的,于诗人而言,说到底只是一种应景之作,诗人着意要表现的并非是自己个人的感情,故而不能喧宾夺主,而是需要注意自己幕僚的身份,以恰当的口吻和语气表达,既要抒发为张九龄左迁外任不平之意,又不能过火,流于泄愤;既要表达对其善于理政的称赞之意,又不能过于直接,给人以谀媚之感。因此,我们留意此诗,主要应注意诗人这种恰如其分的表达口吻和语气,至于其他的深意,则并没有。

陪卢明府泛舟回作

明府:唐代用以指县令。洪迈《容斋随笔》卷一:"唐人呼县令为明府,丞为赞府,尉为少府。"卢明府,当指卢僎,与孟浩然为友人,当时任襄阳县令。宋陈思《宝刻丛编》卷三引《集古录》目:"唐襄阳令卢僎德政碑,唐太子正字阎宽撰,伊阙县尉、集贤院待制史惟则八分书。僎字手成,范阳人,为襄州长史。"或认为此"卢明府"是卢象。此诗是诗人晚年回襄阳后陪同卢僎行春而作,借以表达老大自伤之情。题中"回"字下,另本多"岘山"二字;诗中"不才子",或作"不调者"。

百里行春返，清流逸兴多。
鹢舟随雁泊，江火共星罗。
已救田家旱，仍醫里化讹。
文章推后辈，风雅激颓波。
高岸迷陵谷，新声满棹歌。
犹怜不才子，白首未登科。

【新解】

百里行春返，清流逸兴多——百里：古代一县所辖之地约一百里，因以为县之代称。《汉书·百官公卿表》："县令、长，掌治其县。……县大率方百里。"《后汉书·仇览传》："（王涣）谢遣曰：'枳棘非鸾凤所栖，百里岂大贤之路。'"李贤注云："时涣为县令，故自称百里也。"行春：古代州县长官春天至农村中视察农事，称为"行春"。《后汉书·郑弘传》："弘少为乡啬夫，太守第五伦行春，见而深奇之。"李贤注："太守常以春行所主县，劝人农桑，振救乏绝，见《续汉志》也。"卢僎为襄阳县令，自当有春行之事。逸兴：超逸豪迈的兴致。这两句写诗人陪同卢僎行春百里，返归途中，放舟清流，目睹江山胜景，禁不住逸兴遄飞，诗兴勃发。

鹢舟随雁泊，江火共星罗——鹢舟：指船头雕有鹢鸟图形的官船，这里代指船。《汉书·司马相如传》："西驰宣曲，濯鹢牛首。"颜师古注："鹢即鹢首之舟也。"共：一起。罗：排列。这两句写放舟而还时，大雁因为天色渐晚而落下止息，远处江上的渔火也同天上的星星一起闪烁。

已救田家旱，仍醫里化讹——醫：蔽。里化：当为"俗化"，乡里的风俗教化。《文选》卷二十六潘岳《河阳县作二首》之二："总总都邑人，扰扰俗化讹。"吕延济注："言都邑人众，俗化讹伪也。"讹：谬误。这两句称赞卢僎行春时勤于王事，既拯救了旱区的灾情，又对时俗中的不良风尚加以匡正。

文章推后辈，风雅激颓波——风雅：本指《诗经》中的《国风》、《大雅》与《小雅》，后被视作为诗歌典范，用以指符合儒家教化思想观念的诗歌创作。颓波：原指向下流的水势，以喻衰颓的世风和文风。这两句称赞卢僎雅尚诗文，为后辈所景仰、推崇，还以风雅为旗帜振起衰颓的诗风。

高岸迷陵谷，新声满棹歌——高岸：指山岩高峻。陵谷：指山谷深邃。《晋书·杜预传》："预好为后世名，常言高岸为谷，深谷为陵，刻石为二碑，一沈万山之下，一立岘山之上，曰：'焉知此后不为陵谷乎！'"新声：新制的乐曲或新颖美妙的音乐。陶渊明《诸人共游周家墓柏下》诗："清歌发新声，绿酒开芳颜。"棹歌：行船时唱的歌。《文选》卷四十五汉武帝《秋风辞》："箫鼓鸣兮发棹歌，欢乐极兮哀情多。"

李善注："棹歌,引棹而歌。"这两句写傍晚时分,暮色苍茫,陵谷难辨,只有清新悦耳的歌声不时从幽谷中传来。

犹怜不才子,白首未登科——不才子:没有才能之人。《韩非子·五蠹》:"今有不才之子,父母怒之弗为改,乡人谯之弗为动,师长教之弗为变。"这里是诗人自称。登科:科举应考中选。这两句诗写卢僎爱惜人才,为自己白发满头仍然应考未中而惋惜、感叹。

这首诗诗人写陪同卢僎行春,诗的特别之处,主要体现在景物的描写上。在这方面,诗人不是固定地拘泥于某种角度,而是以变化的、流动的视角,捕捉江山胜景,赋予景物以多姿多彩、鲜活生动的特征,这也体现了诗人思致之灵动与诗情之丰沛。整首诗读来流转变化,一气呵成,虽为五言古诗,却有歌行体诗之声势,前人谓此诗"以古行律,故多率意,一往不为律束"(明陆时雍语,见《唐诗镜》卷十一),诚为知言。整首诗境界开阔壮大,感情健举豪迈,具有鲜明的盛唐气象;虽然诗之结尾诗人有自伤老大不遇之意,不过并没有改变整首诗的壮大、充沛之气势,因此诗歌并不给人以压抑郁闷之感。可以说,在孟浩然的诗里,此诗也是一首不可多得的佳作。

杨子津望京口

杨子津:即杨子渡,位于长江北岸江都县南四十里,唐代为长江要津。杨,一作"扬"。京口:古城名,故址在今镇江市。东晋南朝时凭山临江称京口城。《嘉定镇江志》卷一:"京上郡城,城前浦口即是京口。……京口先为徐陵,其地盖丹徒县之西向京口里也。"开元十三年(725),孟浩然自感"遑遑三十载,书剑两无成",而"自洛之越",此诗即是赴越途中经京口而作。诗题一作《杨子津》。

> 北固临京口,夷山近海滨。
> 江风白浪起,愁杀渡头人。

北固临京口,夷山近海滨——北固:山名,在今镇江市北,山之北峰三面临江,其势险峻。《元和郡县志·江南道·润州·丹徒县》:"北固山在县北一里,下临长江,其势险固,因以为名。"京口:古城名,即润州,故址在今镇江市。东晋时凭山临江称为京口。《嘉定镇江志》卷一:"京上郡城,城前浦口即是京口。其地丹徒县之西乡京口里也。"夷山:蒋宗海《丹徒县志》载:"焦山,在城东九里大江中。山之馀支,东出为二小峰,曰松山、廖山,唐时称松廖、夷山。"这两句诗人写由杨子津望京口之所见,意思是北固山紧临着京口,夷山则绵延向东延伸,临近海滨。

江风白浪起,愁杀渡头人——愁杀:《文选》卷二十九《古诗十九首·去者日以疏》:"白杨多悲风,萧萧愁杀人。"渡头人:这里是诗人自指。这两句诗人抒怀,意思是置身于杨子津,但见江水浩浩,白浪翻卷,使得欲渡江者忧愁不已。

这首五言绝句,与李白《横江词六首》其三"横江西望阻西秦,汉水东连扬子津。白浪如山那可渡,狂风愁杀峭帆人"相比,意境颇为相似,二者皆描写江水汹涌,难以横渡。不过,李白的诗旨在描写地方风物,略无寄托,而孟浩然此诗却暗用比兴手法,诗虽看似纯为写景,写自己望中所见,其实寓托有人生艰难、世路坎坷之意在内,故虽篇幅短小,却言短意长,妙在含而不露,蕴藉深远,体现了孟浩然在驾驭这类小诗时娴熟自如的艺术功力。

与颜钱塘登障楼望潮作

颜钱塘:钱塘令,颜姓,名不详。钱塘,县名。《元和郡县志·杭州》:"钱塘县,本汉旧县也。《钱塘记》云:昔州境逼近海,县理灵隐山下,今馀址犹存。……隋平陈以后,县频迁置,贞观四年定于今所。"障楼:又名障亭、障亭楼,为观潮胜地。《乾道临安志》卷二:"障亭驿,晏殊《舆地志》云,在钱塘县旧治之南五里。"《浙江通志》卷九:"钱塘江,其源发黟县,曲折而东以入于海。潮水昼夜再上,奔腾冲激,声撼地轴,郡人以八月十八日倾城观潮为乐。"此诗是诗人游历越中时所作。

> 百里闻雷震,鸣弦暂辍弹。
> 府中连骑出,江上待潮观。
> 照日秋云迥,浮天渤澥宽。
> 鹭涛来似雪,一坐凛生寒。

百里闻雷震,鸣弦暂辍弹——"百里"句:《文选》卷三十四枚乘《七发》:"疾雷闻百里，江水逆流，海水上潮。"李善注："言声似疾雷，而闻百里。""鸣弦"句：《吕氏春秋·察贤》："宓子贱治单父，弹鸣琴，身不下堂而单父治。"这里以宓子贱喻颜钱塘简政而治。辍弹：停止弹琴，这里指暂停政务。这两句诗人未望先闻，写钱塘潮声震百里，颜钱塘停下官务，前往观赏。

　　府中连骑出，江上待潮观——连骑：形容随从之盛。《战国策·秦策》："当秦之隆，黄金万镒为用，转毂连骑，炫熿于道。"苏轼《江城子·密州出猎》中"锦帽貂裘，千骑卷平冈"与此相近。这两句写县衙内府吏连骑而出，来到江上等待观潮。

　　照日秋云迥，浮天渤澥宽——迥：远。渤澥：即渤海，指东海。《史记·司马相如列传》："浮渤澥，游孟诸。"裴骃《集解》曰："《汉书音义》曰：'海别枝名也。'"司马贞《索隐》："案：《齐都赋》云'海傍曰渤，断水曰澥'也。"《初学记》卷六《海》："按东海之别有渤澥，故东海共称渤海，又通谓之沧海。"这两句诗人由题中"望"字着眼，着力描写江海之辽阔，以至于宇宙万物皆含映其中。一个"浮"字，便突出了江海之广，与杜甫《登岳阳楼》中"吴楚东南坼，乾坤日夜浮"同一机杼。

　　鹭涛来似雪，一坐凛生寒——鹭涛：指江海之波涛。枚乘《七发》："衍溢漂疾，波涌而涛起，洪淋淋焉，若白鹭之下翔。"坐：通"座"。凛生寒：谓陡然感到寒气逼人，侵入肌肤。这两句写银涛奔腾翻卷，如堆银崩雪，由远而近，使人不禁凛然生寒。

　　这首诗描写海潮雄伟壮阔的气象，境界开阔，气魄宏大。在描写海潮时，诗人匠心独运，先是以前四句官民倾城出动以待观潮来作铺垫、烘托，与苏轼《江城子·密州出猎》上片"锦帽貂裘，千骑卷平岗。为报倾城随太守，西北望，射天狼"可谓几无二致。然后，再以后四句正面直接描写，由远而近，从而将海潮雄奇壮大之景象生动地体现了出来。全诗虽语不多而能意境全出。还应注意的是，诗人以五言律诗的形式来勾勒、描画海潮宏大之景，体现出高度的艺术概括力。

岘山作

　　岘山：见前《与诸子登岘山》题解。此诗基调明快，应是诗人早年隐居襄阳时所作。题中"岘山"，或作"岘潭"。今按，以作"潭"是。

石潭傍隈隩，沙岸晓夤缘。
试垂竹竿钓，果得查头鳊。

美人骋金错，纤手脍红鲜。
因谢陆内史，莼羹何足传。

石潭傍隈隩，沙岸晓夤缘——石潭：在岘山下，又称沉碑潭。《水经注·沔水》："又径岘山东……山下水中杜元凯沉碑处。"《舆地纪胜·襄阳府·景物》："沉碑潭，《南雍州记》云：天色晴明，渔人常见此碑于潭中，谓之沉碑潭。"隈隩：曲折幽微的山边水涯。《文选》卷二十二谢灵运《从斤竹涧越岭溪行》："逶迤傍隈隩，迢递陟陉岘。"李善注："《说文》曰，隈，山曲也。《尔雅》曰，隩，隈也。"夤缘：沿岸循依而行。宋之问《宿云门寺》："夤缘绿筱岸，遂得青莲宫。"这两句写石潭曲折幽微，自己清早便沿着潭岸而行。

试垂竹竿钓，果得查头鳊——查头鳊：见前《冬至后过吴张二子檀溪别业》诗注。这两句写诗人为岘山下石潭的景致所吸引，兴致勃发，遂垂竿而钓，没想到竟然钓得极其肥美的查头鳊鱼。

美人骋金错，纤手脍红鲜——骋：犹言挥动。金错：金错刀。《文选》卷二十九张衡《四愁诗》："美人赠我金错刀，何以报之英琼瑶。"李善注："《汉书》曰，王莽铸大钱，又造错刀，以金错其文。"脍：细刀切肉。红鲜：指鱼。这两句诗人豪情满怀，以夸饰的笔触，借美人衬托自己的情致。

因谢陆内史，莼羹何足传——陆内史：指西晋时陆机，曾官平原内史。《晋书·陆机传》："陆机字士衡，吴郡人也。……少有异才，文章冠世，伏膺儒术，非礼不动。……时成都王颖推功不居，劳谦下士，机既感全济之恩，又见朝廷屡有变难，谓颖必能康隆晋室，遂委身焉。颖以机参大将军军事，表为平原内史。"莼：用莼菜做的羹。《晋书·陆机传》："尝诣侍中王济，济指羊酪谓机曰：'卿吴中何以敌此？'答云：'千里莼羹，未下盐豉。'时人称为名对。"这两句写美人烹制而成的查头鳊，味道鲜美，就算是陆机引为自豪的吴中莼羹也不能相提并论。

这首诗诗人以夸赞的笔触描写襄阳风物之美，洋溢着愉快的情致，极有风致。其实，就性情而言，孟浩然原非豪纵洒脱之人，可是这首诗中，诗人却兴致勃发，对于故乡极其肥美的查头鳊，不惜以夸饰的笔触大加赞誉，诗中"美人"二句，色泽绚丽，作为戏笔，便是这种夸饰的笔触，我们无须据实看待。应该说，这首诗体现了孟浩然性情的另一面。昔人称赞"其诗风味，可爱如此"（刘辰翁语，杨士弘《唐音》卷二引），可谓知言。

题大禹义公房

大禹：大禹寺。《嘉泰会稽志·会稽县》："大禹寺，在县南一十二里，梁大同十一年建，会昌五年毁废，明年重建。寺自唐以来为名刹。"义公：当为大禹寺修禅的寺僧，名不详。此诗作于诗人游历越中期间。诗题一作"大禹寺义公禅房"。

> 义公习禅处，结构依空林。
> 户外一峰秀，阶前群壑深。
> 夕阳照雨足，空翠落庭阴。
> 看取莲花净，应知不染心。

义公习禅处，结构依空林——结构：筑室。《广弘明集》卷二十三齐虞羲《庐山香炉峰寺景法师行状》："以永明十年七月，振锡登峰，行履所见，宛如梦中，乃即石为基，倚岩结构，匡坐端念。"空林：谓树林深静。这两句写义公为习禅，在深静的山林里修建茅舍。

户外一峰秀，阶前群壑深——壑：指山谷。这两句描写义公禅房之外的景色，意思是禅房外远处孤峰秀起，而台阶之前则又万壑深幽。

夕阳照雨足，空翠落庭阴——雨足：雨脚。《文选》卷二十九张景阳《杂诗十首》之四："翳翳结繁云，森森散雨足。"空翠：指山色青翠，高入云端。谢灵运《过白岸亭诗》："空翠难强名，渔钓易为曲。"这两句写傍晚时分，雨过天晴，夕阳的光芒映照在尚未止歇的雨脚之上，山中凝碧含翠，树阴浓郁，遮掩了整个禅房。

看取莲花净，应知不染心——莲花净：佛教常以青莲喻目。《维摩诘经》："目净修广如青莲。"僧肇注："天竺有青莲花，其叶修而广，青白分明，有大人目相，故以为喻也。"不染心：佛教称有爱欲之心为染心，不染心即不受欲念污染。《华严经》："不染世间一切法，而不断世间一切所作。"这两句意思是由莲花之清净，应当可以知道心之纯净不染。

这首诗描写义公禅房周围景色，借以表达向往佛教清净世界的精神旨趣。诗的特出之处在于中间四句的景物描写，三、四两句着眼于远景，先是仰视，然后再俯视，突出山林的高耸深广；五、六两句则着眼于近景，着意突出傍晚时分禅房在

中国家庭基本藏书

绚烂的夕阳映照下的秀丽景色与深静氛围。这四句景物描写细致生动，体现了孟浩然对景物观察之细致和高度的艺术表现力。

寻白鹤岩张子容颜处士

白鹤岩：在襄阳白马山。《舆地纪胜》卷八十二"襄阳府"："白马山，在襄阳县东南十里，以白马泉名。"李士彬纂《襄阳县志》："白马山，在县南十里，一名白鹤山。"张子容：开元年间进士，曾官栾城令，初与孟浩然隐于鹿门山，为生死之交，孟浩然诗中颇多与其唱和之作。颜处士：名及事历不详。此诗作于诗人隐居襄阳时。诗题一作《寻白鹤岩张子容隐居》。

> 白鹤青岩半，幽人有隐居。
> 阶庭空水石，林壑罢樵渔。
> 岁月青松老，风霜苦竹疏。
> 睹兹怀旧业，回策返吾庐。

白鹤青岩半，幽人有隐居——半：通"畔"，旁边的意思。幽人：隐士。这两句点明隐士隐居之所，写隐士在白鹤山青石之旁筑室隐居。

阶庭空水石，林壑罢樵渔——罢：停止。樵渔：砍柴和钓鱼。这两句描写隐士隐居之处的环境，意思是因张子容、颜处士离此外出，故而庭前空馀水石，乏人玩赏，林壑中也没有人前往采樵和钓鱼，很是寂寥。

岁月青松老，风霜苦竹疏——苦竹：竹的一种，笋味甚苦，故称。这两句进一步围绕友人隐居的环境进行描写，意思是由于岁月流逝，青松日渐衰老，风霜侵袭，苦竹也愈见稀疏。

睹兹怀旧业，回策返吾庐——旧业：昔日的园庐。谢灵运《白石岩下径行田》诗："旧业横海外，芜秽积颓龄。"回策：策马返回。这两句写诗人由友人隐居之处荒凉冷落而生感慨，意思是说，目睹友人旧居的冷落和荒凉，不禁怀念起自己昔日的园庐，为了不使自己的园庐也冷落至此，还是赶紧策马回驾，重理旧业吧！

这首诗虽题为"寻白鹤岩张子容颜处士"，但并没有围绕诗人如何寻访友人展开，而是借对友人隐居之所环境与景物的描写，表达对自己旧庐之眷恋和怀念之情；有意思的是，诗人对旧庐的这种感情是由目睹友人居所之荒凉和冷清引起的，这就不仅真切地体现了孟浩然的隐逸思想，同时也有了感念人生的意味，从而与通常此类诗或借对隐居环境景物描写赞美主人志趣之超逸，或表达寻而未见之遗憾形成了差异。

九日得新字

九日：指农历九月九日重阳节。《初学记》卷四："《荆楚岁时记》曰，九月九日，士人并藉野饮宴。《西京杂记》曰，汉武帝宫人贾佩兰，九月九日佩茱萸，食饵菊花酒，云令人长寿，盖相传自古，莫知其由。"从题目看，此诗是诗人与诗友同赋重阳分题而作。诗题或作《九日》。

初九未成旬，重阳即此辰。
登高闻古事，载酒访幽人。
落帽恣欢饮，授衣同试新。
茱萸正可佩，折取寄情亲。

初九未成旬，重阳即此辰——旬：十天为一旬。这两句意思是九日之际尚不满一旬，而重阳节正恰值此日。

登高闻古事，载酒访幽人——登高：古代重阳节有登高的习俗。吴均《续齐谐记》云："汝南桓景，随费长房游学累年，长房谓曰：'九月九日汝家中当有灾，宜急去，令家人各作绛囊盛茱萸以系臂，登高饮菊花酒，此祸可除。'景如言，齐家登山，夕还，见鸡犬牛羊一时暴死。长房闻之曰：'此可代也。'今世人九日登高饮酒，妇人带茱萸囊，盖始于此。"载酒：《续晋阳秋》："陶潜尝九月九日无酒，宅边菊丛中摘菊盈把，坐其侧久，望见白衣至，乃王弘送酒也。即便就酌，醉而后归。"这两句意思是重阳时习俗登高避祸，而幽人隐士则于此日摘菊佐饮。

落帽恣欢饮，授衣同试新——落帽：《晋书·孟嘉传》："孟嘉字万年……后为征西桓温参军，温甚重之。九月九日，温燕龙山，僚佐毕集。时佐吏并著戎服，有风至，吹嘉帽堕落，嘉不之觉。温使左右勿言，欲观其举止。嘉良久如厕，温令取还之，命孙盛作文嘲嘉，著嘉坐处。嘉还见，即答之，其文甚美，四坐嗟叹。"授衣：

《毛诗正义·七月》："七月流火，九月授衣。"《毛传》："九月霜始降，妇功成，可以授冬衣矣。"这两句意思是历史上重阳节曾留下孟嘉落帽的佳话，而民间因为重阳时天气渐寒，已备下御寒的冬衣。

茱萸正可佩，折取寄情亲——折取：《尔雅翼》卷十一引《风土记》云："俗尚九月九日，谓为上九，茱萸至此日，气烈熟色赤，可折其房以插头，云辟恶气御冬。"这两句意思是在恰逢重阳之际，正可折取茱萸，寄赠给亲友。

孟浩然的诗集里有几首关于重阳佳节之作，多表达重阳之际的感怀。相形之下，这首诗有着独特的特点：作为诗友雅集时同题共作而成的一首诗，此诗带有鲜明的游戏性质，在很大程度上可以视为诗人的一首戏作，作者主要围绕重阳节而去罗列一些相关的历史典实或传说，将它们串联起来，因此并没有明显的寄托。应该说，这体现了孟浩然当时的高情雅兴。这也告诉我们，孟浩然创作时虽崇尚伫兴而作，但其实也颇能资书为诗；尤其是诗人征引这些典实时，随手拈来，而又非常妥帖允当，也反映了他巧于安排的艺术功力。

山　潭

山：指万山。《元和郡县志·襄州·襄阳县》："万山，一名汉皋山，在县西十一里。"山潭，即沉碑潭，见前《岘山作》诗注。此诗描写沉碑潭清幽的景致，当作于诗人早年隐居襄阳时。诗题一作《万山潭》。

> 垂钓坐磐石，水清心益闲。
> 鱼行潭树下，猿挂岛萝间。
> 游女昔解佩，传闻于此山。
> 求之不可得，沿月棹歌还。

垂钓坐磐石，水清心益闲——磐石：石之扁而大者。这两句写坐在磐石之上，持竿垂钓，目睹清澈澄净的潭水，心中愈发洋溢着悠闲的情致。

鱼行潭树下，猿挂岛萝间——"鱼行"二句：梁何逊《渡连圻》二首之一："鱼游若拥剑，猿挂似悬瓜。"这两句意思是潭边绿荫繁茂，鱼欢快地行于树下，而潭中小岛的藤萝上，正有猿猴悬挂其上，自由自在地戏耍。

游女昔解佩,传闻于此山——"游女"二句:指郑交甫于汉皋山遇神女事。《文选》卷十二郭璞《江赋》:"感交甫之丧佩。"李善注:"《韩诗内传》曰,郑交甫遵彼汉皋台下,遇二女,与言曰:'愿请子之佩。'二女与交甫,交甫受而怀之,超然而去。十步循探之,即亡矣。回顾二女,亦即亡矣。"《舆地纪胜·襄阳府·景物》:"解佩渚,在襄阳县西十里。皇朝《郡县志》云,即交甫见二女之所。"这两句诗人由景物描写转写山潭神异美妙的传说,意思是传闻郑交甫遇二神女之事,即发生于此山。

求之不得,沿月棹歌还——"求之"句:《毛诗正义》卷一《周南·汉广》:"汉有游女,不可求思。"棹歌:引棹而歌。这两句写诗人流连于山潭之美景,直到月亮从山坡升起,才棹歌而还。

这首诗情韵俱美,诗人通过山潭清幽之景的描写,表现了悠然自得的情怀。诗之开始,作者首先写自己垂钓于碧潭,突出了内心悠闲之志趣,然后再由人及景,描写山潭之景。写景时,诗人既注意写眼前实景,又由实转虚,借助于神话传说,赋予山潭以灵异的氛围和悠久的历史之感,丰富了山潭的内涵。这首诗在形式上是五律,不过诗人并未受格律的影响,而是援古入律,使得诗歌具有浓郁的古诗意味,宋代刘辰翁评此诗时这样说:"如此风韵,古始未有。古意淡韵,终不可以众作律之,而众作愈不可及。"

与杭州薛司户登樟亭楼作

薛司户:名不详,时任杭州司户参军。司户:官名。《文献通考·职官》:"司户,汉魏以下有户曹掾,主民户。唐开元复为户曹参军,掌户口、籍帐、婚姻、田宅、杂徭、道路之事。"唐时州之属吏有司户参军事,上州二人,从七品下,中州一人,正八品下,下州一人,从八品下。此诗是诗人游历越中时所作。诗题一作《与薛司户登樟亭驿楼》。

水楼一登眺,半出青林高。
帝幕英僚敞,芳筵下客叨。
山藏伯禹穴,城压五胥涛。
今日观溟涨,垂纶学钓鳌。

水楼一登眺，半出青林高——青林：青翠茂盛的树林。这两句写樟亭楼周围环境，意思是樟亭楼拔出于青林之上，登览其上，纵目远眺。

帘幕英僚敞，芳筵下客叨——帘幕：帐幕。英僚：此指属史。芳筵：对筵席的雅称。下客：作者自谦之词。叨：叨陪。这两句着笔薛司户，意思是说薛司户属吏皆英锐干练，自己作为卑下之人能叨陪于筵席，深觉荣幸。

山藏伯禹穴，城压五胥涛——伯禹穴：伯禹即夏禹。伯禹穴即大禹穴，位于今浙江绍兴市。《史记》卷一百三十《太史公自序》："二十而游江、淮，上会稽，探禹穴。"裴骃《集解》："张晏曰：'禹巡狩至会稽而崩，因葬焉。上有孔穴，民间云禹入此穴。'"司马贞《索隐》："《越绝书》云：'禹上茅山大会计，更名曰会稽。'张勃《吴录》云：'本名庙山，一名覆鉴，禹会诸侯有计功，改曰会稽。上有孔，号曰禹穴也。'"五胥涛：五胥即伍子胥，春秋时楚人。父兄为平王所杀，子胥遂奔吴，佐吴王阖庐伐楚，直抵郢都。阖庐死，子夫差立，子胥被谗赐死。《吴越春秋》："吴王乃取子胥之尸，盛以鸱夷之器，投之江海。子胥因随流扬波成涛激岸，随潮来往。"这两句写登楼所见，意思是说纵目远望，但见茅山广袤深奥，传说大禹的墓穴即在山中，而城外江潮浩荡，波浪汹涌，拍击着城墙。

今日观溟涨，垂纶学钓鳌——溟涨：本指海，这里指钱塘江。《文选》卷二十二谢灵运《游赤石进帆海》："溟涨无端倪，虚舟有超越。"李周翰注："溟、涨皆海也。"纶：以生丝做成的钓绳。钓鳌：《列子·汤问》："(渤海之东)有五山焉，一曰岱舆，二曰员峤，三曰方壶，四曰瀛洲，五曰蓬莱。……而五山之根，无所连著，常随潮波上下往还，不得暂峙焉。仙圣毒之，诉之于帝。帝恐流于西极，失群圣之居。乃命禺强，使巨鳌十五，举首而戴之。迭为三番，六万岁一交焉，五山始峙。而龙伯之国有大人，举足不盈数步，而暨五山之所。一钓而连六鳌，合负而趣归其国，灼其骨以数焉。于是岱舆、员峤二山，流于北极，沉于大海，仙圣之播迁者巨亿计。"这两句诗人由所见沧海之广而豪兴大发，表示要垂纶钓鳌，虽是戏笔，也见出兴致之高。

这首诗内容上写诗人陪同薛司户登楼赏景。作为一首应景之作，带有鲜明的应酬成分。原本这类诗并不易作，一者既要顾及对方，同时又不能偏离诗歌抒情的本质。不过，这种难题，对孟浩然来说，并不难克服，就前者说，诗人通过"帘幕英僚敞，芳筵下客叨"二句的恭维以及自谦之词来体现；就后者说，诗之结尾二句，诗人以戏笔之词表达了一种书生意气,这种安排既抒发了自我情怀,也淡化了诗人因为追求自我抒情而带给主人的耿介狷傲之感。可以说,孟浩然颇为巧妙地处理了同一首诗中应酬和抒情难以兼顾的问题。同时,这首诗在描写上也体现了诗人的匠心。首先,写景时,作者顺应视线的延伸,由近及远,先写近景,再写远景,整首诗脉络清晰,转化自然。其次,这首诗语言上非常具有表现力。像"山藏伯禹穴,城压五胥涛"中,一个"藏"字,便写出了山的深奥和神秘;一个"压"字,便写出了江潮之势以及城墙之厚重安稳,让人联想到杜甫诗的深厚有力,这也体现了孟浩然为诗注重锤炼字句的特点。

题终南翠微寺空上人房

终南:山名,也称中南山、南山。《元和郡县志·关内道·万年县》:"终南山,在县南五十里。"潘岳《关中记》云:"其山一名中南,言在天之中,居都之南,故曰中南。"翠微寺:初名太和宫,为唐太宗行宫,唐高宗时改为寺。《法苑珠林》卷一百:"今上(唐高宗)皇帝乃圣乃神,多能多艺……聿兴净业,标树福田。先帝(唐太宗)所幸之宫,翠微、玉华,并舍为寺,供施殷厚,像设雕华。"空上人:事历不详。此诗是诗人长安求仕期间游历终南山所作,诗题或作《宿终南翠微寺》。

> 翠微终南里,雨后宜返照。
> 闭关久沉冥,杖策一登眺。
> 遂造幽人室,始知静者妙。
> 儒道虽异门,云林颇同调。
> 两心相喜得,毕景共谈笑。
> 瞑还高窗昏,时见远山晓。
> 缅怀赤城标,更忆临海峤。
> 风泉有清音,何必苏门啸。

翠微终南里,雨后宜返照——返照:指日落时回照之光。这两句就题而作,写翠微寺坐落于终南山中,沐浴在雨后夕阳的馀晖里。

闭关久沉冥,杖策一登眺——闭关:指闭门谢绝人事。《文选》卷二十一颜延之《五君咏·刘参军》:"刘伶善闭关,怀情灭闻见。"李善注:"言道德内充,情欲俱闭,既无外累,故闻见皆灭。"沉冥:佛家语,沉于生死,冥于无明,犹幽冥。《楞严经》卷四："引诸沉冥。"杖策：扶杖。这两句意思是自己已经长久闭门，谢绝人事，如今扶杖登临翠微寺，纵目览眺。

遂造幽人室，始知静者妙——造：造访、来到。幽人：原指隐居之士，此指空上人。静者：这里指僧人，见前《云门兰若与友人同游》注。这两句写自己步入空上人之僧房，才领悟佛法之妙义。

儒道虽异门，云林颇同调——道：本指道家，此指佛教。《三论玄义》卷上："夫至妙虚通，目之为道。"异门：不同的思想门派。云林：云壑山林。此指幽居林下之趣。同调：志趣相同。《文选》卷二十六谢灵运《七里濑》："谁谓古今殊，异代可同调。"李善注："圣人虽生异时，其心意同如一也。调，犹运也，谓音声之和也。"这两句诗人以儒者自居，感叹儒与佛虽门派不同，但皆有幽隐林下之趣。

两心相喜得，毕景共谈笑——相喜得：彼此投合。《史记·魏其武安侯列传》："相得欢甚，无厌，恨相知晚也。"毕景：竟日，整天至日暮。这两句写与空上人志趣相投，交谈甚欢，直至日暮时分。

瞑还高窗昏，时见远山晓——瞑：眠。《楚辞章句·招魂》："致命于帝，然后得瞑些。"王逸注："瞑，卧也。言投人已讫，上致命于天帝，然后乃得卧眠也。瞑，一作眠。"这两句意思是回来之后高卧于北窗，窗外远处的山峦隐于苍茫的夜色之中。

缅怀赤城标，更忆临海峤——缅怀：追念。陶潜《周妙珪赞》："缅怀千载，托契孤游。"赤城标：赤城山在浙江天台，见前《宿天台桐柏观》诗注。临海：今浙江临海。《元和郡县志·江南道·台州》："临海县，本汉回浦县地，后汉更名为章安。吴分章安，置临海县，属会稽郡。(唐高祖)武德五年改置台州，县属焉。"峤：山顶。《文选》卷二十五谢灵运《登临海峤初发疆中作……》，张铣注："临海，郡名。峤，山顶也。"这两句诗人写面对窗外遥遥的天际，不禁浮想联翩，怀想起往昔游历越中时曾登临的赤城山和临海峤。

风泉有清音，何必苏门啸——风泉：风吹泉流。《艺文类聚》卷四十三王融《明王歌辞》："日霁沙溆明，风泉睹华烛。"清音：左思《招隐》诗："非必丝与竹，山水有清音。"苏门啸：《晋书·阮籍传》："籍尝于苏门山遇孙登，与商略终古及栖神导气之术，登皆不应。籍因长啸而退。至半岭，闻有声若鸾凤之音，响乎岩谷，乃登之啸也。"这两句意思是风行泉上，声音清泠悦耳，哪里需要再像阮籍那样在苏门山长啸呢！

这首诗作于诗人游历长安期间。孟浩然的长安之行固然是为了寻求功名，但由于深受古代隐逸文化的影响,他对于自然山水有着近乎痴迷的喜爱之情,这使得他的身上比一般士子更多了一种名士之风概,一种追求自由精神的意识,我们从这首诗中便能体会到这一点。这首诗所记与其说是诗人身游终南山,不如说是诗人的一次心灵之旅。这一点可以从两方面来看:其一,诗人游历翠微寺而悟及儒、佛虽门派不同,而幽隐林下之趣则一,从中可以感受到诗人思致之灵动与心智之欣悦。其二,诗人夜宿翠微寺时浮想联翩,兴致勃发,竟然联想到早年游历的遥远的越中,又足见诗人精神之逸宕和自由,只不过诗人并未将这种情致像李白那样夸张性地加以表现,而带有内在的特征罢了。

宿业师山房待丁公不至

业师:事历不详,据孟浩然《疾愈过龙泉精舍呈易业二公》诗,则业师当为襄阳龙泉寺僧。山房:山中房舍。丁公:丁凤,开元间乡贡进士。孟浩然有《送丁凤进士举》诗,丁凤或与孟浩然为乡人。此诗是孟浩然居襄阳期间所作。题中"业师"或作"莱师"、"丛师"等。

夕阳度西岭,群壑倏已暝。
松月生夜凉,风泉满清听。
樵人归欲尽,烟鸟栖初定。
之子期宿来,孤琴候萝径。

夕阳度西岭,群壑倏已暝——度:过。西岭:或在襄阳望楚山。群壑:群山。壑,山谷。倏:疾速。极言时间短暂。暝:昏暗。这两句写太阳从西山刚落下,群山万壑就掩映在了苍茫暮色中。

松月生夜凉,风泉满清听——风泉:见前《题终南翠微寺空上人房》诗注。清听:清音。这两句写松间月色增添了夜间的凉意,风中泉流之声充满了悦耳的清音。

樵人归欲尽,烟鸟栖初定——樵人:樵夫。烟鸟:暮霭中的归鸟。这两句写人迹渐少,鸟声初停,整个山中归于宁静。

之子期宿来,孤琴候萝径——之子:是子,指丁凤。《诗经·周南·桃夭》:"之子于归,宜其室家。"《尔雅·释训》:"之子者,是子也。"期:相约。萝径:松萝蔓延的山路。这两句诗人写携琴于山径,等候约定前来夜宿的友人。

这首诗写得清静洁净,情韵生动而饱满。诗人独坐于长满松萝的山径,抚琴而听山水之清音,沉浸于山水世界,俨然一位魏晋之际啸咏山林的名士,难怪我们从中可以领略到左思《招隐》诗中"非必丝与竹,山水有清音"的意境!同时,诗中"松月生夜凉,风泉满清听"两句,又让人联想到王维《山居秋暝》中的"明月松间照,清泉石上流"二句,二者不仅境界有神似之处,孟诗更比王诗多了一种精神超逸的内容,其所以如此,在于比之王诗的"无我之境",孟诗则是"有我之境",借黄昏山寺清丽之景的描绘,烘托抚琴候友时拳拳之情及淡淡惆怅。南宋刘辰翁谓孟浩然此诗"景物满眼,而清淡之趣更自浮动,非寂寞者",不仅点出了境界清新洁净的特点,也告诉了我们诗人精神之灵动与活跃。

初春汉中漾舟

汉中:汉水中,此指襄阳间汉水。《元和郡县志·襄州·襄阳县》:"岘山,在县东南九里。山东临汉水,古今大路。"此诗是诗人早年隐居襄阳期间所作。题中"初春"或作"春初",诗中"漾舟逗何处",或作"羊公岘山下";"轻舟恣来往"以下四句,为宋本《孟浩然集》所无,此据他本补;"良会"二句,原作"波影摇伎钗,沙光动人目",也据他本改。

> 漾舟逗何处,神女汉皋曲。
> 雪罢冰复开,春潭千丈渌。
> 轻舟恣来往,探玩无厌足。
> 波影摇妓钗,沙光逐人目。
> 倾杯鱼鸟醉,得句烟花续。
> 良会难再逢,日入须秉烛。

漾舟逗何处,神女汉皋曲——漾舟:泛舟。谢惠连《西陵遇风献康乐》:"成装候良辰,漾舟陶嘉月。"李周翰注:"漾舟,泛舟也。"逗:停留。神女:指郑交甫在汉皋山遇二仙女事,见前《山潭》诗注。曲:边。这两句诗人以问答的形式展开,交代泛舟的地方,意思是我泛舟于何处呢,在那郑交甫遇神女的汉皋山潭边。

雪罢冰复开，春潭千丈渌——开：裂开，解冻。渌：潭水清澈。这两句围绕季节写初春之际山潭的景物，意思是初春山潭冰雪融化，泉水冷奥清澈，深不见底。

轻舟恣来往，探玩无厌足——恣：随意、尽情。探玩：探寻游玩。厌足：满足。这两句着眼于山潭水面，写自己在山潭上驾着轻舟，虽恣意地探寻游玩，而不觉满足。

波影摇妓钗，沙光逐人目——波影：水中倒影。沙光：潭水清澈，水边沙石见底，返光折射。这两句着眼于潭底景色，意思是波影荡漾，歌妓的钗饰似在水中摇晃，金色的沙粒在阳光照射下闪闪发光，眩人眼目。

倾杯鱼鸟醉，得句烟花续——倾杯：尽杯，一饮而尽。得句：吟哦联句。烟花：花丛中轻烟弥漫，故称烟花。这两句诗人极写情致豪迈：诗友们杯盘交错，鱼鸟为之酣醉；吟哦联句，烟花为之相续。

良会难再逢，日入须秉烛——良会：美好的聚会。曹植《洛神赋》："悼良会之永绝兮，哀一逝而异乡。"秉烛：持烛照明。《文选》卷二十九《古诗十九首》之十五："昼短苦夜长，何不秉烛游。"刘良注："秉，执也。"这两句写诗人兴致未尽，意思是说如此美好的聚会日后难以再有，还是在日落后秉烛而游吧！

这首诗内容上描写泛舟山潭，体现了诗人纵情山水时超逸的兴致。诗在抒情上有一个鲜明的特点，即诗人没有掩饰满怀的兴致，而是放纵情致，这与孟浩然惯常沉浸于个人精神世界的形式迥乎不同。为了表现这种饱满的情致，诗人除了以"轻舟恣来往，探玩无厌足"二句直写以外，还借写神女以及随船的歌妓来烘托，而且，诗人还移情于花草鱼鸟，正如陆机《文赋》中所谓"登山则情满于山，观海则意溢于海"。有人认为此诗写神女故事，属轻艳一格，其实我们更应从中体会诗人兴致之超逸与情怀之浪漫。

耶溪泛舟

耶溪：若耶溪，在浙江绍兴南，出若耶山，向北注入镜湖。传说西施曾浣纱于此，故又名浣纱溪。《舆地记胜》卷十"绍兴府"："若耶溪，在会稽东二十五里。"《水经注·浙江水》："若耶溪水至清，照众山倒影，窥之如画。"此诗是诗人东游越中时作。

落景馀清晖，轻棹弄溪渚。
澄明爱水物，临泛何容与。

落景馀清晖,轻棹弄溪渚——落景:落日。《文选》卷三十一谢混《杂体诗》:"眷然惜良辰,徘徊践落景。"李周翰注:"落景,日暮时也。"轻棹:轻舟。棹,船桨,这里指船。弄:戏玩。渚:水中陆地。这两句写夕阳西下、馀霞满天之际,诗人驾着一叶轻舟在若耶溪上荡漾。

澄明爱水物,临泛何容与——澄明:形容溪水清澈透明。水物:水中生物。《文选》卷四左思《蜀都赋》:"流汉汤汤,惊浪雷奔。……水物殊品,鳞介异族。"容与:谓从容闲适。《楚辞·九歌·湘夫人》:"时不可兮骤得,聊逍遥兮容与。"这两句意思是若耶溪水流清澈,水中生物清晰可见,令人怜爱,置身于水流之中,心中何等逍遥自得。

白首垂钓翁,新妆浣纱女——新妆:指少女新修饰的容色。浣纱女:本指西施。《太平御览·罗山》:"孔晔《会稽记》曰,诸暨县北界有罗山,越时西施、郑旦所居。所在有方石,是西施晒纱处,今名苧罗山。"这里代指在若耶溪边浣纱的女子。这两句诗人由景转写人,意思是若耶溪边白发老人悠然垂钓,而年轻貌美的女子则在浣纱。

看看未相识,脉脉不得语——未相识:徐陵《玉台新咏》卷六徐悱《答唐娘七夕新穿针》:"虽言未相识,闻道出良家。"脉脉:相视貌。《文选》卷二十九《古诗十九首》之《迢迢牵牛星》:"盈盈一水间,脉脉不得语。"这两句写诗人想近前与老人及浣纱女子说话,但因为互不相识,只得作罢。

这首诗诗人描写泛舟若耶溪时所见之景,妙在笔墨简净洗练,不事藻饰,体现的是诗人澹然自得、优游不迫的心态。诗中虽有"脉脉不得语"这样的句子,但并不表明诗人情绪的低落,相反,我们从"澄明爱水物,临泛何容与"两句中,体会到的是诗人临溪泛舟时宕逸的精神与兴致,只不过诗人没有将这种精神、兴致作渲染和夸张性的表现罢了。刘辰翁评此诗云:"清溪丽景,闲远余情,不欲犯一字绮语自足。"(高棅《唐诗品汇》引)所见甚是。

北涧浮舟

北涧:孟浩然在襄阳有别业称涧南园,其《涧南即事贻皎上人》诗中有"钓竿垂北涧"的句子,即涧南之北。浮舟:即泛舟。此诗是诗人襄阳隐居期间所作。题中"浮舟",或作"泛舟"。

北涧流常满,浮舟触处通。
沿洄自有趣,何必五湖中。

北涧流常满,浮舟触处通——触处:舟之所至。这两句意思是北涧所储蓄的水流总是满满的,泛舟其上,触处皆通。

沿洄自有趣,何必五湖中——沿洄:《文选》卷二十六谢灵运《过始宁墅》:"山行穷登顿,水涉尽洄沿。"李善注:"《尔雅》曰,逆流而上曰溯洄。孔安国《尚书传》曰,顺流而下曰沿。"五湖:泛指太湖流域的湖泊。《史记》卷二十九《河渠书》:"于吴,则通渠三江、五湖。"裴骃《集解》:"韦昭曰:五湖,湖名耳,实一湖,今太湖是也,在吴西南。"司马贞《索隐》:"五湖者,郭璞《江赋》云具区、洮、彭蠡、青草、洞庭是也。又云太湖周五百里,故曰五湖。"这两句意思是沿着水流而行,其中自有隐逸之趣,又何必要浮游于广大的五湖之中呢?

这是一首五言绝句。一般而言,五绝这种形式,由于体制短小,不能像其他形式的诗尤其是古诗那样全景性地描摹事物或者曲尽诗人的内心感情,而是要选取某一角度,抓住事物带给诗人瞬间的、片段的感受,以巧取胜,这首诗即是这样。诗主要表达的是作者北涧泛舟时内心澹然冲和的审美感受,相对于五湖之广,诗人没有因为北涧之狭而中心陋之,相反却从北涧泛舟之中体会到了快适,故而沉浸于山水世界,宠辱皆忘,心与天合,这反映了诗人平易澹然的胸怀。诗虽然短小,却意味悠长。

寻天台山

寻:访。天台山,在今浙江天台县北,详见前《宿天台桐柏观》诗注。此诗是诗人初入越中所作。另本题下有"作"字。

吾爱太一子,餐霞卧赤城。

欲寻华顶去，不惮恶溪名。

歇马凭云宿，扬帆截海行。

高高翠微里，遥见石桥横。

吾爱太一子，餐霞卧赤城——太一：星名。《史记·封禅书》："亳人谬忌奏祠太一方，曰：'天神贵者太一，太一佐曰五帝。古者天子以春秋祭太一东南郊。'"《索隐》："《乐汁征图》曰：'天宫，紫微。北极，天一、太一。'宋均云：'天一、太一，北极神之别名'……石氏云：'天一、太一各一星，在紫宫门外，立承事天皇大帝。'"《文选》卷三百二十九《九歌·东皇太一》吕向注："太一，星名，天之尊神。"道教后尊为天皇太乙，梁陶宏景《真灵位业图》第一神阶中，列有玉天太一君，"居玉清仙境，号令群真"。太一子，这里指天台山的道士。孟浩然有《寄天台道士》《越中逢天台太一子》，所指或为一人。餐霞：餐食日霞，指求仙学道。道教以日为霞之实，以霞为日之精，故常以餐食日霞为修炼之术。《文选》卷二十一颜延之《五君咏·嵇中散》："中散不偶世，本自餐霞人。"李善注："餐霞，谓仙也。《楚辞》曰：'漱正阳而含朝霞。'司马相如《大人赋》曰：'呼吸沆瀣餐朝霞。'"赤城：赤城山。见前《宿天台桐柏观》诗注。这两句赞美天台山道士餐食日霞，求仙学道，高卧于赤城山里。

欲寻华顶去，不惮恶溪名——华顶：天台山主峰之一。《嘉定赤城志》卷二十一《山水门·天台》："华顶峰在县北六十里，盖天台第八重最高处，旧传高一万丈。少晴多晦，夏有积雪，可观日之出入，中有黄金洞。绝顶东望，沧海弥漫无际，俗号望海尖。下瞰众山，如龙虎蟠踞，旗鼓布列之状，草木薰郁，殆非人世。"惮：惧怕。恶溪：《元和郡县志》卷二十六《江南道·处州·丽水县》："丽水本名恶溪，以其湍流阻险，九十里间五十六濑，名为大恶，隋开皇中改为丽水，皇朝因之，以为县名。"恶溪在天台山西南，为孟浩然往游天台经行之地。这两句诗人表达志在游山，虽须经历恶溪也在所不辞。

歇马凭云宿，扬帆截海行——凭云宿：依云而宿，指山行。截海：横海。这两句诗人写为寻天台山跋山涉水，不辞辛劳。诗中颇有气概。

高高翠微里，遥见石桥横——翠微：青翠缥缈的山色。《文选》卷四左思《蜀都赋》："郁氛氲以翠微，崛巍巍以峨峨。"李善注："翠微，山气之轻缥也。"石桥：指天台山著名景观石桥飞瀑。《舆地纪胜》卷十二《台州·景物》："石桥，在天台县北五十里。按：《天台山记》，桥头上有小亭，桥长七丈，北阔二尺，南阔七尺，龙形龟背，架在壑上，有两涧合流于桥下。桥势峭峻，过者目眩心悸。其桥有尖起，高丈余，多莓苔，甚滑，度彼不得。"谢灵运《山居赋》："远东则天台、桐柏……凌石桥之莓苔,越楢溪之纤縻。"这两句诗人写遥望天台山,但见山气缥缈,萦绕于山间,远远地便望见石桥隐隐横亘于山际。

这首诗是诗人初赴越中、前往天台山的途中所作的。题中的"寻"字,不仅点出了诗人兴致之高,对游历天台山的期待,更赋予了寻找对象以某种神秘的意味(诗中"华顶"、"恶溪",以及"高高"、"遥见"等字眼,皆有通过描写距离遥远或令人退避而赋予天台山神秘奇异的意义在内)。正是这样,哪怕是跋山涉水,经行恶溪,诗人也毫不畏惧,在所不辞。同时,诗的结尾二句,描写天台山时采取远望的视角,也是由"寻"规定的。因此,理解这首诗艺术表现上的特点,我们要紧扣住"寻"字,"寻"字在诗中具有"诗眼"的意义。这首诗情致豪迈,意气风发,体现了孟浩然初出襄阳、漫游天下时对外界事物以及对大自然浓郁的兴致与喜爱之情。

彭蠡湖中望庐山

彭蠡湖:古泽薮名,即今鄱阳湖。在今江西九江市南。《尚书正义·禹贡》:"彭蠡既豬,阳鸟攸居。"孔安国《传》曰:"彭蠡,泽名,随阳之鸟,鸿雁之属,冬月所居于此泽。"孔颖达疏:"彭蠡,是江汉合处,下云导漾水,南入于江,东汇为彭蠡是也。"庐山:在今江西九江市南,见前《晚泊浔阳望庐山》诗注。这首诗是孟浩然游历庐山所作。

太虚生月晕,舟中知天风。
挂席候明发,渺漫平湖中。
中流见遥岛,势压九江雄。
黯黮凝黛色,峥嵘当曙空。
香炉初上日,瀑布喷成虹。
久欲追向子,况兹怀远公。
我来限于役,未暇息微躬。
淮海途将半,星霜岁欲穷。
寄言岩栖者,毕趣当来同。

太虚生月晕,舟中知天风——太虚:指天空。《文选》卷十一孙绰《游天台山赋》："太虚辽廓而无阂,运自然之妙有。"李善注:"太虚,谓天也。"月晕:月亮周围产生的光圈,古人认为是天气变化起风的先兆。知天风:知道天将起风。《文选》卷二十七《乐府四首·古辞饮马长城窟》:"枯桑知天风,海水知天寒。"这两句诗人写乘舟夜行,看到天上月亮周围产生了一轮圆圆的光圈,想到当是天要起风了吧!

挂席候明发,渺漫平湖中——挂席:挂帆。《文选》卷十二木华《海赋》:"维长绡,挂帆席。"李善注:"刘熙《释名》曰:'随风张幔曰帆,或以席为之,故曰帆席也。'"明发:天明。《毛诗正义·小雅·小宛》:"明发不寐,有怀二人。"孔颖达疏:"夜地而暗,至旦而明,明地开发,故谓之明发也。"渺漫:广阔旷远。木华《海赋》:"渺涂漾漫,波如连山。"李善注:"旷远之貌。"这两句诗人写彭蠡湖浩渺无际,船夫挂好船帆,准备着明早出发。

中流见遥岛,势压九江雄——中流:水中。遥岛:一作"匡庐"。按,以"匡庐"为是。匡庐山,即庐山。相传庐山因为匡俗兄弟结庐于此而得名,因之又有"匡山"、"庐阜"等名称。九江:今江西九江。《尚书正义》卷六"荆州":"九江孔殷。"孔氏传:"江于此州分界为九道,其得地势之中。九江,《浔阳地记》云:'一曰乌白江,二曰蚌江,三曰乌江,四曰嘉靡江,五曰畎江,六曰源江,七曰廪江,八曰提江,九曰箘江。'"孔颖达疏:"《传》以江是此水大名,九江谓大江分而为九,犹大河分为九河,故言。江于此州之界分为九道。……《地理志》,九江在今庐江浔阳县南,皆东合为大江。"这两句诗人写舟行于湖中,才见庐山气势不凡,雄盖九江。

黯黮凝黛色,峥嵘当曙空——黯黮:云黑貌。《楚辞·九辩》:"彼日月之照明兮,尚黯黮而有瑕。"黛:青黑色。峥嵘:山峰高崇错落。《楚辞·远游》:"下峥嵘而无地兮,上寥廓而无天。"这两句写庐山山色青苍凝黛,峰峦高崇参差。

香炉初上日,瀑布喷成虹——香炉:庐山山峰名。见前《晚泊浔阳望庐山》诗注。瀑布:庐山瀑布水。《太平御览·地部·瀑布水》:"周景式《庐山记》曰:'泉在黄龙南数里,即瀑布水也,土人谓之泉潮。其水出山腹,挂流三四百丈,飞湍于林峰表出,望之若悬索。注水处石悉成井,其深不测也。'"这两句写日出之际,香炉峰郁郁葱葱,而飞湍的瀑流又形成七彩的虹霓。

久欲追向子,况兹怀远公——向子:东汉时向长。《后汉书·逸民列传》:"向长字子平,河内朝歌人也。隐居不仕,性尚中和,好通《老》《易》。贫无资食,好事者更馈焉,受之取足而反其馀……潜隐于家。读《易》至《损》《益》卦,喟然叹曰:'吾已知富不如贫,贵不如贱,但未知死何如生耳。'建武中,男女娶嫁即毕,敕断家事勿相关,当如我死也。于是遂肆意,与同好北海禽庆俱游五岳名山,竟不知所终。"李贤注:"《高士传》,向字作尚。"远公:晋释慧远。见前《晚泊浔阳望庐山》

诗注。这两句诗人由写景转而抒怀，表示自己久有夙愿，希望追随向长和慧远，归隐庐山。

我来限于役，未暇息微躯——于役：原指服役，《诗经·王风·君子于役》："君子于役，不知其期。"后泛指远行。微躯：自谦之词。《文选》卷二十二沈约《游沈道士馆》："遇可淹留处，便欲息微躯。"孟浩然这里反其意而用之，意思是自己此次限于要远行，没有馀闲止息于庐山。

淮海途将半，星霜岁欲穷——淮海：指扬州。《尚书·禹贡》："淮海惟扬州。"孔安国《传》："北据淮，南距海。"星霜：星辰每年一周转，霜每年遇寒而降，故用以指年岁。这两句感叹时光流转，意思是说星辰周转变换，已至霜降之时，而自己的扬州之行只走了一半，一年又将终尽。

寄言岩栖者，毕趣当来同——岩栖者：栖身于岩穴间之人，指隐居者。《文选》卷四十三嵇康《与山巨源绝交书》："以此观之，故尧舜之君世，许由之岩栖，子房之佐汉，接舆之行歌，其揆一也。"谢灵运《山居赋》："上古巢居穴处曰岩栖。"毕趣：完成此役，了结游趣。这两句诗人寄语隐居庐山的隐者，等自己完成了此次扬州之行，就会了结游趣，归于庐山。

此诗题作"望"，也是围绕"望"字展开的，先写"望"中所见，着力于表现庐山崇高雄伟的气势；而在描写庐山之高耸时，诗人先是借对彭蠡湖深广邈远描写来衬托，再直写庐山。诗的后半部分虽是抒怀，但也是因"望"而生感，同样围绕着"望"字来展开。因为诗人着笔于"望"，而非近写，所以整首诗境界开阔壮大，兴象超逸，气势雄伟，颇见骨力，诚如清人潘德舆评此诗时所谓"精力浑健，俯视一切，正不可徒以清言目之"（《养一斋诗话》卷八）。从这首诗中，我们可以看出孟浩然于平淡、内敛的性情之外，还有豪宕俊迈的另一面。过去有人说孟浩然的诗比之王维诗之静谧多了一种风骨气力，验之此诗，可谓所言非虚。

题鹿门山

鹿门山：在今湖北襄樊市东南三十里。《后汉书·逸民列传》李贤注引《襄阳记》曰："鹿门山旧名苏岭山，建武中，襄阳侯习郁立神祠于山，刻二石鹿，夹神道口，俗因谓之鹿门庙，遂以庙名山也。"《舆地纪胜·襄阳府》："鹿门山，在宣城县东北六十里，上有二石鹿，故名。后汉庞德公、唐庞蕴、孟浩然、皮日休俱隐居于此。"此诗是诗人早年隐居襄阳时所作。诗题一作《登鹿门山怀古》。

清晓因兴来，乘流越江岘。

沙禽近初识，浦树遥莫辨。

渐到鹿门山，山明翠微浅。

岩潭多屈曲，舟楫屡回转。

昔闻庞德公，采药遂不返。

金涧饵芝术，石床卧苔藓。

纷吾感耆旧，结缆事攀践。

隐迹今尚存，高风邈已远。

白云何时去，丹桂空偃蹇。

探讨意未穷，回艇夕阳晚。

清晓因兴来，乘流越江岘——乘流：乘舟顺水而下。岘：岘山。见前《与诸子登岘山》诗注。这两句诗人写清早晨曦初现，不禁兴致大开，遂乘着小舟顺水而下。

沙禽近初识，浦树遥莫辨——浦：水边。这两句写舟行所见，远近皆得，近处沙岸上禽鸟清晰可识，而远处水边的树木则葱郁茂盛，难以辨认。

渐到鹿门山，山明翠微浅——翠微：青翠缥缈的山色，见前《寻天台山》诗注。这两句写渐渐来到鹿门山，山色明亮，山岚淡薄。

岩潭多屈曲，舟楫屡回转——岩潭：岩嶂中的水潭，通常水清而深。屈曲：蜿蜒曲折。楫：船桨。这两句意思是岩嶂中潭水蜿蜒曲折，小舟每每迂回而行。

昔闻庞德公，采药遂不返。金涧饵芝术，石床卧苔藓——庞德公：襄阳人，东汉后期时人，隐居不仕。《后汉书·逸民列传》："庞公者，南郡襄阳人也。居岘山之南，未尝入城府。夫妻相敬如宾。荆州刺史刘表数延请，不能屈，乃就候之。曰：'夫保全一身，孰若保全天下乎？'庞公笑曰：'鸿鹄巢于高林之上，暮而得所栖，鼋鼍穴于深渊之下，夕而得所宿。夫趣舍行止，亦人之巢穴也。且各得其栖宿而已，天下非所保也。'因释耕于垄上，而妻子耘于前。表指而问曰：'先生苦居畎亩而不肯官禄，后世何以遗子孙乎？'庞公曰：'世人皆遗之以危，今独遗之以安，虽所遗不同，未为无所遗也。'表叹息而去。后遂携其妻子登鹿门山，因采药不反。"金涧：道家炼金丹处的涧水。芝术：当为"芝术"。药草名。芝，灵芝，古人以为瑞草。术，白术药，可强身延寿。谢灵运《昙隆法师诔》："茹芝术而共饵，披《法言》而同卷。"石床：山中供人坐卧的用具。这四句诗人写到鹿门山后怀古，意思是说以前听说东汉时庞德公曾携家人一同入山，因采药而未返，在金涧以灵芝白术为食，所卧石床如今已陈迹斑斑,长满苔藓。

纷吾感耆旧,结缆事攀践。隐迹今尚存,高风邈已远——纷吾:谓感触极多,纷至沓来。见前《宿天台桐柏观》诗注。耆旧:年高而有声望者,此指庞德公。晋习凿齿有《襄阳耆旧传》一书。结缆:将船的缆绳系于岸上。南朝陈阴铿《晚泊五洲》诗曰:"客行逢日暮,结缆晚洲中。"事:从事。隐迹:隐居后留下的遗迹。高风:高尚的风操。《文选》卷四十七夏侯湛《东方朔画赞》:"仆自京都言归定省,睹先生之县邑,想先生之高风。"这四句诗人抒怀,意思是自己对庞德公这位襄阳耆旧十分仰慕,便决意停舟上岸,攀登鹿门山以践其遗迹,然而遗迹虽存,其高迈绝俗的风操却已渺然远离。

白云何时去,丹桂空偃蹇——白云:喻隐居。《文选》卷二十二左思《招隐二首》:"岩穴无结构,丘中有鸣琴。白云停阴冈,丹葩曜阳林。"丹桂:桂树的一种,因皮赤,故称。《楚辞·招隐士》:"桂树丛生兮山之幽,偃蹇连蜷兮枝相缭。"偃蹇:高耸傲岸。这两句诗人表达隐居之志,意思是说自己何时能够归隐山中,像白云那样飘然而去,自由舒卷于山中,而不至于让丹桂空自偃蹇。

探讨意未穷,回艇夕阳晚——探讨:探寻幽胜隐迹。二句谓探幽寻胜之兴致犹未尽,而天色已晚,回船时已经夕阳西下。

闻一多先生在评价孟浩然时,曾说过孟浩然之隐居,"原来是为隐居而隐居,为着一个浪漫的理想,为着对古人的一个神圣的默契而隐居"(《唐诗杂论·孟浩然》)。果如所言,则这首《题鹿门山》庶几可以看作是能体现诗人与古人所达成默契的一首诗。我们从"纷吾感耆旧,结缆事攀践。隐迹今尚存,高风邈已远"等诗句那里,便不难体会到诗人对作为襄阳耆旧的庞德公的仰慕与追怀。考虑到这首诗自我抒怀的性质,这种感情应该说是诗人心志与怀抱的真实体现。另外,从诗中"清晓因兴来"、"回艇夕阳晚"看,诗人由清早一直到傍晚,"探讨意未穷",对留下前贤隐迹的鹿门山依然兴致未尽,我们也可看出诗人的眷恋之情;应该说这种眷恋,并不能仅仅用诗人热爱自然来解释,而同样包含了一种精神上与前贤之一脉相承。总之,这首诗中孟浩然表达了一种对隐逸世界的向往之情。闻一多先生对孟浩然的描述,虽带有理想化的色彩,应该说,也是以对孟诗的阅读为前提的;而从诗的艺术上说,此诗也是诗人精心结撰之作。整首诗脉络清晰完整,随诗人感情的变化而转化,于平淡中见严谨,风格高古浑厚,饶有兴味。

题明禅师西山兰若

题解

明禅师：生平未详。禅师，是对僧人的尊称。西山：据诗中末句，西山当在襄阳孟浩然南园以西。兰若：僧院。见前《云门兰若与友人同游》诗注。此诗当是诗人早年隐居襄阳时所作。诗题一作《游明禅师西山兰若》；诗中开头两句，一作"西山饶石林，磋翠疑削成"。

西山多奇状，秀出倚前楹。
停午收彩翠，夕阳照分明。
吾师位其下，禅坐证无生。
结庐就嵌窟，剪荙通往行。
谈空对樵叟，授法与山精。
日暮方辞去，田园归治城。

新解

西山多奇状，秀出倚前楹。停午收彩翠，夕阳照分明——秀出：美好特出。《文选》卷四左思《蜀都赋》："干青霄而秀出，舒丹气以为霞。"张铣注："秀，犹拔擢也。"楹：堂屋前部柱子。停午：正午。《水经注》卷三十四《江水》："自三峡七百里中，两岸连山，略无阙处。重岩叠嶂，隐天蔽日，自非停午夜分，不见曦月。"这四句写明禅师兰若前的环境景色，意思是西山多姿多彩，佛寺挺立秀拔，迥出于西山之上。正午时分，西山收敛起它碧绿光鲜的色泽，又于傍晚时在夕阳的映照下熠熠生辉。

吾师位其下，禅坐证无生。结庐就嵌窟，剪荙通往行——禅坐：修禅人坐法，谓之跏趺坐。鸠摩罗什译《大智度论》卷七《释佛世界愿》："问曰：'多有坐法，佛何以故，唯用结跏趺坐？'答曰：'诸坐法中，结跏趺坐最安稳，不疲极，此是坐禅人坐法，摄持手足，心亦不散，又于一切四种身仪中最安稳，此是禅坐取道法。'"证：佛学术语，谓无漏之正智，能契合于所缘之真理，谓之证。慧远《大乘义章》卷一："己情契实，名之为证。"无生：佛教涅槃真理，以为无生灭，故云无生，以破生灭之烦恼。义净译《金光明最胜王经》卷一："无生是实，生是虚妄。愚痴之人，漂溺生死。如来体实，无有虚妄，名为涅槃。"结庐：筑室构屋。陶渊明《饮酒二十首》之五："结庐在人境，而无车马喧。"就：依。嵌窟：凹进之洞穴。剪荙：横穿长有芦苇的水渠。荙同苕，芦苇的花穗。《尔雅注疏》卷八："葭丑，荙。"邢昺疏："葭即芦之成者，其类皆有荙秀也。"这四句笔墨转写明禅师，意思是说，明禅师在西山兰若内修佛，常常通过禅坐以达无生灭之境界。禅师于山岩深洞内筑室，日日往还于佛寺和房舍之间。

谈空对樵叟，授法与山精——谈空：指谈论佛家义理。《文选》卷四十三孔稚圭《北山移文》："谈空空于释部，核玄玄于道流。"李周翰注："空空以空明空也，释部谓佛经也。"法：谓佛法。山精：传说中的山间怪物。刘敬叔《异苑》卷三："山精，如人，一足，长三四尺，食山蟹，夜出昼藏。"佛教谓众生平等，山精虽为异类，亦堪受佛法。这两句谓明禅师于西山兰若弘扬佛法，不分贵贱，或谈空于樵夫老叟，或传佛法于山精。

日暮方辞去，田园归治城——治城：孟浩然南园所在地。王士源《孟浩然集·序》："开元二十八年，王昌龄游襄阳，时孟浩然疾疹发背，且愈，相得欢甚，浪情宴谑，食鲜疾动，终于治城南园。"治，或作"冶"。这两句写自己游历西山兰若，盘桓既久，日暮时分方归于自己的南园。

这首诗是诗人游历西山兰若后所作的，整首诗章法谨严，转换自然。写佛寺前，先从西山之景写起，着力突出西山景致之奇异，在做好了这种铺垫之后，再转写佛寺；而写佛寺时，又注意角度的变化。同时，"停午收彩翠，夕阳照分明"二句，写景细致，颇能体现孟诗"文采丰茸"的特点。不过，这首诗诗人真正着力的并不在于对佛寺景物的描写，而在于塑造明禅师这一高僧形象。为此，诗人通过"禅坐"、"结庐"、"剪芳"、"谈空"、"授法"等的描写，将明禅师日常生活中的形象生动地展现了出来。相应地，诗歌对西山之景的描写，对佛寺的描写，都是作为明禅师活动的背景呈现出来的，是为塑造明禅师的形象服务的。作为题作，这首诗与此前其他类似之作诸如《题终南翠微寺空上人房》等诗在描写角度上的这种变化，其实传递了这样的信息：在《题终南翠微寺空上人房》这样的诗里，空上人或已经故去，或已经离开翠微寺，而这首诗中的明禅师，仍然健在，仍然在西山兰若修禅。明乎此，我们才能明白何以同是题佛寺之作，却在描写角度上存在明显的差异。说到底，这种差异，与诗所涉及的僧人是联系在一起的。

舟中晚望

此诗《诗林广记》题作《访天台》，据诗意，应是诗人初历越中时所作。题中"晚"字，一作"晓"；诗中"坐看烟霞晚"，一作"坐看霞色晓"。

挂席东南望，青山水国遥。
舳舻争利涉，来往任风潮。
问我今何去，天台访石桥。
坐看烟霞晚，疑是赤城标。

挂席东南望，青山水国遥。舳舻争利涉，来往任风潮——挂席：挂帆。见前《彭蠡湖中望庐山》诗注。舳舻：船头和船尾。《汉书·武帝纪》："舳舻千里，薄枞阳而出。"颜师古注："李斐曰：'舳，船后持柁处也。舻，船前头刺櫂处也。'"利涉：顺利渡江。《周易正义》卷二《需》："利涉大川，往有功也。"这四句诗人写张起船帆，顺水而下，往游东南吴会，放眼远望，满眼皆是水乡泽国，通向天际。水面上船只你来我往，争相渡江，毫不畏惧风高潮涌。

问我今何去，天台访石桥。坐看烟霞晚，疑是赤城标——石桥：见前《寻天台山》诗注。赤城标：赤城山。见前《宿天台桐柏观》诗注。这四句意思是设若有人问自己此行要到哪里，我会说要去天台山寻访石桥。看到傍晚灿烂的烟霞，不禁心潮澎湃，让人怀疑是否已经置身于赤城山中！

这首诗描写诗人快意放舟，来游越中，妙在虽无一语抒情，诗人放逸之情致与满怀之豪情却跃然纸上，可谓逸兴遄飞。整首诗读来正如诗所描写的顺水行舟一样，轻快自如，一气直下，虽为五律，但丝毫不为格律所缚。诗的前半部分写舟行所见，诗人从越中作为"水国"的特点出发，主要描写群舟争发的场面和晚江景色，恰如一幅暮行图。诗的后半部分则交代自己的行踪和目的地，诗人巧妙设问，又将眼前场景想象为赤城山，这些都足见诗人兴致之愉悦和精神之灵动。

听郑五愔弹琴

郑五愔：郑愔(?—710)，字文靖。则天神龙时为中书舍人，曾与崔日用、赵履温等人托武三思，权熏炙中外，卒被戮。今按，郑愔卒时，孟浩然仅二十岁馀，似不当与其相识；同时，据此诗情趣，或另有一人。岑仲勉《读全唐诗札记》云："按中宗相有郑愔，行辈在先。此称郑五愔，不知是同姓名者否。"此诗借描写音乐，表达山水之志。诗题另本无"弹"字。

阮籍推名饮,清风满竹林。
半酣下衫袖,拂拭龙唇琴。
一杯弹一曲,不觉夕阳沉。
余意在山水,闻之谐夙心。

阮籍推名饮,清风满竹林——阮籍:《晋书·阮籍传》:"阮籍,字嗣宗,陈留尉氏人也。……籍容貌瑰杰,志气宏放,傲然独得,任性不羁,而喜怒不形于色。或闭户视书,累月不出,或登临山水,经日忘归。博览群籍,尤好庄老。嗜酒,能啸,善弹琴。当其得意,忽忘形骸,时人多谓之痴。……籍本有济世志,属魏晋之际,天下多故,名士少有全者。籍由是不与世事,遂酣饮为常。""清风"句:《世说新语·任诞》:"陈留阮籍、谯国嵇康、河内山涛、沛国刘伶、陈留阮咸、河内向秀、琅邪王戎七人,常集于竹林之下,肆意酣畅,故世谓之竹林七贤。"清风,指高洁的品格德操。这两句孟浩然以典入诗,以阮籍比郑愔,意思是说阮籍当年以善饮为世所推,常沐浴春风,逍遥于林下,郑愔也雅有阮籍之风概。

半酣下衫袖,拂拭龙唇琴——半酣:饮酒至半,酒兴正酣之际。龙唇琴:琴唇以龙为饰者。《文选》卷十八嵇康《琴赋》:"弦以园客之丝,徽以钟山之玉。爰有龙凤之象,古人之形。"吕向注:"心琴有龙唇、凤足。"这两句写郑愔酒兴正酣之际,脱下衣衫,以手抚琴。

一杯弹一曲,不觉夕阳沉——"一杯"句:《文选》卷四十三嵇康《与山巨源绝交书》:"与亲旧叙阔,陈说平生。浊酒一杯,弹亲一曲,志愿毕矣。"这两句意思是郑愔一边弹琴,一边饮酒,不知不觉间,已经夕阳西下,暮色沉沉。

余意在山水,闻之谐夙心——"余意"句:《吕氏春秋·孝行·本味》:"伯牙鼓琴,锺子期听之,方鼓琴而志在太山,锺子期曰:'善哉乎鼓琴!巍巍乎若太山。'少选之间而志在流水,锺子期又曰:'善哉乎鼓琴!汤汤乎若流水。'"夙心:平素的心愿。《后汉书·赵壹传》:"惟君明叡,平其夙心。"这两句诗人自抒怀抱,意思是说自己本有山水之志,郑愔琴声之清远,正与自己夙昔的心愿相谐。

这首诗孟浩然着力于表现听琴时的感受,表达自己的山水之志。与一般的听琴诗多着眼于称赞弹琴者高超的技艺以及传达音乐的境界不同,这首诗诗人主要是以自我为主,开篇虽以阮籍善饮之典入诗,以比于郑愔,其实这里既是为诗时一般的常套用法,也有表现作者对魏晋名士风概的仰慕与追随之意。诗中直接写到郑愔的只是"半酣"二句,"一杯"二句看似写郑愔,但其实也包含有诗人忘情之意。结尾"余意在山水",更是直接抒怀,表达自己的怀抱。刘辰翁谓此诗"朴而不俚,风韵尚存"(元杨士弘《唐音》卷二引),其所谓"风韵"者,正指出了此诗所表现的高逸之致。同时,整首诗写来宛转而下,丝毫没有律诗中间四句为求对仗而形成的间隔之感,诚所谓援古入律者。

过景空寺故融公兰若

景空寺:在唐襄州。张说《张燕公集》有《襄州景空寺题融上人兰若》诗。融公:生平不详,即景空寺融上人。兰若:僧舍。见前《云门兰若与友人同游》诗注。此诗是诗人隐居襄阳时所作。诗题一作《过故融公兰若》,一作《过潜上人旧房》,一作《悼正宏禅师》。

池上青莲宇,林间白马泉。
故人成异物,过憩独潸然。
既礼新松塔,还寻旧石筵。
平生竹如意,犹挂草堂前。

池上青莲宇,林间白马泉——青莲宇:青莲指青色莲花,其叶修广,青白分明,佛家取以譬喻佛眼。《妙法莲华经》卷二十《妙音菩萨品》:"是菩萨目如广大青莲华叶。"《维摩诘经》卷一《佛国品》:"目净修广如青莲。"僧肇注:"天竺有青莲华,其叶修而广,青白分明,有大人目相,故以为喻也。"青莲宇即指佛寺。陈子昂《酬晖上人夏日林泉见赠》:"闻道白云居,窈窕青莲宇。"白马泉:在襄阳白马山。《舆地纪胜·襄阳府·景物下》:"白马山,在襄阳县东南十里,以白马泉名。"这两句写景,意思是山池之上矗立着佛寺,山林之中流淌着泉水。

故人成异物,过憩独潸然——异物:指已死亡的人。《史记·屈原贾生列传》:载贾谊作赋:"忽然为人兮,何足控搏;化为异物兮,又何足患!"司马贞《索隐》:"谓死而形化为鬼,是为异物也。"潸然:涕流貌。这两句诗人缅怀融上人,意思是说与故人阴阳两隔,再过访僧舍,心情悲伤,独自潸然泪下。

既礼新松塔,还寻旧石筵——礼:致敬礼。新松塔:松塔,状似松树的浮图。意谓融上人初故,浮图刚刚建成。石筵:石席。这两句写诗人拜祭存放着故人遗体的浮图,又寻觅故人以往曾用过的石席。一"新"一"旧",对照之中,饱含对故人去世的缅怀之情。

平生竹如意，犹挂草堂前——竹如意：如意为僧人用具，世谓爪杖。手不能达到处，用此可以搔抓。《释氏要览》："如意之制，盖心之表也。故菩萨皆执之，状如云叶，又如此方篆书心字。"此两句承前句中"寻"字展开，感慨物在人亡，表达怀念之意，意思是融上人生前用过的竹如意，还依然悬挂在草堂之前，而融上人却已故去。

这首诗借物怀人，表达对融上人故去的缅怀之情。诗在艺术表现上的一个重要特点在于，诗人不事抒情，诗歌却感情浓郁，非常感人。诗中除了颔联中"独潸然"直接表示抒情外，其他的描写主要是围绕融上人生前的生活环境以及曾经用过的用具，但正是这种描写中，诗人将物在人非的感情深刻地表现了出来。结尾二句"平生竹如意，犹是草堂前"，尤为感怆，给人留下丰富的回味馀地。

寻陈逸人故居

陈逸人：名字不详，逸人指隐逸未仕之人。此诗当是诗人襄阳隐居时作。诗题中"陈"字，一作"腾"。

> 人事一朝尽，荒芜三径休。
> 始闻漳浦卧，奄作岱宗游。
> 池水犹含墨，风云已落秋。
> 今霄泉壑里，何处觅藏舟。

人事一朝尽，荒芜三径休——人事：指人间世事。《玉台新咏》卷一古诗无名氏《为焦仲卿妻而作》："自君别我后，人事不可量。"荒芜三经：《文选》卷四十五陶渊明《归去来》："三径就荒，松菊犹存。"李善注："《三辅决录》曰，蒋诩字元卿，舍中三径，唯羊仲，求仲从之游，皆挫廉逃名不出。"三径，本指庭院间小路，后用以指隐士隐居之处。这两句写陈逸人故去之后，原先隐逸的居所因杳无人迹而荒芜满眼了。

始闻漳浦卧，奄作岱宗游——"始闻"二句：指人卧疾而逝。《文选》卷二十三刘桢《五官中郎将四首》之二："余婴沉痼疾，窜身清漳滨。自夏涉玄冬，弥旷十馀旬。常恐游岱宗，不复见故人。"李善注："《授神契》曰，太山，天帝孙也，主如人魂。《尚书》曰，至于岱宗太山，为四岳宗也。"李周翰注曰："岱宗，太山也。人命属之，则疾恐死，故云恐游岱宗也。"《后汉书·乌桓传》："如中国人死者魂神归岱山也。"李贤注："《博物志》：'泰山，天帝孙也，主召人魂。东方万物始，故知人生命。'"奄：忽然。这两句对陈逸人突然去世表示惊讶，意思是刚听说卧疾，竟忽然魂归泰山了。

池水犹含墨，风云已落秋——"池水"句：《晋书·王羲之传》："曾与人书云：'张芝临池学书，池水尽墨。'"此指陈逸人生前善书。这两句意思是陈逸人临池为书，墨迹尚未干，人却已如落叶一样随秋风而逝了。

今霄泉壑里，何处觅藏舟——壑：山谷。藏舟：《庄子·大宗师》："夫藏舟于壑，藏山于泽，谓之固矣。然而夜半，有力者负之而走，昧者不知也。"后用藏舟喻事物不断变化，生死不能固守。骆宾王《骆宾王文集》卷十《乐大夫挽歌五首》之二："返照寒无影，穷泉冻不流。居然同物化，何处欲藏舟。"这两句感叹宇宙万物变故日新，人之生死也难以预测。

此诗是陈逸人故去之后作者寻访其故居时所作的。诗人之用意不仅在于借描写陈逸人故居之荒芜与冷寂，表达对死者的悼念之情，更重要的在于借陈逸人之死，来表现自己对生死的态度与思考，这一点鲜明地体现在诗的艺术表现上。细读此诗，我们可以看出，诗人在描写陈逸人之死时，主要立足点是强调陈逸人之死的出乎意料。颔联"始闻漳浦卧，奄作岱宗游"二句中，一"始"一"奄"，极力突出其死亡之突然；"池水犹含墨，风云已落秋"中的"犹"与"已"，也同样是强调其死亡之倏忽。正是这样，才有结尾二句"今霄泉壑里，何处觅藏舟"，表达对生死之思考。这样，此诗之主旨便由缅怀陈逸人之死而得到了升华，从而给人以启示，触动人们对生命存在之思考。

游精思观回王白云在后

精思观：位于嵩山。唐高宗时为道士潘师正所建。《旧唐书》卷一百九十二《潘师正传》："潘师正，赵州赞皇人也。……以至孝闻。(隋)大业中度为道士，师事王远知。……清净寡欲，居于嵩山之逍遥谷，积二十馀年，但服松叶、饮水而已。高宗幸东都，因召见与语……甚尊敬之，流连信宿而还。寻敕所司于师正所居造崇唐观,岭山别起精思观以处之。"或疑精思观在襄阳附近,无据。王白云:王迥,行九。号白云先生、巢居子。孟浩然诗集中多有与之交游之诗。此诗是诗人游历洛阳期间所作。诗题一作《游精思观贻王先生》,"白云"一作"山人"。

　　　　　　出谷未停午,至家已夕曛。
　　　　　　回瞻下山路,但见牛羊群。
　　　　　　樵子暗相失,草虫寒不闻。
　　　　　　衡门犹未掩,伫立待夫君。

　　出谷未停午,至家已夕曛——谷:山谷,此指逍遥谷。《大清一统志》卷一百六十二《河南府·山川》:"逍遥谷,在登封县北,太室山南麓。唐时道士潘师正居此,高宗尝幸焉,小名承天谷。"停午:正午。见前《题明禅师西山兰若》诗注。夕曛:犹言傍晚。曛,太阳落山后之馀光。这两句意思是离开逍遥谷时,尚未及正午,而归家的时候已是傍晚时分。

　　回瞻下山路,但见牛羊群——牛羊群:《毛诗正义·王风·君子于役》:"日之夕兮,牛羊下来。"郑玄笺云:"鸡之将栖,日则夕矣,羊牛从下牧地而来。"这两句写傍晚山间景色,意思是回首下山走过的路,但见成群的牛羊从牧地归来。

　　樵子暗相失,草虫寒不闻——草虫:即草螽,又名常羊,俗称蝈蝈。《毛诗正义·召南·草螽》:"喓喓草虫,趯趯阜螽。"这两句写天色渐暗,山中因为深幽,樵夫们已彼此相失,而树丛中的草螽因为山中寒气也不再鸣叫了。

　　衡门犹未掩,伫立待夫君——衡门:《毛诗正义·陈风·衡门》:"衡门之下,可以栖迟。"郑玄笺云:"衡门,衡木为门,言浅陋也。"夫君:谓友人。《文选补遗》卷三十六谢朓《和江丞北戍琅邪城》诗:"夫君良自勉,岁暮勿淹留。"这两句诗人写自己伫立柴门前,等待好友白云先生。

　　这首诗前六句写游览精思观之后所见的傍晚景色,是诗的主体部分。诗人在写景时,注意抓住秋天"夕曛"时景物的特点,无论是"但见牛羊群",还是"樵子暗相失",体现的都是傍晚时景物的特点,再加上"草虫寒不闻"所表示的秋意,诗歌因此带有了浓郁的田园牧歌风味,将山水与田园结合起来。结尾"衡门犹未掩,伫立待夫君"二句,不仅照应题中"王白云在后",也与诗歌的田园风格一脉相承。整首诗朴素淡泊,情致悠然,体现了孟浩然的冲和闲雅之趣。

登望楚山最高顶

题解

望楚山：在襄阳。习凿齿《襄阳记》："望楚山有三名，一名马鞍山，一名灾山。宋元嘉中，武陵王骏为刺史，屡登之。旧名望郢山，因改为望楚山。后遂龙飞，是孝武望之处，时人号为凤岭。高处有三磴，即刘宏、山简九日赏宴之所也。"（《太平御览》卷四十三《地部八·商洛襄邓淮蔡诸》引）此诗是诗人早期隐居襄阳期间所作。诗题另本无"最高顶"。

> 山水观形胜，襄阳美会稽。
> 最高唯望楚，曾未一攀跻。
> 石壁疑削成，众山比全低。
> 晴明试登陟，目极无端倪。
> 云梦掌中小，武陵花处迷。
> 暝还归骑下，萝月在深溪。

新解

山水观形胜，襄阳美会稽——形胜：形势险要，非同寻常。《文选》卷二十二徐敬业《古意酬到长史溉登琅邪城诗一首》："表里穷形胜，衿带尽岩峦。"李善注："《汉书》，田肯贺上曰：秦，形胜之国也。"襄阳：《元和郡县志》卷二十一《山南道·襄州》："襄阳县，本汉旧县也，属南郡，在襄水之南，故以为名。"会稽：《元和郡县志》卷二十六《江南道》："会稽县，山阴，越之前故灵文园也。秦立以为会稽山阴。"即今浙江绍兴，有兰亭、镜湖等名胜。这两句意思是襄阳山川风景优美，胜过了会稽。

最高唯望楚，曾未一攀跻——攀跻：攀登。这两句意思是襄阳境内以望楚山为最高，而自己此前还未曾登临过。

石壁疑削成，众山比全低——疑：似。削成：形容山峰陡峭如刀削斧劈而成。这两句意思是望楚山山峰陡峭，周围的众山与之相比都匍匐其下，显得低小。

晴明试登陟，目极无端倪——陟：登高。目极：纵目远眺。端倪：边际。《文选》卷二十二谢灵运《游赤石进帆海》："溟涨无端倪，虚舟有超越。"李周翰注："端倪，犹涯际也。"这两句诗人写登临望楚山，意思是在一个晴朗的日子，自己尝试登上望楚山，放眼远望，一派浩瀚，遥远无极。

云梦掌中小，武陵花处迷——云梦：云梦泽，见前《与诸子登岘山》诗注。"武陵"句：武陵，今湖南常德。《艺文类聚》卷八十六陶渊明《桃花源记》："晋太康中，武陵日捕鱼,从溪而行,忽逢桃花林,夹两岸数百步……渔人异之。……便舍舡步入,初极狭,行四五十步,豁然开朗。邑室连接,鸡犬相闻。男女被发,怡然并足,见渔人大惊,问所从来,要还,为设酒食。云先世避秦难,率妻子来此,遂与外隔绝。不知有汉,无论魏晋也。既出,白太守,太守遣人随而寻之,迷不复得路。"这两句写纵目远眺,系想象之辞,非实写,意思是云梦古泽小得可置于股掌,武陵也掩映于花丛之中,一片迷茫。

暝还归骑下,萝月在深溪——暝:日暮天黑。归骑下:回去的马蹄下。萝月:松萝之上的月。这两句写诗人日暮时分骑马归来,月光穿过松萝映入深奥的溪水中。

"会当凌绝顶,一览众山小",是杜甫想象自己满怀豪情登上泰山之后的情景,体现的是他志在天下的胸怀和追求。相形之下,孟浩然此诗着意的不是登上望楚山最高顶的豪情,而是表达对故乡襄阳山川风物的喜爱之情。从诗中感情清朗透明的特点看,这首诗应是诗人早期之作。在艺术上,这首诗中,诗人将笔力主要集中于对望楚山的描写上。在描写望楚山时,既有开头"山水"二句的侧面映衬与铺垫,更有"石壁疑削成"一句的正面直写;既有"晴明"二句的实写,又有"云梦"二句的想象之辞;既突出望楚山高耸磅礴之势,又写其月映清溪的深幽。正是这种多角度、多层次的表现方法的融合,诗人才能将望楚山高耸峻拔而又气象万千、富于变化的特点,生动地传达出来。

疾愈过龙泉精舍呈易业二公

过:过访。龙泉精舍:即龙泉寺,本在庐山,由东晋慧远所建。此诗中似指襄阳附近之龙泉寺。《湖北通志》卷十八《舆地志》:"龙泉寺在县北十五里,晋慧远法师建。"县指襄阳县,或当为庐山龙泉寺之分院。精舍:寺院之别名,因是精行者所居,故称精舍。《魏书·冯熙传》:"(冯)熙为政不能仁厚,而信佛法,自出家财,在诸州镇建佛图精舍,合七十二处,写一十六部一切经,筳致名德沙门,日与讲论,精勤不倦。"易业二公:名未详,孟浩然有《宿业师山房待丁公不至》诗,此业公当即业师。此诗作于襄阳。诗题中"疾"字一作"病";"精舍"一作"寺";"二公"一作"二上人"。

停午闻山钟,起行送愁疾。
寻林采芝去,谷转松翠密。

傍见精舍开，长廊饭僧毕。

石渠流雪水，金子曜霜橘。

竹房思旧游，过憩终永日。

入洞窥石髓，傍崖采蜂蜜。

日暮辞远公，虎溪相送出。

【新解】

停午闻山钟，起行送愁疾——停午：正午。见前《题明禅师西山兰若》诗注。愁疾：深愁。《北史·王孝籍传》："愁疾甚乎厉鬼，人生异乎金石。"这两句意思是正午时候听得山寺钟声，遂起而出行，意欲驱散心中之深愁。

寻林采芝去，谷转松翠密——寻：沿着。这两句写诗人沿着山林而行，意欲采摘灵芝，山谷宛转，松林愈发茂密深翠。

傍见精舍开，长廊饭僧毕——饭僧：供饭与僧人。这两句写诗人山行途中见到浓密的山林里龙泉精舍依山而建，寺内长廊里僧侣们刚刚用过午膳。

石渠流雪水，金子曜霜橘——金子：金黄色的果实。崔湜《唐都尉山池》："金子悬湘柚，珠房折海榴。"这两句写精舍之景，意思是山上积雪融化，顺着石渠流经精舍，树上的橘子经霜之后格外鲜艳耀眼。

竹房思旧游，过憩终永日——竹房：僧舍，因以竹建，故称。"过憩"句：谢灵运《还旧园作见颜范二中书》："虽非休憩地，聊取永日闲。"永日，整日。这两句诗人写进入僧房，缅怀以往同游的旧友，想要在僧房里终日休憩。

入洞窥石髓，傍崖采蜂蜜——石髓：洞中钟乳，传说服食可以长寿。《晋书·嵇康传》："康尝采药游山泽，会其得意，忽焉忘反。……康又遇王烈，共入山，烈尝得石髓如饴，即自服半，馀半与康，皆凝而为石。"蜂蜜：山崖间野蜂酿成的蜜，俗称崖蜜或石蜜。《本草纲目》卷三十九《虫》一《蜂蜜集解》引陶弘景曰："石蜜即崖蜜也。在高山岩石间作之，色青，味小酸。"这两句系想象之辞，非实写，意在突出龙泉精舍所依傍的山峦古奥深邃，其洞穴里藏有服食可以延年的石髓和野蜂所酿之崖蜜。

日暮辞远公，虎溪相送出——远公：东晋时庐山龙泉寺僧慧远，此以指易、业二上人。"虎溪"句：梁慧皎《高僧传》卷六《慧远传》："远卜居庐阜三十馀年，影不出山，迹不入俗。每送客，游履常以虎溪为界焉。"这两句写诗人傍晚时离开龙泉精舍，与易、业二公在虎溪作别。

这首诗作者虽自言"起行送愁疾",但并未围绕"愁疾"而作,整首诗感情流易舒缓。诗中诗人的着力点在于写龙泉寺;而在写龙泉寺时,诗人仅以"傍见精舍开,长廊饭僧毕"二句从正面着笔,更多地是通过侧面来描写。诗的开头在交代起行的目的后,以"寻林采芝去,谷转松翠密"二句,突出龙泉寺地处深山,颇有桃花源山回路转、曲径通幽之致。"入洞"二句,又以想象之辞突出龙泉寺所依傍的山峦幽深古奥。这些侧面之辞的虚写,虽没有正面直写所具有的明确效果,却留给人丰富的想象空间。孟浩然的诗长于神行而不落痕迹,这种特点许多时候都是凭借侧面烘托与描写的手法实现的。

春晓绝句

此诗题一作《春晓》;诗中"夜来风雨声",一作"欲知昨夜风"。这首诗是诗人隐居襄阳期间所作,体现了诗人从容闲雅之致。

春眠不觉晓,处处闻啼鸟。
夜来风雨声,花落知多少。

春眠不觉晓,处处闻啼鸟——"春眠"二句:写春眠一刻千金,在山鸟的鸣啼声中,天已不知不觉地亮了。

夜来风雨声,花落知多少——知多少:不知有多少。这两句诗人写早上醒来,追想昨夜的风雨,因知许多的春花随之而凋谢了。

这是孟浩然脍炙人口、历久弥香的一首名作,虽篇制短小而意味深长,耐人咀嚼,洵苏轼所谓"韵高"者也。诗从内容上看,并不深奥,只是提供给了我们两个意象:一是晨鸟的鸣声,二是落花。但是诗人对这两个意象,并未表现出特定的感情态度,给人的感觉是既未因晨鸟欢快的鸣声而兴致倍增,也未因落花而伤春,体现出的似乎是以一种平和亲切的态度对于一切自然事物的欣赏。作者将鸟的鸣声,与随风雨而飘落的花瓣,都看作是自然的一部分,以超乎功利的眼光视之,故春来不足喜，花落不足悲。刘辰翁谓此诗"风流闲美，正不在多"（元杨士弘《唐音》卷六引），即道出了这一点。如此说来，此诗表现的应是孟浩然隐居襄阳时冲和闲雅的精神旨趣。因此，我们应该注意此诗与李清照《如梦令·昨夜雨疏》词中"知否，知否，应是绿肥红瘦"寄托与表现伤春叹逝之感之间的区别。另外，如果细加留意的话，我们还能看到孟浩然此诗与晏殊《浣溪沙》（一曲新词酒一杯）中"无可奈何花落去，似曾相识燕归来"之间的关系。不过，比之孟浩然，晏殊此词更在意的是对时间的哲理体悟，缺少了孟诗所具有的冲和闲雅、不为外物之迁逝而动的从容与自在。

问舟子

舟子：船夫。这首诗是孟浩然开元十三年(725)因为"遑遑三十载，书剑两无成"而愤抑不平，为排遣愤郁之情"自洛之越"时，由洛阳舟行沿汴水南下入淮水时所作的。诗中"无几多"，一作"复几多"；"好"，一作"堪"。

> 向夕问舟子，前程无几多。
> 湾头正好泊，淮里足风波。

向夕问舟子，前程无几多——向夕：向晚，临晚。陶潜《陶渊明集》卷二《岁暮和张常侍》："向夕长风起，寒云没西山。"这两句写诗人经过一天的舟行，临近日暮时问船夫，前面的行程还有多少。

湾头正好泊，淮里足风波——湾头：河道转弯处。淮：淮河。源出河南桐柏山，流经安徽、江苏入海。足风波：言风浪很大。这两句写船夫告诉诗人因为风高浪急，就要在前面的转弯处靠岸停泊。

孟浩然为诗长于五律，但一些五言小绝句也写得蕴藉深厚，足堪玩味，像《春晚绝句》、《宿建德江》、《杨子津望京口》等皆是如此。这首诗在艺术上也有匠心独运之处，主要是诗人以问答的形式展开，前两句是问，从中可以体会到诗人经历长途舟行之后对前程的关切，以及有些迷茫的情形。孟浩然在洛阳失意，为驱遣愤郁之情而"自洛之越"，诗人这种对旅途前程的关切中，很自然地具有对未来人生关切的意味。事实上，我们从船夫后两句对前程并非坦途的描述中，感受到的便是诗人迷茫的目光;正因为这样,诗中的景物才表现出灰暗而非明朗的色彩——这其实正是诗人心里的投影!

夜归鹿门寺

鹿门寺:在襄阳宜城县鹿门山,见前《题鹿门山》诗注。此诗是诗人早年隐居襄阳时所作。诗题中"寺",一作"歌",或作"寺歌"。诗中"沙路",一作"沙岸";"开烟树",一作"烟中树";"樵径非遥",一作"岩扉松径";"夜来去",一作"自来去"。

山寺鸣钟昼已昏,渔梁渡头争渡喧。
人随沙路向江村,余亦乘舟归鹿门。
鹿门月照开烟树,忽到庞公栖隐处。
樵径非遥长寂寥,唯有幽人夜来去。

山寺鸣钟昼已昏,渔梁渡头争渡喧——渔梁:洲名,在襄阳城东沔水中,庞德公曾栖隐于此。见前《与诸子登岘山》诗注。争渡喧:庾信《子山集》卷上《同州还》诗:"上林催猎响,河桥争渡喧。"这两句写在山寺的钟声中黄昏渐渐来临,人们聚集在渔梁渡口喧嚷不休,争着渡河。

人随沙路向江村,余亦乘舟归鹿门——随:沿,顺。这两句写争渡的人们沿着沙岸返回江边的山村,诗人也乘舟回到鹿门山。

鹿门月照开烟树,忽到庞公栖隐处——开烟树:暮霭烟气原本笼罩山树,明月升起后,豁然开朗,故云"开烟树"。庞公:庞德公。见前《题鹿门山》诗注。这两句写鹿门山在月光映照下烟雾渐开,不知不觉间竟已到了庞公昔日的隐居之处。

樵径非遥长寂寥,唯有幽人夜来去——樵径:樵夫平日经过的路。幽人:深山隐士。这两句意思是昔日庞德公栖隐处长期人迹罕至,只有绝去凡尘的隐士悄然来去。

这首诗写夜归鹿门山的见闻。诗人着意在"争渡喧"之外,描绘了一幅"唯有幽人夜来去"的隐逸世界;在这两个世界中,诗人由熙熙攘攘而争喧的渡口,乘舟而归于月明树静的鹿门山,表达了志在隐逸的怀抱。艺术上,诗以动衬静,很好地表现了隐逸世界的悠远与静穆。苏轼《西江月》中"独有幽人自往还,缥缈孤鸿影"二句,即是从孟浩然此诗中化出。不过,比之孟浩然着意于表现环境气氛的幽隐、宁静,苏词则主要表现精神上的孤独凄清之感。同时,此诗在景物描写上也非常生动,尤其是开头"山寺"二句,写江边暮景,有声有色,生动传神。宋人蔡正孙《诗林广记》卷八云:"胡苕溪云,浩然《夜归鹿门歌》云'山寺鸣钟昼已昏,渔梁渡头争渡喧',不若岑参《巴南舟中即事》诗云'渡口欲黄昏,归人争渡喧'一联,语简而意尽,优于孟也。"这种看法其实是片面的。在孟浩然此诗中,诗人随众而渡,己在其中,所谓"有我之境",更为神妙者也!

寻梅道士张逸人

题解

梅道士:事历不详。孟浩然尚有《梅道士水亭》、《清明日宴梅道士房》诗。张逸人:不详,从"逸人"之称看,当是隐士。诗人另有《夏日浮舟过张逸人别业》诗,所指当为一人。此诗是诗人隐居襄阳期间所作。此诗题一作《寻梅道士》,无"张逸人"三字;另本"张逸人"作"张山人";诗中"汉阴",一作"夏云"。

彭泽先生柳,山阴道士鹅。
我来从所好,停策汉阴多。
重以窥鱼乐,因之鼓枻歌。
崔徐迹未朽,千载揖清波。

新解

彭泽先生柳,山阴道士鹅——"彭泽"句:《晋书·陶潜传》:"潜少怀高尚,博学善属文,颖脱不羁,任真自得……尝著《五柳先生传》以自况,曰:'先生不知何许人,不详姓字,宅边有五柳树,因以为号焉。闲静少言,不慕荣利。好读书,不求甚解,每有会意,欣然忘食。'……其自序如此,时人谓之实录。以亲老家贫,起为州祭酒,不堪吏职,少日自解归。州召主簿不就,躬耕自资,遂抱羸疾。复为镇军建威参军,谓亲朋曰:'聊欲弦歌以为三径之资,可乎?'执事者闻之,以为彭泽令。……义熙二年,解职印去县。""山阴"句:《晋书·王羲之传》:"性爱鹅。……山阴有一道士养好鹅,羲之往观焉,意甚悦,固求市之。道士云:'为写《道德经》,当举群相赠耳。'羲之欣然写毕,笼鹅而归,甚以为乐。其任率如此。"这两句着眼于梅道士和张逸人,以陶渊明比张逸人,以拿鹅换王羲之字的山阴道士比梅道士,称赞他们具有魏晋名士之风。

我来从所好,停策汉阴多——从所好:《论语注疏·述而》:"子曰:'富而可求也,虽执鞭之事,吾亦为之。如不可求,从吾所好。'"何晏注:"孔曰:'所好者,古人之道。'"停策:犹止步。《文选》卷二十二谢灵运《于南山往北山经湖中瞻眺》:"舍舟眺迥渚,停策倚茂松。"李周翰注:"策,杖。"汉阴:襄阳有汉阴台。《水经注·沔水》:"沔水又东合檀溪水。水出县西柳子山下……北径汉阴台西,临流望远,按眺农圃,情邈灌蔬,意寄汉阴,故因名台矣。又北径檀溪,谓之檀溪水。……溪之阳有徐元直、崔州平故宅,悉人居,故习凿齿《与谢安书》云:'每省家舅,纵目檀溪,念崔、徐之交,未尝不抚膺踌躇,惆怅终日矣。'"《舆地纪胜》卷八十二《襄阳府·古迹》:"汉阴城,在谷城县北,汉为县,今废城存。"这两句诗人着眼于己,写因为好古人之道,故常常来到汉阴,驻足流连。

重以窥鱼乐,因之鼓枻歌——重以:加以。窥鱼乐:《庄子·秋水》:"庄子与惠子游于濠梁之上,庄子曰:'鲦鱼出游从容,是鱼乐也。'惠子曰:'子非鱼,安知鱼之乐?'庄子曰:'子非我,安知我不知鱼之乐?'"鼓枻歌:《楚辞章句·渔父》:"渔父莞尔而笑,鼓枻而去,歌曰:'沧浪之水清兮,可以濯吾缨;沧浪之水浊兮,可以濯吾足。'遂去,不复与言。"王逸注:"扣船舷也。"这两句意谓加之可以观赏游鱼之乐,故而鼓枻而歌。

崔徐迹未朽,千载揖清波——崔徐:崔州平、徐元直,汉末高士。《三国志·蜀书·诸葛亮传》:"亮躬耕陇亩,好为《梁父吟》。身长八尺,每自比于管仲、乐毅,时人莫之许也。惟博陵崔州平、颍川徐庶元直与亮友善,谓为信然。"揖:作揖,表示景仰。清波:《楚辞章句·哀时命》:"知贪饵而近死兮,不如下游乎清波。"王逸注:"清波,清洁之流,无人之处也。言蛟龙明于避害,知贪香饵必近于死,故下游于清波无人之处也。以言贤者亦不宜贪禄位以危其身也。"后以喻指君子风尚,这里喻指崔、徐之高尚品德。这两句意谓崔、徐之遗迹尚存,千载之下人们仍然景仰他们的清高品德。

这首诗是诗人受梅道士和张逸人高隐林下之吸引,怀着对隐逸世界的憧憬而作的;正是这样,诗虽题作"寻梅道士张逸人",但并不从"寻"字入手,自然也不去关切和注意"寻"的结果,也同样无一语涉及与二人的交谊。这很自然让我们联想起王子猷"夜雪访戴"的故事。在"夜雪访戴"的故事中,王子猷经历一夜的冒雪而行,及至到了友人的门前,却"不前而返",理由是本乘兴而来,兴尽而返!这个故事体现的是王子猷作为名士率性而为、任真放诞之精神。孟浩然此诗与"夜雪访戴"故事有异曲同工之妙,体现的也是诗人超迈放逸的兴致。王士源《孟浩然集序》谓孟浩然为诗"伫兴而作",观此诗可谓信然。正是如此,这首诗在感情特点上较为明快,洋溢着浪漫的情怀,当是诗人早年襄阳隐居期间之所作。

与崔二十一游镜湖寄包贺

崔二十一：岑仲勉《唐人行第录》："《全诗》三函孟浩然《与崔二十一游镜湖寄包贺二公》，又《夏日与崔二十一同集王明府宅》。按《全唐文》三三四陶翰《送崔二十一之上都序》，崔为赴京应举者，孟与陶既有交往，则此两崔二十一当同一人，惟名不详。按，崔二十一疑当为崔国辅，开元十四年(726)登进士第，后授山阴尉，孟浩然尚有《宿永嘉江寄山阴崔少府国辅》《江上寄山阴崔少府国辅》诗。镜湖：在今浙江绍兴。《元和郡县志·江南道·越州·会稽县》："镜湖，后汉永和五年太守马臻创立，在会稽、山阴两县界筑塘蓄水，水高丈馀，田又高海丈馀，若水少则泄湖灌田，如水多则闭湖泄田中水入海，所以无凶年。"《嘉泰会稽志》卷十《湖·会稽县》："镜湖在县东二里，故南湖也，一名长湖，又名大湖。……王逸少有云：'山阴路上行，如在镜中游。' 镜湖之名以此。《舆地记》：'山阴南湖，萦带郊郭，白水翠岩，互相映发，若镜若图。' 任昉《述异记》云：'轩辕氏铸镜湖边，因得名。或又云，黄帝获宝镜于此也。'"包贺：疑指包融、贺朝，详见后注。此诗是孟浩然游历越中期间所作。诗题下另本有"二公"。

> 试览镜湖物，中流见底清。
> 不知鲈鱼味，但识鸥鸟情。
> 帆得樵风送，春逢谷雨晴。
> 特寻夏禹穴，稍背越王城。
> 府掾有包子，文章推贺生。
> 沧浪醉后唱，因此寄同声。

试览镜湖物，中流见底清——见底清：何逊《何记室集》卷一《暮秋答朱记室》诗："寒潭见底清，风色极天净。"这两句写首次游览镜湖，但见湖水明净清澈，连水底之物都清晰可辨。

不知鲈鱼味，但识鸥鸟情——鲈鱼：《吴郡志》卷二十九《土物》："鲈鱼生松江，尤宜鲙，洁白松软，又不腥，在诸鱼之上。"《晋书·张翰传》："张翰字季鹰，吴郡吴人也。……齐王冏辟为大司马东曹掾。……翰因见秋风起，乃思吴中菰菜、蓴羹、鲈鱼脍，曰：'人生贵得适志，何能羁宦数千里以要名爵乎！'遂命驾而归。"

鸥鸟：见前《陪张丞相自松滋江东泊渚宫》诗注。这两句意谓己非如张翰那样因思鲈鱼而归吴，却颇领会了湖中鸥鸟毫无机心的性情。

帆得樵风送，春逢谷雨晴——樵风：《后汉书·郑弘传》："郑弘，字巨君，会稽山阴人也。"李贤注："孔灵符《会稽记》曰：'射的山南有白鹤山，此鹤为仙人取箭。汉太尉郑弘尝采薪，得一遗箭，顷有人觅，弘还之，问何所欲，弘识其神人也，曰：常患若邪溪载薪为难，愿旦南风，暮北风。后果然。故若邪溪风至今犹然呼为郑公风也。'"后因以樵风为顺风、好风。宋之问《游禹穴回出若邪》诗："归舟向何处，日暮使樵风。"谷雨：古代节气名。《逸周书》卷六《周月》解第五十一："春三月中气，雨水、春分、谷雨。"《岁时广记》卷一："春分后十五日，斗指乙，为清明，后十五日斗指辰，为谷雨。"这两句写湖中行舟，幸得山风吹送，又恰值谷雨天晴，愈觉鲜翠欲滴。

特寻夏禹穴，稍背越王城——夏禹穴：位于会稽山上，在今浙江绍兴市。见前《与杭州薛司户登樟亭楼作》诗注。越王城：《嘉泰会稽志》卷一《古城》："越王城，旧经云，在(会稽)县西南四十七里。旧经，越王墓在古城村。今虽不可考，然地名犹曰古城也。"这两句写诗人探古之兴，意思是暂且离开会稽古城，而去探寻历史更久远的禹穴。

府掾有包子，文章推贺生——府掾：府署辟置的僚属。包子：孟浩然另有《题龙门山寄越府包户曹徐起居》诗，此诗之"包子"即任越府户曹者，疑当为包融，贺生：疑为贺朝。《旧唐书·贺知章传》："先是神龙中，知章与越州贺朝、万齐融、扬州张若虚、邢巨、湖州包融，俱以吴越之士，文词俊秀，名扬于上京。"这两句照应题目，意谓想起时为府辟僚属的包融，和擅于文场而以文章为世所推的贺朝。

沧浪醉后唱，因此寄同声——沧浪：《楚辞·渔父》中渔父所歌，见前《陪张丞相自松滋江东泊渚宫》诗注。这里借指醉后的诗作。同声：谓志趣相同，犹言知音。《周易正义·乾》："同声相应，同气相求。"孔颖达疏："同声相应者，若弹宫而宫应，弹角而角动是也。"《乐府诗集》卷六十一陆机《驾言出北阙行》："良会馨美服，对酒宴同声。"这两句诗人交代作诗原委，写酒醉之后兴犹未减，因作沧浪之歌，并以寄志趣相投的好友包、贺二公。

这首诗分前后两部分，前八句作为第一部分，主要是写景。既然是游镜湖，所写景自然主要围绕镜湖展开。开头"试览"二句，俯瞰水面，着力描写镜湖之水的清澈；"不知"二句，则仰望湖面之上，写天空中鸥鸟之飞翔。"帆得"二句，诗人又进一步展开视野，写春光明媚的季节，可以说诗人写景时角度不断变换，由局部到整体，从而将镜湖春色生动地表现了出来。不仅如此，诗人还进一步由自然之景转而写人文之景，将笔触转移到镜湖周围的禹穴上，从而丰富了诗的内涵。第二部分，主要照应题目，着眼于包、贺二公。整首诗意象生动流走，情韵饱满酣畅，字里行间洋溢着诗人受湖光山色的吸引而激发起的逸兴情致，具有很强的感染力。

秋登张明府海亭

张明府：襄阳人张愿，祖张柬之曾为汉阳郡王中书令。据《湖北通志·金石志》所附《张氏(柬之)世表》《唐代墓志汇编·大唐谷城县令故张府君墓志》，张愿曾为奉先县令，驾部郎中，曹、婺等十一州刺史，吴郡太守，兼江南东道二十四州采访黜陟使。孟浩然与之交往密切，集中尚有数篇相关的诗作。海亭：又名海园。本诗约作于开元二十年(732)，诗写登海亭所望之景，表达了对主人闲情雅趣的欣赏之情。诗中"歌逢"，一本作"欢逢"。

海亭秋日望，委曲见江山。
染翰卧题壁，倾壶一破颜。
歌逢彭泽令，归赏故园间。
余亦将琴史，栖迟共取闲。

海亭秋日望，委曲见江山——委屈：蜿蜒曲折。二句写天高气爽的秋日登上海亭眺望，江山之景尽收眼底。

染翰卧题壁，倾壶一破颜——染翰：挥笔濡墨。翰，笔墨。《文选》卷十三潘岳《秋兴赋》："有江湖山薮之思。于是染翰操纸，慨然而赋。"李善注："翰，笔墨也。"倾壶：以酒壶注酒。陶渊明《咏贫士》诗："倾壶绝馀沥，窥灶不见烟。"破颜：犹开颜，露出笑容。宋之问《发端州初入西江》："破颜看鹊喜，拭泪听猿啼。"二句写金秋美景最易引发诗兴，诗人提笔染翰，在墙壁上挥洒而就，玉人献上的一杯琥珀美酒，更使诗人喜上眉头、神采悠悠。

歌逢彭泽令，归赏故园间——彭泽令：东晋陶渊明曾任彭泽令，此指张愿。二句称美张愿性情洒脱自然，若采菊东篱、高卧北窗的五柳先生陶渊明，他归还故园，尽情地游赏于清幽秀丽的山林间。

余亦将琴史，栖迟共取闲——将琴史：携带琴、书。将，携。栖迟：《毛诗正义·陈风·衡门》：“衡门之下，可以栖迟。”郑笺：“栖迟，游息也。”二句写诗人携书抱琴，与友人共同游息于海亭，淡泊安闲，自得其乐。

此诗虽题作《秋登张明府海亭》，但着意者并不在写登临所见，对远望所见，只是在开头两句中以“委曲”二字概括，诗人更多地将笔墨集中于抒发与友人共处以及由江山胜概触动、引发的豪情逸兴上。“染翰卧题壁，倾壶一破颜”二句即兴题诗、把酒解颜的描写，使诗人天真直率、洒脱不羁的性情，得到了生动的表现。“歌逢”四句，前二句着笔于张愿，写其秩满归乡，游息于故园，后二句着眼于自己，表达闲居之乐，也是与这种逸兴一脉相承的。整首诗笔墨饱满酣畅，逸兴遄飞，一气直下，字里行间洋溢着诗人的高情逸兴。

题融公兰若

融公：襄阳景空寺僧，见前《过景空寺故融公兰若》诗注。兰若：梵语阿兰若，佛寺。此诗描写了融公兰若清幽景色，有着浓郁的佛家色彩。诗题一作《题容山主兰若》。诗中“谈玄殊未已”，一作“一乘谈未了”。

　　精舍买金开，流泉绕砌回。
　　芰荷薰讲席，松柏映香台。
　　法雨晴霏去，天花昼下来。
　　谈玄殊未已，归骑夕阳催。

精舍买金开，流泉绕砌回——精舍：佛寺，见前《晚泊浔阳望庐山》诗注。买金：佛家传说，有位孤独长者，听释迦佛说法后，皈依佛门，购祇陀太子园林，太子戏言，满以黄金铺地便相与，长者出金布八十顷，购得园林，以赠释迦佛作精舍。二句写佛寺地处山中的黄金宝地，楼阁层递，深殿飞檐，气势恢宏，瑞气东升，门前石阶之下，清泉环绕，蜿蜒而去。

芰荷薰讲席，松柏映香台——芰荷：芰为菱，荷为莲，佛家尊爱莲花，佛国常称莲界，佛座称莲座。《楚辞章句·离骚》：“制芰荷以为衣兮。”王逸注：“制，裁也。芰，菱也。秦人曰薢茩。荷，芙蕖也。”讲席：宣讲经义的坐席。香台：佛殿别称，烧香之台。《卢照邻集》卷三《游昌化山精舍》："宝地乘峰出，香台接汉高。"二句写佛寺中香气缭绕，古柏参天，青松掩映下可见潭中初绽的白莲，与殿堂帷幔、宝座上雕饰的莲花相映生辉。

法雨晴霏去，天花昼下来——法雨：佛家认为佛法无边，如天雨之降福，滋润世间众生。《广弘明集》卷二十三谢灵运《庐山慧远法师诔》："仰弘如电，宣扬法雨。"天花：亦作"天华"，佛家传说佛说法则天花飘坠。《维摩诘经·观众生品》："时维摩诘室有一天女，见诸大人闻所说法，便现其身，即以天华散诸菩萨大弟子上。"二句写佛法妙理如天降春雨甘露，普度众生脱离无际的苦海，在佛的极乐世界里，天空中时时飘坠香气袭人的天花，吉光四照，人们没有任何忧愁烦恼。

谈玄殊未已，归骑夕阳催——谈玄：谈论佛法玄妙之义。唐道宣《续高僧传》卷十五《唐京师弘福寺释灵润传》："加以性爱林泉，捐诸名利。弊衣粝食，谈玄为本。"二句写还未及畅论佛教之玄妙奥义，却不觉夕阳已西下，不得不骑马下山。

诗的前四句写融公兰若的幽胜，流泉相绕，芰荷初发，松柏掩映。后四句赞融公的道法灵通，法雨天花，谈玄妙义。想象奇越，出人意表，直到夕阳催归，言尽意长。此诗在语言上颇为绮艳华丽，与孟诗寻常的简淡清雅之风迥然不同，纪昀故谓此诗"尚有初唐意味"（《瀛奎律髓》），周挺亦评云："语调稍艳，而丰骨超逸。"（《唐诗选脉会通评林》）其所以如此，盖在于孟浩然于盛唐为前辈诗人，其诗在一定程度上保留了初唐遗风。

夏日浮舟过张逸人别业

张逸人：或作滕逸人，或作陈大，名及事历未详，见前《寻梅道士张逸人》诗注。诗写夏日傍晚泛舟访友人的水亭之乐，逸趣颇多。诗题或作《过陈大水亭》；诗中"水高"，一作"水亭"。

水高凉气多，闲棹晚来过。
涧影见松竹，潭香闻芰荷。
野童扶醉舞，山鸟笑酣歌。
幽赏未云遍，烟光奈夕何。

水高凉气多，闲棹晚来过——"闲棹"：谓悠闲地驾着小舟于傍晚时分前来探访。二句写碧水高涨清波荡漾,在炎炎夏日中水亭处凉气习习,清爽无比,诗人兴致悠然,悠闲地驾着轻舟前来寻访,欣赏友人别业的清幽景致。

涧影见松竹,潭香闻芰荷——涧影:涧溪中的光影。《广弘明集》卷三十薛道衡《展敬上凤林寺诗》:"檐阴翻柳细,涧影落长松。"芰荷:指荷花。二句写涧溪清澈见底、波光粼粼,映着岸边青松翠竹的倒影,摇荡着一片婆娑的绿荫,深潭中红莲绽放,传来幽幽清香。

野童扶醉舞,山鸟笑酣歌——笑酣歌:尽情欢笑高歌。二句诗人写豪兴大发,与友人开怀畅饮,竟至于醉而起舞,放歌山潭,就连林中的飞鸟也似为自己的醉态酣歌而鸣笑。

幽赏未云遍,烟光奈夕何——幽赏:赏玩幽胜。骆宾王《骆丞集》卷一《同辛簿简仰酬思玄上人林泉四首》其二:"芳晨临上月,幽赏狎中园。"烟光:夕阳映照下的薄薄轻雾。江淹《江文通集》卷四《还故园》:"红草涵电色,绿树铄烟光。"二句写幽胜之景还未及遍赏,可惜天光已晚,水上轻笼了一层薄烟,诗人在如纱似雾的暮霭中返棹而还。

简淡清雅,天然成趣,是孟浩然诗歌的重要特点。清人牟愿湘《小瀚草堂杂论诗》论孟浩然诗时即曾云:"孟襄阳诗如过雨石泉,清见鱼影。"所言极是。这首诗即是如此。诗的首联点明题目,语言朴素自然,似脱口而出。"闲棹"见出诗人兴致之悠然。颔联如一幅优美的画面,波光翠影,幽潭芙蓉,生动地表现出大自然的便娟之态。清人贺贻孙《诗筏》曾言:"诗中有画,不独摩诘也。浩然情景悠然,尤能写生。"我们暂且不论王孟之优劣,只就此联而论,其色彩清丽,明净若洗,应该说差可与王维"明月松间照,清泉石上流"争美。诗的颈联以夸张式的手法,极写诗人醉态,令人想起辛弃疾之"一松一竹真朋友,山鸟山花好弟兄",颇可见出诗人的豪兴逸宕之气。尾联写因好景未及遍赏而天色已晚的惋惜心情,在一片烟光中诗人泛舟而归,留给我们一个清淑散朗的背影。

与白明府游江

白明府:其人不详。据诗意,似为任襄阳县令者。江:指汉江。诗写与白明府泛舟同游汉江,称颂了白明府的美政,并抒发了蹉跎时光、怀才不遇之苦。诗中"衍漾",一本作"演漾";"谁为",一本作"谁识"。

中国家庭基本藏书

故人来自远，邑宰复初临。
执手恨为别，同舟无异心。
沿洄洲渚趣，衍漾弦歌音。
谁为躬耕者，年年梁甫吟。

故人来自远，邑宰复初临——邑宰：县邑的治理者，此指白明府。《文选》卷二十四潘尼《赠河阳》："弱冠步鼎铉，既立宰三邑。"刘良注："宰，理也。"二句写故人自远方来，诗人不亦乐乎，白明府初次来此，诗人热情地相陪游江。

执手恨为别，同舟无异心——二句诗人写与友人执手，为过去长久的分别而惋惜，此刻终于重聚，得以同舟共游，为此同感欣慰。

沿洄洲渚趣，衍漾弦歌音——洲渚：水中小块陆地。《楚辞·九章·悲回风》："望大河之洲渚兮，悲申徒之抗迹。"《文选》卷五左思《蜀都赋》："岛屿绵邈，洲渚凭隆。"刘良注："水中可居曰洲，小洲曰渚。"衍漾：漂游荡漾。《文选》卷二十二颜延年《车驾幸京口三月三日侍游曲阿后潮作》："缅盼觏青崖，衍漾观绿畴。"李善注："衍漾，游衍漂漾也。"弦歌：《论语·阳货》："子之武城，闻弦歌之声。夫子莞尔而笑，曰：'割鸡焉用牛刀？'"朱熹注："时子游为武城宰，以礼乐为教，故邑人皆弦歌也。"此称颂白明府的美政。二句写舟船环绕着江中小岛沿洄漂流，他们舍船登洲、探胜寻幽，别有乐趣，澹荡的清波中依琴瑟而歌。

谁为躬耕者，年年梁甫吟——"谁为"二句：《三国志·蜀书·诸葛亮传》："亮躬耕陇亩，好为梁父吟。"梁甫吟亦名梁父吟，乐府楚曲调名。二句诗人自抒怀抱，感慨久滞于草野，躬耕陇亩，虽胸怀追求，却不得施展，故对于时光空度，念之苦闷。

此诗虽写陪同故人泛舟游江，不过重点不在于描写游江之趣以及所见风光，除了"沿洄洲渚趣"一句稍涉景物之外，诗人更多地是叙述二人的友情，开头"故人来自远，邑宰复初临"二句，便生动地传达了"有朋自远方来"时出乎意料的欣喜之情。"执手恨为别，同舟无异心"二句，则更通过细节直接描写二人的情谊，表达了既为过去的离别而憾恨，又为此刻相聚而欣慰的复杂心情。正是基于同友人的深厚友情，结尾二句诗人才向友人吐露内心的苦闷，抒发自己有志难伸、怀才不遇之感。因此，这首诗可以说是一首畅叙友情、吐露心曲的诗，诗人长久以来一直深怀压抑，耿耿于怀，而苦于无处发泄，恰逢友人初临，才得以一吐心怀！

檀溪寻故人

题解

檀溪:在襄阳,见前《冬至后过吴张二子檀溪别业》诗注。诗写往檀溪寻故人,是襄阳隐居期间所作。诗题一作《檀溪寻古》;诗中"洞中栖",一作"武陵迷"。

> 花伴成龙竹,池分跃马溪。
> 田园人不见,疑向洞中栖。

新解

花伴成龙竹,池分跃马溪——成龙竹:竹化成龙。《初学记》卷三十《龙》:"葛洪《神仙传》曰,费长房与壶公俱去,后壶公谢而遣之。长房忧不能到家,公与所用杖骑之,忽然如睡,已到家,以所骑竹杖投葛陂中,顾视之,乃青龙也。"跃马溪:即檀溪。《三国志·蜀书·先主传》:"荆州豪杰归先主者日益多,(刘)表疑其心,阴御之。"裴松之注引《世语》曰:"(刘)备屯樊城,刘表礼焉,惮其为人,不甚信用。曾请备宴会,蒯越、蔡瑁欲因会取备,备觉之,伪如厕,潜遁出。所乘马名的卢,骑的卢走,堕襄阳城西檀溪水中,溺不得出。备急曰:'的卢,今日厄矣,可努力!'的卢一踊三丈,遂得过。"二句写故人所居园林,娇花修竹相互掩映,景色清丽,香气迷人,池中引来檀溪的活水,清澈见底,缭绕花竹。

田园人不见,疑向洞中栖——二句写静静的田园只听蝉鸣鸟啼,却不见主人的身影,诗人独自游园观景,猜想主人或许栖息于岩穴,羽化而成仙。

新评

诗写寻人不遇。前两句写友人的居所,清溪环绕,花竹丰茂,幽静典丽。后两句写寻人不见的心理活动,并没有失望的情绪,而是尽享田园中的清幽景色,并以戏谑的语气说"他是否栖息在山洞里,成仙而去",可想友人当是一位超凡脱俗的隐者,亦可见诗人的超逸洒脱,当然更可见他们是一对心灵契合的好友。

梅道士水亭

题解

梅道士:其人不详,与诗人多有来往,见前《寻梅道士张逸人》诗注。诗写梅道士之遗世独立,幽居深谷,反映了诗人的隐逸情怀。

傲吏非凡吏，名流即道流。

隐居不可见，高论莫能酬。

水接仙源近，山藏鬼谷幽。

再来迷处所，花下问渔舟。

新解

傲吏非凡吏，名流即道流——傲吏：不为礼法所拘的官吏。《文选》卷二十一郭景纯《游仙诗七首》之一："漆园有傲吏，莱氏有逸妻。"李善注："《史记》曰，庄周尝为蒙漆园吏，楚威王闻庄周贤，使厚币迎，许以为相。庄周笑谓楚使者曰：亟去，无污我。"此比喻梅道士。凡吏：平凡庸俗的官吏。名流：即名士。《世说新语》卷中《品藻》："孙兴公、许玄度皆一时名流。"道流：即道家。此亦指梅道士。《文选》卷四十三孔德璋《北山移文一首》："谈空空于释部，核玄玄于道流。"李善注："《汉书》曰，道家流者，出于史官，历记成败存亡祸福，古今之道也。"二句写梅道士不拘于礼法，抛弃俗世中的官职，来此隐居，羽衣鹤氅，自由放达，颇具魏晋名士的风流潇洒。

隐居不可见，高论莫能酬——隐居：深居山野。《楚辞章句·惜誓》："或偷合而苟进兮，或隐居而深藏。"王逸注："或有德义，隐藏深山，而君不照知也。"高论：见识高明的议论。《汉书·息夫躬传》："初，躬待诏，数危言高论。"酬：应答。二句写梅道士深居简出，隐居在凡人难到的深山奥谷，诗人每次来访承教都要费一番周折，对于闻听他的卓识高论不能酬答而感愧。

水接仙源近，山藏鬼谷幽——仙源：神仙所居之处。《云笈七签》卷二十七："福地第四曰东仙源，福地第五曰西仙源。"此指道士所居之处。鬼谷：《文选》卷二十一郭景纯《游仙诗七首》之二："青溪千余仞，中有一道士。云生梁栋间，风出窗户里。借问此何谁，云是鬼谷子。"李善注："《史记》曰，苏秦东师事于齐，而习于鬼谷先生。……鬼谷之名，隐者通号也。"二句写梅道士所居之处傍水临山，掩映在崇山峻岭之中，遥与仙府相接。

再来迷处所，花下问渔舟——再来二句：用陶渊明《桃花源记》事，言其隐居幽邃，非一般俗人所能至。二句写梅道士居处清幽深邃，诗人屡次来访都难分路径，迷失在繁花碧树之中，幸得花下垂钓的渔翁，来为自己指点迷津。

新评

诗中所写是一位道人，但并未痴迷于炼丹求仙，而是远离俗世，回归自然，是一位心胸淡泊的隐逸高士。诗的前半部分写道人的洒脱性情，不慕荣利，甘于自隐。虽与世隔绝，却时有高论。后部分写道士居处的深幽，仿佛桃源仙境，借环境描写以衬托梅道士胸次非常。"再来迷处所,花下问渔舟"二句,与王维"欲投人处宿,隔水问樵夫(《终南山》)"意境近似,皆成一幅渔樵图画,孟诗更觉清丽,情味弥长,亭亭玉立的荷花、碧绿的荷叶中轻漾的小舟,引人无限遐想。刘辰翁谓此诗"好。又得语不凡,得语故异"(元杨士弘《唐音》卷四引),可帮助我们认识此诗语言上清丽绝俗的特色。

岳阳楼

题解

岳阳楼:《舆地纪胜》卷六十九《岳州景物》:"岳阳楼,《寰宇记》云,唐开元四年,唐张说自中书令为岳州刺史,常与才士登此楼,有诗百馀篇,列于楼壁。《岳阳风土记》曰,岳阳楼,城西门楼也,下瞰洞庭,景物广宽。"诗约作于开元五年(717),前部分为望洞庭湖之景,气势雄浑,后部分抒己之志,以期得到当政者的援引。诗题一作《临洞庭》,一作《望洞庭湖上张丞相》;诗中"含"一作"涵","动"一作"撼","观"一作"怜","空"一作"徒"。

八月湖水平,含虚混太清。
气蒸云梦泽,波动岳阳城。
欲济无舟楫,端居耻圣明。
坐观垂钓者,空有羡鱼情。

八月湖水平,含虚混太清——湖水:指洞庭湖水。《元和郡县志》卷二十七《江南道·岳州·巴陵县》:"洞庭湖,在县西南一百五十步,周回二百六十里。"太清:天空。《文选》卷五左太冲《吴都赋》:"鲁阳挥戈而高麾,回曜灵于太清。"刘良注:"太清,谓天也。"二句写八月江汛时期,长江高涨,湖水满溢,几乎与堤岸相平,宽广浩渺的水面与湛蓝的天空相接,混而为一。

气蒸云梦泽,波动岳阳城——云梦泽:《元和郡县志》卷二十七《江南道·岳州·巴陵县》:"巴丘湖,又名青草湖,在县南七十九里,周回二百六十五里,俗云古云梦泽也。"岳阳城:即岳州的巴陵县城,今湖南省岳阳市。二句写洞庭湖上水气蒸发,空濛的雾气弥漫笼罩着整个云梦地带,宽广的湖水波澜壮阔、随风涌动,气势惊天动地,似乎撼动了湖边的岳阳城。

欲济无舟楫,端居耻圣明——"欲济"句:《尚书·说命上》:"若济巨川,用

中国家庭基本藏书

汝作舟楫。"孔氏传："渡大水,待舟楫。"盘庚弟小乙,名武丁,号高宗,得贤相傅说,喻作渡大河之舟楫。孟浩然这里用其意,喻欲出仕而无人援引。端居:平常居处,指隐居。《初学记》卷二十隋许善心《奉和赐诗》:"正始振皇风,端居留眷想。"圣明:英明圣哲,称颂帝王之辞。《抱朴子·释滞》:"圣明御世,唯贤是宝。"二句本意谓欲渡无舟,端坐有愧,实则语意双关,比喻自己徒有出仕的愿望却无人援引,虽遭逢盛世,幸遇英明圣主,却无法建功立业,为此而感到惭愧。

坐观垂钓者,空有羡鱼情——垂钓者:比喻所干谒之当政者。羡鱼情:《淮南子·说林训》:"临河而羡鱼,不如归家织网。"二句亦一语双关,本意谓眼看着别人将鱼钓走,自己却苦于无网,自谦没有明略,含蓄地表示希望张丞相能援引自己。

此是一首干谒诗,但气势浑厚雄壮,丝毫不露干乞之相。首联即不俗,"平"字、"混"字虽无奇,但高浑古雅,为后面做了很好的铺垫。颔联更是咏洞庭湖的千古绝唱,蔡正孙曾引《西清诗话》云:"洞庭,天下壮观。骚人墨客,题者众矣。终未若'气蒸云梦泽,波动岳阳城'气象雄张,旷然如在目前。"(《诗林广记》)唯有杜甫《登岳阳楼》中"吴楚东南坼,乾坤日夜浮"二句堪与比美。方回《瀛奎律髓》言:"予登岳阳楼,此诗大书左序毬门壁间,右书杜诗,后人自不敢复题也。"可见此联之"气概横绝"(刘辰翁)。后部分致干谒意,语涉双关,含蓄深婉,以欲渡无舟来比喻入仕无路,又以羡鱼来喻出仕之心。诗堪称孟清诗丽句中的别调,有着壮逸之气,浑然质朴,气象雄阔,不愧为千百年来的传世名篇。

秋日陪李侍御渡松滋江

李侍御:其人不详。松滋江:在今湖北南部,见前《陪张丞相自松滋江东泊渚宫》诗注。此诗是诗人襄阳隐居期间所作。诗题一作《和李侍御渡松滋江》。

南纪西江阔,皇华御史雄。
截流宁假楫,挂席自生风。
寮寀争攀鹢,鱼龙亦避骢。
坐听白雪唱,翻入棹歌中。

南纪西江阔,皇华御史雄——南纪:泛指南方荆楚一带。《诗·小雅·四月》:"滔滔汉江，南国之纪。"郑玄笺："江也，汉也，南国之大水，纪理众川，使不壅滞。"西江：南纪范围内的西部的大江，指长江中上游。皇华：《毛诗正义》卷九《小雅·皇皇者华序》："君遣使臣也，送之以礼乐，言远而有光华也。"后以皇华来赞颂奉君命而出使者。《文选》卷三十六王元长《永明十一年策秀才文》："歌皇华而遣使，赋膏雨而怀宝。"二句写荆楚一带江水宽阔浩荡，波浪滔滔，李侍御奉使而来，乘舟渡江，气势轩昂，雄震四方。

截流宁假楫，挂席自生风——宁：岂。假：借助。楫：船桨。挂席：扬帆。见前《晚泊浔阳望庐山》诗注。二句写渡江时有天风相助，扬帆即顺利起航，无需划动船桨。

寮寀争攀鹢，鱼龙亦避骢——寮寀（liáocǎi）：同官。《文选》卷二十四张茂先《答何劭二首》之一："自有同寮寀，于此比园庐。"吕向注："同寮寀，同官也。"鹢（yì）：船头上画有鹢鸟的船。鱼龙：泛指水中的鳞类。避骢：避骢马御使。骢（cōng），青白色的马。二句写画船上有众多同僚官吏相随相陪，水中的鱼龙闻风躲避，船只在江中畅通无阻。

坐听白雪唱，翻入棹歌中——白雪唱：指《阳春》《白雪》，战国时楚国的高雅歌曲。《文选》卷四十五宋玉《对楚王问》："客有歌于郢中者，其始曰《下里》《巴人》，国中属而和者数千人；其为《阳阿》《薤露》，国中属而和者数百人；其为《阳春》《白雪》，国中属而和者数十人。其曲弥高，其和弥寡。"二句称美李侍御情趣高雅脱俗，舟上清雅的歌声与棹歌连成一片。

此诗属应酬之作，无多深意。南宋时刘辰翁评云，此诗歌多"颂德语"，所见甚是。诗的首联，开篇即以"皇华御史雄"一句赞其奉使自京师而下，着一"雄"字，突出其声势浩大。颔联看似写景，实际"挂席自生风"一句也有赞其能得天之相助。颈联写随从之众和鱼龙相避，借助于夸张性的笔触，着力赞叹其气势。尾联则情趣高雅。可见此诗作为应酬之作，并无什么新意，因此无须深究，只是像"鱼龙亦避骢"等诗句颇能得巧，在艺术上值得肯定。

九日于龙沙作寄刘

九日：即九月九日重阳节。龙沙：《水经注》卷三十九《赣水》："赣水又北径龙沙西，沙甚洁白，高峻而陂有龙形，连亘五里中，旧俗九月九日升高处也。"此诗题或有作《九日龙沙作寄刘大》《九日龙沙寄刘大眘虚》。刘眘虚，行大，字全乙，新吴(今江西奉新县)人。《河岳英灵集》卷上载刘眘虚《暮秋扬子江寄孟浩然》《寄江滔求孟六遗文》等诗。这首诗写重阳节时经过豫章,民间风俗和沿途的湖山风光使诗人兴致勃发。诗中"歌竟"一作"竟自"。

> 龙沙豫章北,九日挂帆过。
> 风俗因时见,湖山发兴多。
> 客中谁送酒,棹里自成歌。
> 歌竟乘流去,滔滔任夕波。

龙沙豫章北,九日挂帆过——豫章:唐时洪州,今江西省南昌市。《旧唐书》卷四十《地理志》:"洪州上都督府,隋豫章郡……天宝元年改为豫章郡,乾元元年复为洪州。"二句写诗人行船经过豫章龙沙,正值九月九日重阳节时,天高云淡,风物潇洒,秋景如画。

风俗因时见,湖山发兴多——发兴:激发兴致。二句写处处可见重阳节的纯朴风俗,人们载酒赏菊、登高远眺,山气清淑,湖水平阔,诗人不由得兴致勃勃。

客中谁送酒,棹里自成歌——送酒:萧统《陶渊明传》:"江州刺史王弘欲识之,不能致也。渊明尝往庐山,弘命渊明故人庞通之赍酒具……尝九月九日,出宅边菊丛中坐久之,满手把菊,忽值弘送酒至,即便就酌,醉而归。"二句诗人以陶渊明自比,写异乡途中无人像王弘那样送酒,但依然兴致不减,目睹满眼的青山绿水,不禁在船上放声而歌。

歌竟乘流去,滔滔任夕波——竟:终了。二句写诗人自歌自乐,扬帆泛波,一片夕阳晚照中,轻舟在滔滔江水中随波而行。

诗写九月九日的客中情思,少了常见的羁旅之愁,多了一份"海内存知己,天涯若比邻"的豁达乐观,自得其乐,逸兴勃勃。首联仍是平淡叙来,点明题目中的时间和地点,颔联顺承而下,"湖山发兴多"表明了诗人的兴趣盎然,成为全诗的主旋律。颈联暗用陶渊明事,隐然可见其"风神散朗",同时点扣了题目中的"寄刘"。尾联又是诗人常用的兴尽而去,在金色的馀晖中可见诗人前袂翩翩的背影。刘辰翁言:"自要写得似,不似即与别人写得何异?"指出了此诗具有孟浩然独特的魅力,简淡清旷、天然成趣,或可称为"诗的孟浩然"。

湖中旅泊寄阎防

阎防：生卒年不详。《唐诗纪事》卷二十六载："防在开元天宝间有文称，岑参、孟浩然、韦苏州有赠章。"此诗写羁旅愁情，表达了对友人的怀念。诗题或作《襄阳旅泊寄阎九司户》《湘中旅泊寄阎九司户》；诗中"晚发"，一作"晓发"。

桂水通百越，扁舟期晚发。
荆云蔽三巴，夕望不见家。
襄王梦行雨，才子谪长沙。
长沙饶瘴疠，胡为苦留滞。
久别思款颜，承欢怀接袂。
接袂杳无由，徒增旅泊愁。
清猿不可听，沿月下湘流。

桂水通百越，扁舟期晚发。荆云蔽三巴，夕望不见家——桂水：在湖南南部，唐时属郴州。《水经注》卷三十九："桂水出桂阳县北界山，山壁高耸，三面特峻，石泉悬注瀑布而下，北径南平县，而东北流届钟亭，右会钟水，通为桂水也，故应劭曰，桂水出桂阳东，北入湘。"百越：此泛指岭南一带。《元和郡县志》卷三十七《岭南道·梧州》："古越地也，秦南取百越，以为桂林郡。"三巴：即巴郡、巴东、巴西之合称。《华阳国志·巴志》："……改永宁为巴郡，以固陵为巴东，徙（庞）义为巴西太守，是为三巴。"四句写桂水迂回曲折穿越南方的山地丘陵，诗人的一叶扁舟在暮色中欲泊于水岸，期待着明晨扬帆出发。三巴一带风烟迷漫，云遮雾绕，茫茫夕阳中望不见家乡。

襄王梦行雨，才子谪长沙。长沙饶瘴疠，胡为苦留滞——"襄王"句：《文选》卷十九宋玉《高唐赋》："昔者楚襄王与宋玉游于云梦之台，望高唐之观，其上独有云气……王问玉曰：'此何气也？'玉对曰：'所谓朝云者也。'王曰：'何谓朝云？'玉曰：'昔者先王尝游高唐，怠而昼寝，梦见一妇人，曰，妾巫山之女也，为高唐之客，闻君游高唐，愿荐枕席。王因幸之。去而辞曰，妾在巫山之阳，高丘之阻。旦为朝云，暮为行雨，朝朝暮暮，阳台之下。'"才子句：用贾谊被贬长沙事。《史记》卷八十四《屈原贾生列传》："（孝文帝）不用其议，乃以贾生为长沙王太傅。贾生既辞往行，闻长沙卑湿，自以寿不得长，又以适去，意不自得。及渡湘水，为赋以吊屈

中国家庭基本藏书

原。"瘴疠：在湿热地区山林间因瘴气而引起的一种传染病。二句以贾谊喻阎防，对其谪宦长沙表示不平，讽刺朝廷耽于享乐，不问国事，竟将才子远谪长沙。作为瘴疠之地，长沙何可久留啊！

久别思款颜，承欢怀接袂。接袂杳无由，徒增旅泊愁——款颜：晤面畅谈。承欢：承人欢颜。《楚辞·九章·哀郢》："外承欢之绰约兮，谌荏弱而难持。"接袂：古人以分袂称离别，接袂即为相会。《抱朴子·外篇·疾谬》："虽远而必至，携手连袂，以遨以集。"四句写诗人与友人长期分别，期望着能够再次相见畅谈，接袂承欢。但二人各在天之一边，相会看来是那么的杳然无期，只是徒然地增加了旅泊中的伤叹。

清猿不可听，沿月下湘流——湘流：即湘江。《楚辞·渔父》："宁赴湘流，葬于江鱼之腹中。"两句写夜色中凄凉揪心的猿声愁不可听，摧人断肠，诗人不敢在此久留，只好乘着月色扬帆起程，夜渡湘流。

此为羁旅怀人之作。诗约分为三节，每节都首尾相联，成为"辘轳体"。第一节点明诗题"湖中旅泊"，不见家而思友人，但友人亦被"谪长沙"。第二节承上句而言"长沙饶瘴疠"，欲与友人"承欢怀接袂"。第三节继而言"接袂杳无由"，情感在盼望与失望、理想与现实中跳跃流转，妙无痕迹，形成了一唱三叹的艺术效果。末句言月，与集中的"沿月棹歌还"、"江清月近人"等有异曲同工之妙，想象奇特，出人意表。

大堤行寄黄七

大堤行：乐府名，又称《大堤曲》、《襄阳曲》等。《乐府诗集·襄阳乐》题解："《襄阳乐》者，宋王诞之所作也。诞始为襄阳郡，元嘉二十六年仍为雍州刺史，夜闻诸女歌谣，因而作之，所以歌中有襄阳来夜乐之语也。旧舞十六人，梁八人。又有《大堤曲》，亦出于此。"大堤：为襄阳城古堤，后汉时筑。黄七：其人不详。诗以乐府写赠别，充满了盛唐时襄阳的生活气息和欢乐气氛。诗题一作《大堤行寄万七》。

大堤行乐处，车马相驰突。
岁岁春草生，踏青三两日。
王孙挟珠弹，游女矜罗袜。

携手今莫同，江花为谁发。

大堤行乐处，车马相驰突——驰突：奔驰争先。二句写大堤旁的行乐之处，游人如织，车水马龙，游人们竞相炫耀豪奢。

岁岁春草生，踏青三两日——春草生：《文选》卷三十三刘安《招隐士》："王孙游兮不归，春草生兮萋萋。"二句写每年二、三月春草初生之时，人们都来此踏青游春，两三日都游兴不减。

王孙挟珠弹，游女矜罗袜——王孙：泛指贵族子弟。挟珠弹：《战国策·楚策四》："（黄雀）不知夫公子王孙，左挟弹，右摄丸，将加己乎十仞之上。"游女：《乐府诗集·清商曲辞·大堤曲》："南国多佳人，莫若大堤女。玉床翠羽帐，宝袜莲花炬。"二句写贵族子弟骏马金鞭，挟弹射珠，闺秀游女雾鬓云环，衣衫光鲜，若百花一样争奇斗艳。

携手今莫同，江花为谁发——二句写美好的春日未能同友人携手共游，一切的欢乐都黯然失色，美丽的江花映着彩霞为谁而发，诗人已是无心欣赏。

诗写赠别，且是以乐府的形式来写，富有新意。赠别的背景是芳草萋萋，士人游女纷纷踏青，恰似一幅春游图，色彩浓丽鲜艳，富于地方特色和时代特色，再现了盛唐时襄阳的民俗风情。第一、二句写车马之盛，三、四句写踏青的活动，五、六句描写王孙和游女，展现了人物的从容和华丽，可见当时社会的繁荣兴旺。最后两句点明赠别，有着淡淡的遗憾，使诗歌言尽而意长，耐人回味。

京还赠张湘

京还：从长安归还故乡。张湘：其人不详。此诗作于诗人久滞长安、失意而归前。诗题一作《京还赠张维》。题中"张湘"，一作"张维"，一作"王维"；"何处去"一作"志何从"，一作"去何处"。

拂衣何处去，高枕南山南。
欲徇五斗禄，其如七不堪。
早朝非晚起，束带异抽簪。

因向智者说，游鱼思旧潭。

拂衣何处去，高枕南山南——拂衣：振衣而去，此指归隐不仕。《后汉书·杨彪传》："今横杀无辜，则海内观听，谁不解体！孔融鲁国男子，明日便当拂衣而去，不复朝矣。"南山：指诗人故乡襄阳岘山之南，诗人田园位于襄阳城南郊的涧南园。二句写自己出仕无望，在长安没有自己的立足之地，只有回归家园，高卧南山。

欲徇五斗禄，其如七不堪——徇：顺从。五斗禄：五斗米的俸禄，用陶渊明辞彭泽县令归隐事，见前《寻梅道士张逸人》诗注。七不堪：七种不堪忍受的事。《文选》卷四十三嵇康《与山巨源绝交书》："人伦有礼，朝廷有法，自惟至熟，有必不堪者七，甚不可者二：卧喜晚起，而当关呼之不置，一不堪也。抱琴行吟，弋钓草野，而吏卒守之，不得妄动，二不堪也。危坐一时，痹不得摇，性复多虱，把搔无已，而当裹以章服，揖拜上官，三不堪也。素不便书，又不喜作书，而人间多事，堆案盈机，不相酬答，则犯教伤义，欲自勉强，则不能久，四不堪也。不喜吊丧，而人道以此为重，已为未见恕者所怨，至欲见中伤者，虽瞿然自责，然性不可化，欲降心顺俗，则诡故不情，亦终不能获无咎无誉如此，五不堪也。不喜俗人而当与之共事，或宾客盈坐，鸣声聒耳，嚣尘臭处，千变百伎，在人目前，六不堪也。心不耐烦而官事鞅掌，机务缠其心，世故繁其虑，七不堪也。"二句写诗人来长安本想求仕以养家孝亲，但要得到那五斗米的俸禄却要忍受种种不堪，违背自己的个性，这是自己难以忍受的。

早朝非晚起，束带异抽簪——束带：束紧衣带、整饰衣冠，恭敬会客或上朝。《论语·公冶长》："赤也，束带立于朝，可使与宾客言也。"抽簪：古代做官者均用簪串发冠，拔去簪子，比喻弃官。《文选》卷二十一张景阳《咏史》诗："抽簪解朝衣，散发归海隅。"张铣注："簪，冠簪也，凡束发为从官，散发为罢官。"二句写为官就要天还未亮时早起，上朝参见，而自己却天生爱好日高犹眠，在落花啼鸟中悠然安卧；做官就得每天束带插簪、衣冠楚楚地拜迎长官，而自己却天生爱散发布衫。所以在早朝与晚起、束带与抽簪之间，自己更倾向于后者。

因向智者说，游鱼思旧潭——"游鱼"句：陶渊明《归园田居诗五首》之一："少无适俗韵，性本爱丘山。误落尘网中，一去三十年。羁鸟恋旧林，池鱼思故渊。"此二句化用陶诗，写诗人天性就难以适应世俗生活，所以告诉友人打算回归到属于自己的生活世界里，就像游鱼回到清澈的溪水之中一样。

我们从这首诗中看到的孟浩然，是一位不慕荣利、品德高尚的名士形象，诚如李白在《赠孟浩然》诗中所说:"吾爱孟夫子,风流天下闻。红颜弃轩冕,白首卧松云。醉月频中圣,迷花不事君。高山安可仰,徒此揖清芬。"诗中诗人为了抒发自己归隐田园之志,运用陶渊明不能为五斗米折腰而辞县令、嵇康因不堪为官的七种情形而与山巨源绝交的典故入诗,表现出精神上向魏晋名士传统的回归;而同时也有对当时朝廷的讽刺之意在内。因此,这首诗在一定程度上有借否定官场、名利而排遣长安失意之痛苦的意思,不过我们不能因此怀疑诗人的隐逸之志。应该说,孟浩然纵然不是全心全意醉心于田园自然的隐者,但更不是为了仕途而不顾自己精神志趣的人。

重酬李少府见赠

李少府:其人不详。少府,县尉的别称。诗为襄阳卧病期间所作,抒发了在寂寞清贫中保持浩然正气和傲岸不屈的精神。诗题中"重酬",原本作"爱州",据别本改。

养疾衡檐下,由来浩气真。
五行将禁火,十步任寻春。
致敬唯桑梓,邀欢即主人。
回看后凋色,青翠有松筠。

养疾衡檐下,由来浩气真——衡檐:即衡门。《文选》卷二十六陶渊明《辛丑岁七月赴假还江陵夜行涂口作》:"养真衡茅下,庶以善自名。"李善注:"衡门茅茨也。"浩气:《孟子·公孙丑上》:"我知言,我善养吾浩然之气。敢问何谓浩然之气?曰:难言也,其为气也,至大至刚,以直养而无害,则塞于天地之间。"二句诗人写虽身体不佳,卧病茅舍,但精神上却不为贫病所困,而是高尚独立,浩气凌云。

五行将禁火,十步任寻春——五行:中国古代认为构成各种物质的五大元素是金、木、水、火、土,称为五行。《尚书正义》卷七《甘誓》:"有户氏威侮五行,怠弃三正。"孔颖达疏:"五行,水、火、木、金、土也,分行四时。"禁火:古代习俗寒食日禁火。《荆楚岁时记》:"去冬节一百五日即有疾风甚雨,谓之寒食,禁火三日。"《初学记》卷四《岁时部下·寒食》:"按《周书·司烜氏》'仲春以木铎循火禁于国中',注云,为季春将出火也。今寒食准节气是仲春之末,清明是三月之初,然则禁火盖周之旧制。"十步:《说苑》卷十六《谈丛》:"十步之泽,必有香草。十室之邑,必有忠士。"二句写时近寒食,天气渐暖,诗人告别病榻而来到户外,去寻觅感受春天的气息。

致敬唯桑梓,邀欢即主人——桑梓:常借指故乡,古人多在宅边种植桑树和梓树。《毛诗正义·小雅·小弁》:"维桑与梓,必恭敬止。"即:就,就而近之。二句写诗人走出茅舍后内心由衷的喜悦之情,意思是来到外面,看到房舍周围的桑树与梓树随风摇曳,似乎是在向自己致意,融于其间,更有了主人之感。

回看后凋色,青翠有松筠——"回看"二句:《论语·子罕》:"岁寒,然后知松柏之后凋也。"筠,竹。二句借写松竹自励,意思是回望身后经风雪而后凋的松竹,只见苍翠碧绿,郁郁葱葱。

这首诗当是李少府获悉诗人卧疾后以诗探问,诗人作以酬答的,所以此诗在内容上主要围绕自己离开病榻、外出寻春展开,表现出诗人战胜疾病的顽强精神,更抒发了重回大自然的怀抱之后内心无比欣悦的感受;尤其是"致敬唯桑梓,邀欢即主人",更生动体现了诗人与自然景物之间的亲切感。整首诗感情素淡清雅,平易闲和,意味深厚。

宿永嘉江寄山阴崔少府国辅

永嘉江:今浙江省瓯江,流经永嘉入海,故称为永嘉江。《元和郡县志》卷二十六《江南道·温州·永嘉县》:"永嘉江,一名永宁江,在州东三里。"山阴:今浙江省绍兴,唐时属越州。《元和郡县志》卷二十六《江南道·越州》:"管县七:会稽、山阴……"崔少府国辅:崔国辅,生卒年不详。《唐才子传》卷二:"国辅,山阴人,开元十四年严迪榜进士,与储光羲、綦毋潜同时。"后任山阴县尉。参见前《与崔二十一游镜湖寄包贺》诗注。此诗是诗人游历越中期间所作。诗题中"崔少府国辅",一作"崔国辅少府"。

我行穷水国,君使入京华。
相去日千里,孤帆天一涯。
卧闻海潮至,起视江月斜。
借问同舟客,何时到永嘉。

我行穷水国，君使入京华——京华：即京师。二句诗人写乘一叶扁舟来往于水上，行程遍及江南水乡泽国，而恰值友人奉使去长安，不能在越中相聚。

　　相去日千里，孤帆天一涯——相去：《古诗十九首》："行行重行行，与君生别离。相去万馀里，各在天一涯。"二句写友人与自己相距日隔千里，天各一方，驾着一片孤帆在浩荡的江海上随风而逝，驶向天涯。

　　卧闻海潮至，起视江月斜——二句写诗人夜宿江上，江涛阵阵，难以成眠，披衣而起，但见斜月沉沉，将月光静静地洒在江面上。

　　借问同舟客，何时到永嘉——永嘉：唐永嘉县，今浙江温州。二句写诗人心中对永嘉胜地的向往、渴慕之情，询问同舟的旅客何时才能到达。

　　从诗的内容看，此诗写作之前，孟浩然就已经获悉友人乘船赴京了。通常情况下，错过了与友人相聚的计划，总是很遗憾的事情，而这首诗中，虽然作者与友人失之交臂，但我们却看不到丝毫的失望之情，相反整首诗还洋溢着愉悦、轻快的情调。诗人的情绪之所以如此饱满，与他游历越中所获得的审美满足是紧密关联的。从开头一句"我行穷水国"中的"穷"字可以知道，诗人意欲遍览越中山水，足见其兴致之高。结尾二句"借问同舟客，何时到永嘉"，更是将诗人对永嘉的神往之情生动地传达了出来。正是如此，我们从诗人夜不能寐、披衣赏月中可以想象诗人所获得的审美愉悦该是何等充盈！需要注意的是，虽然全诗感情愉悦轻快，但却没有一句直接抒情，诗人完全将感情融入对越中山水的表现中了；而在表现越中山水时，也是非常简洁，诗人更多地是通过限制性的描写，留给我们更多的回味联想的馀地。南宋时刘辰翁谓"相去"二句"不必思索，皆有"，便揭示了这一点。

上巳日洛中寄黄九

　　上巳日：三月上旬巳日，晋以后多以三月三日为上巳。《初学记》卷四《三月三日》："《荆楚岁时记》曰，三月三日，士人并出水渚，为流杯曲水之饮。"洛中：指唐东都洛阳。此诗是诗人洛阳求仕期间所作，描绘了上巳日洛阳种种风俗活动，同时表达了对友人的思念。诗题中"黄九"，或作"王九迥"、"王迥十九"。

卜洛成周地,浮杯上巳筵。
斗鸡寒食下,走马射堂前。
垂柳金堤合,平沙翠幕连。
不知王逸少,何处会群贤。

新解

卜洛成周地,浮杯上巳筵——"卜洛"句:《元和郡县志》卷五《河南道·河南府》:"周成王定鼎于郏鄏,使召公先相宅,乃卜涧水东,瀍水西,是为东都,今苑内故王城是也。又卜瀍水东,召公往营之,是为成周,今河南府东故洛城也。"卜洛成周,即指洛阳。浮杯:上巳日在曲水台边浮杯饮酒。《初学记》卷四《三月三日》:"昔周公卜成洛邑,因流水以泛酒,故逸诗云:'羽觞随波流。'"二句写上巳日的洛阳处处欢声笑语、锦筵绮席、浮杯引觞、万民同庆的节日时光。

斗鸡寒食下,走马射堂前——"斗鸡"句:《初学记》卷四《寒食》:"《荆楚岁时记》曰,去冬节一百五日,即有疾风甚雨,谓之寒食。……斗鸡,镂鸡子,斗鸡子。《玉烛宝典》曰,此节城市尤多斗鸡卵之戏,《左传》有季郈斗鸡,其来远矣。""走马"句:《初学记》卷四《三月三日》:"周庾信《三月三日华林园马射赋》:'其日上巳,其时少阳。……征万骑于平乐,开千门于建章。弓如明月对垬,马似浮云向埒。'"据此,走马骑射亦为古时上巳日之风俗传统。二句写洛阳城内一片欢腾的景象,竞相展开各种各样的风俗活动,斗鸡的人们气势轩昂,走马骑射的人们更是豪气冲天、气宇非凡。

垂柳金堤合,平沙翠幕连——金堤:坚固的堤堰。《全梁文》卷十九昭明太子《锦带书十二月启·无射九月》:"金堤翠柳,带星采而均调;紫塞苍鸿,追风光而结阵。"翠幕:古代上巳日在水边张幕宴游。《艺文类聚》卷四《三月三日》晋张协《洛禊赋》:"朱幔虹舒,翠幕蜺连"。二句写在清波荡漾的河畔,春风吹拂,杨柳若柔丝翠幔一样拂动着水面,平坦宽阔的沙岸上,锦幕翠帐临水而建,串联成了金碧辉煌的一片,人们沉浸在节日欢快的气氛里,尽情地享乐。

不知王逸少,何处会群贤——王逸少:东晋王羲之。《晋书》卷八十《王羲之传》:"王羲之,字逸少。……为右军将军,会稽内史。……尝与同志宴集于会稽山阴之兰亭,羲之自为之序以申其志,曰:'永和九年,岁在癸丑,暮春之初,会于会稽山阴之兰亭,修禊事也。群贤毕至,少长咸集。……'"这里借指黄九。二句写诗人置身于浓浓的节日环境,看着往来如织的游人,听着宛转清丽的歌喉,品着芳香浓郁的美酒,心却飞到了友人旁边,他在何处与群贤一同享用上巳日的欢宴?

这首诗诗人以浓墨重彩为我们展示了一幅色彩浓郁的民俗风情画卷,具有鲜明的时代色彩。开头两句照应诗题,中间四句极力铺排上巳日洛阳的热闹场景。三、四两句,着力点在写人,借斗鸡和堂前骑射写人的豪气。五、六两句着力点在写景,将人物的活动放置于更大的环境中。整首诗诗人以赋的手法入诗,将节日的气氛渲染得非常生动,故而整首诗文笔奔放、气象开阔、情绪兴奋、节奏腾踔,虽为五律,但一气直下,具有歌行体诗的特征。需要注意的是,作者在写上巳日的节庆场面时,不是作为旁观者,而是以参与者的身份,去感受并从中分享快乐。这就使这首诗没有像初唐时期卢照邻的《长安古意》、骆宾王的《帝京篇》那样,从自己清贫寂寥的生活出发,对长安的富足与繁华以及贵族王侯豪奢逸乐的生活加以否定。因此,这首诗应是作者初到洛阳之后所作的。李梦阳谓此诗"盛唐人皆如此作",方回谓此诗"看似未见工,久之乃见,袚褉而游者甚盛也"(《瀛奎律髓》),都从一个侧面揭示了诗歌在艺术上的特点,可以帮助我们理解。

江上寄山阴崔少府国辅

江:谓扬子江。山阴崔少府国辅:见前《宿永嘉江寄山阴崔少府国辅》诗注。此诗是诗人赴越中游历途中所作。诗题一作《江上寄崔少府》;诗中"荣枯",一作"枯荣"。

春堤杨柳发,忆与故人期。
草木本无性,荣枯自有时。
山阴定远近,江上日相思。
不及兰亭会,空吟袚褉诗。

春堤杨柳发,忆与故人期——期:约会。二句写阳春三月,江堤上柳芽初吐,翠烟轻染,诗人于扬子江上乘舟而行,忆起先前与故人有过的共聚山阴、携手而游的约会。

草木本无性,荣枯自有时——荣枯:荣指春天草木繁茂,枯指秋天草木凋零。《文选》卷二十一颜延年《秋胡》诗:"孰知寒暑积,俯仰见荣枯。"吕向注:"俯仰,犹须臾也，春荣秋枯也。"这两句感叹季节更迭、时光流逝，意思是从此前的约定到现在，转眼之间冬去春来，如今已是绿草如茵。

山阴定远近，江上日相思——这两句意思是山川迢递，不知山阴之远近，对于故友却是日夜怀念相思。

不及兰亭会，空吟被禊诗——兰亭会：王羲之与群贤在山阴兰亭的宴集，见前诗《上巳日洛中寄黄九》注。被禊：古代习俗，于三月三日在水边洗濯，去除疾病不祥，称为被禊。《初学记》卷四《三月三日》："周禊，郑被。应劭《风俗通》曰，案《周礼》，女巫掌岁时以被除疾病。禊者洁也，故于水上盥洁也。《韩诗》曰，三月桃花水下之时，郑国之俗，三月上巳，于溱、洧两水上，执兰招魂续魄，被除不祥也。"二句以兰亭之会喻与崔国辅山阴之约，意思是友人将要赴京，无以相聚山阴，作兰亭之会，徒然于江上吟咏被禊的诗篇。

此诗与前《宿永嘉江寄山阴崔少府国辅》为先后之作，从诗中情形看，此诗为作于前者。这首诗借友人因故错失与自己的兰亭之约，表达对对方的思念之情。诗由体现春天季节特征的杨柳起兴，触景生情，故而整首诗读来情谊绵长，感人至深，有很强的抒情意味、色彩，这从"日相思"、"空吟"等字眼中可以鲜明地感受到。诗之所以具有这种抒情效果，与诗人将与故友的离别放置于季节更迭、岁月流逝的角度来描写是分不开的，这就使得诗对于离别的吟咏，在很大程度上被赋予了感慨人生的意味。而从写法上说，为了增强抒情效果，诗人就春天欣欣向荣的杨柳来写，可谓以乐景写哀情，这也使得诗歌的伤感意味倍增。

秋登万山寄张五

万山：《元和郡县志》卷二十一《山南道·襄阳县》："万山，一名汉皋山，在县西十一里。与南阳郡邓县分界处。"张五：王维《王右丞集》中有《故人张谞工诗善易卜兼能丹青草隶顷以诗见赠聊获酬之》、《戏赠张五弟谞三首》、《送张五归山》、《答张五弟名》、《送张五谞归宣城》等，因知张谞为张五。张谞早年隐居襄阳，后隐于长安、洛阳等地，与王维过从甚密。孟浩然此诗中的"张五"，或即张谞。此诗是孟浩然襄阳隐居期间所作，诗题或作《秋登兰山寄张万》；诗中"逐鸟灭"，一作"随雁飞"、"随鸟飞"，"清境"一作"清秋"，"沙行"一作"平沙"。

北山白云里，隐者自怡悦。
相望试登高，心飞逐鸟灭。
愁因薄暮起，兴是清境发。
时见归村人，沙行渡头歇。
天边树若荠，江畔洲如月。
何当载酒来，共醉重阳节。

北山白云里，隐者自怡悦。相望试登高，心飞逐鸟灭——"北山"二句：梁陶弘景《诏问山中何所有赋诗以答》："山中何所有，岭上多白云。只可自怡悦，不堪持寄君。"北山，指万山。隐者，指诗人。四句写万山白云缭绕、风景清幽，佳木秀而繁荫，野花发而清香，隐于其中，充满了欢欣怡悦之感。忽而念及远方的友人，遂登至山顶，临风而望，但友人遥不可见，只有鸿雁在碧空中翱翔，诗人目送飞鸟，心似乎也随之而去，飞到远方。

愁因薄暮起，兴是清境发——清境：一作清秋。二句写黄昏时分，大地上薄薄的暮色，若烟若雾，似无还有，诗人的心头不禁泛起淡淡的哀愁，而清秋的山色又使自己转生逸兴，情趣闲远。

时见归村人，沙行渡头歇。天边树若荠，江畔洲如月——树若荠：荠，菜名，茎高数寸以至尺馀，其嫩茎可供食用。梁戴暠《度关山篇》："昔听陇头吟，平居已流涕。今上关山望，长安树如荠。"隋薛道衡《敬酬杨仆射山斋独坐诗》："遥原树若荠，远水舟如叶。"四句写诗人从山上眺望所见之景：劳作了一天的农民，三三两两相伴归来，或于沙滩上缓缓而行，或有疲倦者于渡头稍歇。而天边的树木远望去细小如荠菜，江畔的沙洲，又像是一轮弯弯的明月。

何当载酒来，共醉重阳节——"何当"二句：《宋书·陶潜传》："尝九月九日无酒，出宅边菊丛中坐久，值(王)弘送酒至，即便就酌，醉而后归。"二句写在九九重阳之际，更加思念远方的友人，期待友人能携酒而来，共渡佳节。

此诗为怀人之作。起两句化用晋代陶弘景的诗句，但却不露一丝拼接的痕迹，"俱是天然古句"。三、四两句紧扣重阳登高之习，以仰视的角度写放眼远望，刻画苍茫寥远的暮色，境界开阔。同时还为下面描写怀友作了铺垫。五、六两句以俯瞰的视角写所见，仿佛一幅写意画，淡淡的忧愁随着暮霭升起，似乎没有色彩，好像也看不到笔墨，而"兴是清境发"却似写意中的几枝秀菊，随意而开，若"清水出芙蓉"，天然成趣，其中的至味，耐人咀嚼，恰如刘辰翁所评"淡而不厌"。中间四句更是诗的精华所在，似徐徐展开的画面，诗人没有着力刻画人物的动作，也未渲染景物的色彩，只用朴素的语言如实地写来，妙手而得，简淡的笔墨既显示了江畔村边的安详静谧，又表现了自然界优美的景象，旷远清幽的境界全出。最末两句照应开端，可见对友人真挚的思念，又可见诗人风神散朗的形象。全诗"每诵之，有泉流石上、风来松下之音"，"与其说是孟浩然的诗，不如说是诗的孟浩然"（闻一多）。

宿庐江寄广陵旧游

庐江：由诗中"建德"看，此诗中的"庐江"，非位于淮南道庐州者，而当是桐庐江，亦称桐江。《元和郡县志》卷二十五《江南道·睦州·桐庐县》："桐庐江，源出于杭州于潜县界天目山，南流至县东一里入浙江。"广陵：今江苏省扬州市。《元和郡县志·阙卷逸文》卷二《淮南道·扬州》："《禹贡》'淮海惟扬州'……秦灭楚为广陵，并天下属九江郡。"又："广陵城，吴王濞都，周十四里半，一名扬子城。"此诗作于诗人客游越中时，抒发了客居他乡的孤寂之感及对广陵友人的怀念之情。诗题中"庐江"，一作"桐庐江"。按，以后者为是。

> 山暝闻猿愁，苍江急夜流。
> 风鸣两岸叶，月照一孤舟。
> 建德非吾土，维扬忆旧游。
> 还将两行泪，遥寄海西头。

山暝闻猿愁，苍江急夜流——山暝：山色昏暗，天色将暮。《文选》卷二十六谢玄晖《郡内高斋闲坐答吕法曹》："日出众鸟散，山暝孤猿吟。"苍江：暗绿色的江水。二句写日暮时分山色昏暝，林间随处传来凄愁的猿啼声，江水沉沉，在月光下汹涌奔流，所闻所见，令人心神凄然。

风鸣两岸叶，月照一孤舟——二句写夜风吹过，两岸的树木沙沙作响，月亮静静地照着江畔的一叶孤舟。

建德非吾土，维扬忆旧游——建德：为桐庐邻县，指桐庐江流境、今浙江省建德。《元和郡县志》卷二十五《江南道·睦州》："建德县，本汉富春县地，吴黄武四年分置建德县，隋大业末改为镇，武德四年复改为建德县。"非吾土：王粲《登楼赋》：

"虽信美而非吾土。"维扬：即广陵，今江苏扬州。《梁溪漫志》卷九："古今称扬州为惟扬，盖取'淮海惟扬州'之语，今则易'惟'作'维'矣。"二句写诗人独宿桐庐江上，建德风物虽美终非故土，故而寂寞之中回忆起远在广陵的旧友。

还将两行泪，遥寄海西头——海西头：指扬州。《乐府诗集》卷四十七隋炀帝《泛龙舟》："舳舻千里泛归舟，言旋旧镇下扬州。借问龙舟在何处，淮南江北海西头。"二句写猿啼、夜月、孤灯、寒风重重地包裹着感情敏锐的诗人，使他不能找到一丝慰藉，以至于双泪长流，谨以小诗遥寄友人，聊以表达思念之情。

诗为怀人之作，同时抒发了强烈的羁旅之愁，二者交织在一起，形成了清峭、孤寂的感情氛围。首联可谓健笔，刻画出环境的幽暗、险峻，大自然似乎与诗人对峙而立，他是那么的孤寂无助，无法再融入其中获得惬意和闲适的心情。颔联情绪稍缓，但诗人仍然是孤独地徘徊在夜色之中，此时的明月冷若冰霜，决不同"江清月近人"（《宿建德江》）"池月渐东上"（《夏日南亭怀辛大》）中的玲珑可爱、妩媚可亲。"一孤舟"似是诗人的化身，停泊在凄风急流之中，毫无遮蔽，亦无伴侣，只有外界的风吹浪打和内在的肝肠寸断，其中蕴含着人生的失意之悲。刘辰翁是以谓此联"天趣自得"，毫无斧凿痕迹。后两联由写景转向抒情，照应了题目中的"寄广陵旧游"，诗人一直用淡笔来抒写感情，但在尾联中却不能再控制，任热泪流淌。全诗节奏急缓相间，笔法深淡有致，感情起伏轻敛，浑然而就。

东陂遇雨率尔贻谢甫池

陂：山坡。率尔：指迅速。《文选》卷十七陆士衡《文赋》："或操觚以率尔，或含毫而邈然。"张铣注："率尔谓文速成，邈然谓文迟成。"贻：赠送。此诗描写了春雨之时农家忙着春耕的场景，抒发了诗人的田园意趣，为隐居襄阳时所作。诗题中"陂"，一作"归"。诗中"隐隐"，一作"殷殷"；"湿初稀"，一作"润初移"；"问君田事"，一作"因君问土"。

田家春事起，丁壮就东陂。
隐隐雷声作，森森雨足垂。
海虹晴始见，河柳湿初稀。
予意在耕凿，问君田事宜。

田家春事起，丁壮就东陂——春事起：开始春天耕种之事。丁壮：少壮男子。就：接近。二句写春回大地的时候，泥土悄悄地融化解冻，强健精壮的农夫们扛着锄头工具，纷纷到东陂耕耘播种。

隐隐雷声作，森森雨足垂——隐隐：当作"殷殷"，见题解。殷殷，象声词。《诗集传》卷一《召南·殷其雷》："殷其雷，在南山之阳。"朱熹集注："殷，雷声也。"《文选》卷十六司马长卿《长门赋》："雷隐隐而响起兮，声象君之车音。"刘良注："隐隐，声也。"森森：树木繁密貌，此指大雨紧密。《文选》卷二十九张景阳《杂诗十首》之四："翳翳结繁云，森森散雨足。"刘良注："森森，雨散貌。"雨足：即雨脚，见前《题大禹义公房》诗注。二句写殷殷春雷阵阵而起，春雨绵绵密密，细如毛发，滋润着大地。

海虹晴始见，河柳湿初稀——二句写雨过天晴后，绚丽的彩虹横跨天际，河水清波荡漾，岸边的杨柳新枝初发，在湿润的春风中浅舞低垂，青翠欲滴。

予意在耕凿，问君田事宜——耕凿：本义为耕田凿井，此泛指农事。《艺文类聚》卷十一《帝尧陶唐氏》："天下大和，百姓无事，有五十老人，击壤于道，观者叹曰：'大哉，帝之德也。'老人曰：'吾日出而作，日入而息，凿井而饮，耕田而食，尧何力于我哉。'"二句写诗人意在田园，为这一场知时节的好雨而欢天喜地，亦在筹划着在东陂种植作物，故而向友人询问耕作事宜。

此诗为逢春雨而作，使人联想到杜甫的"好雨知时节，当春乃发生。随风潜入夜，润物细无声"（《春夜喜雨》）。春雨贵如油，不仅滋润了土地，更滋润了农人的心窝，也给诗人带来了灵感。诗的首联点明说的是田家事，泥土的气息扑面而来，生动活泼，被方回评为"幽雅自然"（《瀛奎律髓》）。颔联用"隐隐"、"森森"来写春雨之势。颈联写天晴之后的彩虹和河柳，色彩清润，娇翠欲滴。尾联与首联相呼应，以"相问田事"来结语，如述家常，朴素无华。全诗"通体自然"（纪昀语），洋溢着轻快、喜悦的情调，与杜甫诗同一机杼，甚至杜甫诗在构思立意上也受到了孟浩然此诗的影响。杜甫《解闷》诗中说"复忆襄阳孟浩然，清诗句句尽堪传"，可见他是受到孟诗的影响的。

题李十四庄兼赠綦毋校书

李十四：名不详。綦毋校书：綦毋潜，盛唐诗人。《唐才子传》卷二："潜字孝通，荆南人。开元十四年严迪榜进士及第。授宜寿尉，迁右拾遗，入集贤院待制，复授校书。"校书：指校书郎。据《旧唐书·职官志》，弘文馆有校书郎二人，从九品上。秘书省有校书郎八人，正九品上。诗为在洛阳时作，诗人（或与綦毋潜同往）去访李十四，却值李外出，题诗于壁，兼赠綦毋潜，描写了李宅优美的自然风景，表达了闲雅的隐逸之趣。

闻君息阴地，东郭柳林间。
左右瀍涧水，门庭缑氏山。
抱琴来取醉，垂钓坐乘闲。
归客莫相待，寻源殊未还。

闻君息阴地，东郭柳林间——息阴：栖隐闲居。二句写诗人闻得友人栖息幽隐的地方在城东那片潇洒的柳树林间，春来之时柳丝袅娜，飞絮蒙蒙，春去之后绿荫蔽天，清风拂面，诗人欣欣然相访，其中果然洒脱怡然。

左右瀍涧水，门庭缑氏山——瀍（chán）涧：瀍水源出洛阳市西北，东南流经洛阳故县城东入洛水。涧水源出河南渑池县东北，东南流会渑水。《元和郡县志》卷五《河南道·河南县》："瀍水，在县西北六十里。《禹贡》曰：'伊、洛、瀍、涧，既入于河。'"缑氏山：《元和郡县志》卷五《河南道·缑氏县》："缑氏山，在县东南二十九里。王子晋得仙处。"在今河南省偃师东南。《初学记》卷五《嵩高山》："昔周灵王太子晋好吹笙，作凤鸣，游伊、洛间。道人浮邱公接上嵩山，三十馀年，往来缑氏山。缑氏山近在嵩山之西也。"二句写友人的庄园坐落在潺湲的清水之畔，左右与瀍涧之水相接相连，门前正对的是烟霞缭绕、彩翠氛氲的缑氏山。

抱琴来取醉，垂钓坐乘闲——二句写在清幽雅静的环境中抱琴轻弹，饮酒成欢，沉醉欲眠，或者垂钓于碧柳之下，静听风送蝉声，心神悠闲。

归客莫相待，寻源殊未还——二句写诗人游遍了庄园，而主人尚未归返，莫非他是去寻找胜地仙源、忘记了日色将晚？诗人不欲再等待，悠悠然走出柳林，兴趣盎然。

诗写寻人不遇，与贾岛的"松下问童子，言师采药去。只在此山中，云深不知处"（《寻隐者不遇》)相比，少了一份孤寂和失落，多了一份明朗和清丽，尽显盛唐诗人的从容气度。首联未点明寻人，但从语言中可知诗人是有目标的来到东郭的柳林。颔联中诗人在未入门之前，先饱览了墙外的风景，恰如"一枝红杏出墙来"，园外的风景如此清幽雅致，园内的光景更是可想而知，主人的性情更是可见。颈联既写诗人的疏宕放旷之趣，亦突显主人的闲情逸兴，"抱琴"令人联想到李白的"我醉欲眠君且去，明朝有意抱琴来"，天然成趣。尾联写诗人欲还，终未见到主人，但情绪中不见伤感和遗憾，而是开了个雅谑的玩笑，诗歌在轻松的笔调中结束，诗人怡然自得地返还。全诗语言简淡，情景悠然，体现了孟诗清逸淡雅的艺术特点。

登江中孤屿话白云先生

题解

江中孤屿：据诗意当是襄阳附近汉江中小岛。白云先生：王迥，见前《游精思观回王白云在后》注。此为诗人登汉江中的孤屿而作，抒发了对友人的怀念之情。诗题或作《登江中孤屿赠白云先生王迥》、《登江中孤屿遗王迥》。

悠悠清江水，水落沙屿出。
回潭石下深，绿筱岸边密。
鲛人潜不见，渔父自歌逸。
忆与君别时，泛舟如昨日。
夕阳门返照，中坐兴非一。
南望鹿门山，归来恨如失。

新解

悠悠清江水，水落沙屿出。回潭石下深，绿筱岸边密——悠悠：水流连绵不尽。《文选》卷五左思《吴都赋》："直冲涛以上濑，常沛沛以悠悠。"吕向注："悠悠，远貌。"回潭：潭溪宛转曲折。这里当指岘山潭。绿筱：青翠的细竹。四句写屿中所见，意思是汉江水清澈潺湲，向远方流去，沙屿玲珑地伫立在碧波涟漪中间。岩石遮蔽下的深潭，水流旋转、浪花飞溅，周围翠竹青青，连绵不断，若一幅青翠的纱帐将河岸密密遮掩。

鲛人潜不见，渔父自歌逸。忆与君别时，泛舟如昨日——鲛人：神话传说中的海底人鱼。晋张华《博物志》卷九："南海外有鲛人，水居如鱼。"四句写江中波浪轻翻，神话中的鲛人深潜不见，轻舟短棹的渔父悠闲地自放高歌，逸趣翩然。此情此景，令诗人回忆起与白云先生携手登孤屿、泛舟弄清浅的情景，过去的分别情形，如同昨天一样历历在目。

夕阳门返照,中坐兴非一。南望鹿门山,归来恨如失——中坐:《文选》卷二十二江文通《从冠军建平王登庐山香炉峰一首》:"绛气下紫薄,白云上杳冥。中坐瞰蜿虹,俯伏视流星。"吕延济注:"中坐,半山坐也。"兴:兴致。鹿门山:见前《题鹿门山》诗注。四句写夕阳的金色霞光中,诗人坐在孤屿上目睹江上烟景,感慨颇多,南望暮色中的鹿门山,更是心绪茫茫,怅然失落。

这首诗写景兼怀人。诗的前六句照应题中"登江中孤屿",写所见之景,若一篇山水小记,清幽淡雅,体现了孟诗一贯的审美情趣。后半部分怀人,追忆昔日与白云先生同游的快乐情形,"中坐兴非一"中"一"字"用法轻妙"(《唐贤三昧集笺注》),更突出了眼前的孤独郁闷。全诗风格简淡明净,情思绵渺细致,柔婉多致,含蓄蕴藉,耐人寻味。

和卢明府送郑十三还京兼寄之什

卢明府:卢象。见前《陪卢明府泛舟回作》诗注。郑十三:不详其人。由题意看,郑当在襄阳为官,因官事而回京。之什:《诗经》中《雅》《颂》多以十篇为一组,称为"什",后用以泛指诗文篇章。本诗约作于开元二十一年(733)秋,当时张九龄执政,诗人的一些友人都得到擢用和迁升,所以诗人兴起再上长安求仕的念头,希望在政治上能有一番作为。诗中"醉坐"一作"闲卧"。

昔时风景登临地,今日衣冠送别筵。
醉坐自倾彭泽酒,思归长望白云天。
洞庭一叶惊秋早,漠落空嗟滞江岛。
寄语朝廷当世人,何时重见长安道。

昔时风景登临地,今日衣冠送别筵——"昔时"句:当指襄阳岘山,参见前《与诸子登岘山》诗注。衣冠:古代士以上戴冠。衣冠为缙绅士大夫代称。《汉书·杜钦传》:"茂陵杜邺与钦同姓字,俱以材能称京师,故衣冠谓钦为'盲杜子夏'以相别。"颜师古注:"衣冠谓士大夫也。"筵:酒席,古人饮食宴会在席上,故称。二句写昔日曾共同登临风景佳丽之地游赏览胜,今天却摆开了离别的筵席。

醉坐自倾彭泽酒,思归长望白云天——倾:倒。彭泽酒:晋陶渊明喜欢饮酒,曾为彭泽令,故称彭泽酒,事见《晋书》卷九十四《陶潜传》。白云天:《文选》卷四十谢玄晖《拜中军记室辞随王笺一首》:"轻舟反溯,吊影独留。白云在天,龙门不见。"李善注:"《穆天子传》:西王母为天子谣曰:'白云在天,山陵自出。道路悠达,山川间之,将子无死,尚能复来。'"以后即喻思归。二句写筵席之上,郑十三为忘却离别之感伤,醉酒之后仍然不住地给自己斟酒,仰望天空随风而逝的白云,不知道是否还能回来与友人相聚。

洞庭一叶惊秋早,漠落空嗟滞江岛——洞庭:《楚辞·九歌·湘夫人》:"嫋嫋兮秋风,洞庭波兮木叶下。"一叶惊秋:《淮南子·说山训》:"以小明大,见一叶落,而知岁之将暮。"嗟:叹息。滞:停留。二句写洞庭湖上烟波浩渺,秋风袅袅,树叶纷然而落,面对萧萧落木,空自于江岛之上慨叹时光已逝,人生已秋。

寄语朝廷当世人,何时重见长安道——当世人:掌权、执政之人。《春秋左传正义》卷四十四《昭公七年》:"圣人有明德者,若不当世,其后必有达人。"孔颖达疏:"圣人谓殷汤也。不当世,谓不得在位为国君也。"重见长安道:诗人开元十六年(728)曾上长安求仕,而今又想上长安,故言。二句写诗人的仕进之心一直未泯,遂请传语给今日执政者,使之广纳贤才,以便自己能再次踏上前往长安的大道。

此诗为唱和之作,原作是《卢明府送郑十三还京》。诗人和此诗,想必是郑十三还京勾起了自己过去的长安记忆,借和诗以抒发人生追求。诗的前四句围绕离别之筵进行,表现郑十三与友人离别时内心的痛苦,诗人以"自倾彭泽酒"和"长望白云天"两个动作,勾勒出郑十三的思归之心。后四句诗人由秋天草木之纷然而落,感叹时光飞逝,人生苦短,进而唤起诗人在有限的人生里,去追求人生的价值。后四句主要是自抒胸臆,表达怀抱。我们从"何时重见长安道"里,不难体会到诗人内心急迫之感,可谓言尽而意长,引人深思。

宿杨子津寄润州长山刘隐士

杨子津:见前《杨子津望京口》注。润州:今江苏镇江市。《元和郡县志》卷二六《江南道·润州》:"本春秋吴之朱方邑,始皇改为丹徒。汉初为荆国,刘贾所封。后汉献帝建安十四年,孙权自吴理丹徒,号曰'京城',今州是也。十年迁都建业,以此为京口镇。……(隋开皇)十五年罢镇,置润州,城东有润浦口,因以为名。"长山:

《嘉定镇江志》卷六："长山，在城南二十里，山有灵泉，旧传其流与练湖通，注溉民田万顷。"刘隐士：不详其人。《至顺镇江志》卷一九《隐逸》："刘处士，忘其名，居润州长山，孟浩然有诗寄之。"诗写旅途之中对刘隐士的思念之情，也流露了诗人内心的孤寂。

> 所思在建业，欲往大江深。
> 日夕望京口，烟波愁我心。
> 心驰茅山洞，目极枫树林。
> 不见少微星，风霜徒夜吟。

所思在建业，欲往大江深——所思：《文选》卷二十九张衡《四愁诗》："我所思兮在桂林，欲往从之湘水深，侧身南望涕沾襟。"建业：三国时吴都城，孙权置，今南京市。二句写诗人对友人绵绵的思念之情，欲前往寻访友人，却有层层山峦和滔滔江水相阻，令人望而生畏，产生了一种"欲渡黄河冰塞川，将登太行雪满山"的踌躇之感。

日夕望京口，烟波愁我心——京口：此指润州，即今镇江。见前《杨子津望津口》诗注。二句写日暮时分诗人于杨子津向京口望去，不见京口所在之处，只见长江上浩渺烟波，白帆点点，沙鸥阵阵，引起了诗人无限的孤独，使他对友人的思念更加深切，此情恰如"长安不见使人愁"，因距离之遥远和江雾之扑朔迷离，更增加了迷蒙的氛围，令人愁情难耐。

心驰茅山洞，目极枫树林——茅山洞：茅山原名句曲山，在润州南部。《嘉定镇江志》卷六《金坛县》："茅山，一名句曲山。……山内有灵府洞庭，四开穴岫，长边七涂九源，四方交达，真洞仙馆也。"目极：极力远望。《楚辞·招魂》："湛湛江水兮上有枫，目极千里兮伤春心。"枫树林：《文选》卷二十三阮籍《咏怀诗十七首》之十七："湛湛长江水，上有枫树林。"二句写诗人虽然人在杨子津，心却已飞驰到友人所隐的茅山洞，与友人促膝而谈，秉烛夜游，故而伫立江边极目远望，然而隐隐所见的只有天际的枫树林。

不见少微星，风霜徒夜吟——少微星：星座名。《史记》卷二十七《天官书》："廷藩西有隋星五，曰少微，士大夫。"司马贞《索隐》："《春秋合诚图》云：'少微，处士位。'又《天官占》云：'少微一名处士星也。'"《正义》："少微四星，在太微西，南北列：第一星，处士也；第二星，议士也；第三星，博士也；第四星，大夫也。占以明大黄润，则贤士举；不明，反是。"后多用以指处士隐士，这里指刘隐士。二句写诗人怀念友人而无以得见,愁苦之情无以解脱,以至深夜难眠,徒自于风霜之夜吟诵起思念友人的诗歌。

这是一首五言古诗,起句之"所思"继承了张衡《四愁诗》的高古格调,第二句以大江之深说明了思不可及,形成了一种扬抑之美。因为无法渡江,而有了下句之望,又因为是日暮时候,所以才会更加忧愁,紧扣了题目中的"宿"字。江深不可渡,雾浓不可望,但心是可以自由驰骋的,五、六两句中"心驰"、"目极",以及结句中的"夜吟",皆生动地传达出对友人的思念之深。诗人丝毫不掩饰这种感情,所以整首诗感情诚挚,感人至深;与此相应,诗歌在表达上也出之自然,如行云流水,而不见刻意的雕琢。

和张明府登鹿门山

和:唱和。张明府:张愿,见前《秋登张明府海亭》诗注。鹿门山:见前《题鹿门山》诗注。此诗为和张愿《登鹿门山》而作,时诗人旅寓于外。诗题中"鹿门山",原本作"六门作",据别本改。

> 忽示登高作,能宽旅寓情。
> 弦歌即多暇,山水思微清。
> 草得风光动,虹因雨气成。
> 谬承巴俚和,非敢应同声。

忽示登高作,能宽旅寓情——示:出以示人。登高作:指张愿所作的《登鹿门山》诗篇。宽:宽解。寓:寄居。二句写诗人在旅途中收到朋友登鹿门山而作的诗篇,见其诗如见家乡亲切的山水和故人,缓解了寓居他乡的愁闷。

弦歌即多暇,山水思微清——弦歌:弦歌而治,见前《与白明府游江》诗注。暇:空闲。思:诗思。二句称美张愿理政有方,同时又雅尚山水,于闲暇之际,徜徉其中,情思细微清远。

草得风光动,虹因雨气成——虹因雨气:《初学记》卷二梁江淹《赤虹赋》:"正逢岩崖相照,雨云烂色,俄而雄虹赫然,晕光曜水。……实曰阴阳之气,信可观也。"这两句承上,概括张愿诗的内容,意思是绿草在和煦的春风中摇曳,彩虹则因雨过天晴而绚丽。

谬承巴俚和，非敢应同声——承：奉。巴俚：即巴人下里的。《文选》卷四十五宋玉《对楚王问》："客有歌於郢中者，其始曰《下里》《巴人》，国中属而和者数千人；其为《阳阿》《薤露》，国中属而和者数百人；其为《阳春》《白雪》，国中属而和者不过数十人；引商刻羽，杂以流徵，国中属而和者不过数人而已。其曲弥高，其和弥寡。"《艺文类聚》卷七十七梁简文帝《答湘东王和受试诗书》："玉晖金铣，反为拙目所蚩；巴人下里，更合郢中之听。阳春高而不和，妙声绝而不寻。"此为诗人自谦。同声：志趣相同。《易·乾》："同声相应，同气相求。"二句诗人自谦，意思是张愿的诗玉晖金铣，如《阳春》《白雪》一般高雅，自己忝和之诗则拙劣俚俗，如《下里》《巴人》，不足与张诗相提并论。

作为和诗，除了依韵而和之外，在内容上也受原作的影响，故而往往不以自我抒情为重。这首诗也是如此。诗之首联点明题旨，突出友人的诗篇颇能宽解自己旅寓之愁。颔联中"山水思微清"，称赞友人志趣脱俗，不过我们从中也能见出诗人的志趣。孟浩然深受古代隐逸文化影响，沉浸于山水世界，风怀散朗，情趣清雅，故而才能出此意境清远的诗句。颈联写景，概括愿诗内容，属对工巧，"细而不伤"（李梦阳语）。尾联自谦之语，再点明此诗的唱和性质。由此可见，此诗是一首中规中矩的和诗，平淡之中寄有至味，情感平和细腻。

晚春卧病寄张八

张八：即张子容，八为排行，见前《寻白鹤岩张子容颜处士》诗注。此诗作于诗人隐居襄阳期间。诗题一作《晚春卧疾寄张八子容》。

南陌春将晚，北窗犹卧病。
林园久不游，草木一何盛！
狭径花将尽，闲庭竹扫净。
翠羽戏兰苕，赪鳞动荷柄。
念我平生好，江乡远从政。
云山阻梦思，衾枕劳歌咏。
歌咏复何为？同心恨别离。
世途皆自媚，流俗寡相知。

贾谊才空逸，安仁鬓欲垂。
遥情每东注，奔晷复西驰。
常恐填沟壑，无由振羽仪。
穷通若有命，欲向论中推。

南陌春将晚，北窗犹卧病。林园久不游，草木一何盛——南陌：南郊，指诗人的田园。北窗：与南陌相对，常指隐居者所居之处。陶渊明《与子俨等疏》："五六月中，北窗下卧。"又《晋书·陶潜传》："高卧北窗，自谓羲皇上人。"四句写南郊春色将晚，诗人长期卧病北窗，很久没有去林园欣赏佳景，大病初愈时他立刻踏上了游园赏春之路，眼前芳草碧树，丰茸茂盛，郁郁葱葱！

狭径花将尽，闲庭竹扫净。翠羽戏兰苕，赪鳞动荷柄——狭径：小径。翠羽：翡翠鸟。兰苕（tiáo）：兰花。《文选》卷二十一郭璞《游仙诗七首》之三："翡翠戏兰苕，容色更相鲜。"李善注："言珍禽芳草递相辉映，可悦之甚也。兰苕，兰秀也。"赪鳞：赤色之鱼，或指鲤鱼。赪，红色。四句写诗人游园所见的景色，狭窄清幽的小径旁，百花即将落尽芳菲，安静的庭院中，几丛绿竹随风而舞，影布于地，似在轻扫地面一样；花草丛中，颜色鲜艳的翠鸟不停地嬉戏鸣叫，池塘里，红色的鲤鱼自由自在地游动，触动了亭亭玉立的荷柄。

念我平生好，江乡远从政。云山阻梦思，衾枕劳歌咏——平生好：生平好友。《三国志·魏书·臧洪传》："足下或者见城围不解，救兵不至，感婚姻之义，惟平生之好，以屈节而苟生。"江乡：即江南水乡。子容时为乐城尉，乐城在海边，故云江乡。远从政：远出任官。《毛诗正义》卷一《召南·殷其雷》："召南之大夫，远行从政，不遑宁处。"云山：《诗纪》卷四《胡笳十八拍》："云山万里兮归路遐，疾风千里兮扬尘沙。"衾枕：被子和枕头，这里指卧病在床。四句写诗人在病中经常怀念远在江城从政为官的平生好友张子容，彼此云山阻隔，思情难慰，只好在病榻上反复地吟咏诗篇，来抒发想念友人而不得见的苦闷之情。

歌咏复何为？同心恨别离。世途皆自媚，流俗寡相知——同心：志同道合的好朋友，指张子容。《周易·系辞上》："二人同心，其利断金；同心之言，其臭如兰。"世途：世道。自媚：自爱自吹。《文选》卷二十七乐府四首古辞《饮马长城窟行》："入门各自媚，谁肯相为言？"流俗：世俗之人。司马迁《报任安书》："文史星历，近乎卜祝之间，固主上所戏弄，倡优畜之，流俗之所轻也。"四句写诗人感叹与同心好友久别不能相见，吟咏诗篇又有什么用呢？只是更增加了思念的愁苦而已。世道黑暗，人们都各自为着他们自己鼓吹，谁能真正理解诗人呢？诗人难以找到知己，他亦不屑与那些流俗之人同流合污，只有张子容与己相知，可以理解自己的心曲。

贾谊才空逸，安仁鬓欲垂。遥情每东注，奔晷复西驰——贾谊：西汉政论家、文学家，有《过秦论》《吊屈原赋》等名篇。年少有才学，被文帝召为博士，迁为太中大夫，因大臣忌而进谗，贬为长沙王太傅，后又为梁怀王太傅，梁怀王坠马而死，贾谊哭泣年馀亦死，年三十三岁。事见《史记》卷八十四《屈原贾生列传》。安仁：西晋文学家潘岳(247—300)，字安仁。《晋书》卷五十五《潘岳传》："潘岳字安仁，荥阳中牟人也。……岳少以才颖见称，乡邑号为奇童，谓终贾之俦也。早辟司空太尉府，举秀才。……岳才名冠世，为众所疾，遂栖迟十年。出为河阳令，负其才而郁郁不得志。"鬓欲垂：《文选》卷十三潘岳《秋兴赋》："余春秋三十有二，始见二毛。……悟时岁之遒尽兮，慨俯首而自省。斑鬓髟以承弁兮，素发飒以垂领。"遥情：高远的情思。陶渊明《游斜川》："中觞纵遥情，忘彼千载忧。"东注：向东方奔流。乐城在襄阳东南方，故云。晷：日影。四句中诗人列举怀才不遇的贾谊和潘岳，感叹自己怀有济世之志，却不得施展，眼看着时光飞逝，怎不让人中肠沉痛，抑郁之中只有遥想东方，希望从友人那里能得到慰藉。

常恐填沟壑，无由振羽仪。穷通若有命，欲向论中推——填沟壑：死后无人埋葬，委尸于沟壑之中。《战国策》卷二十一《赵策》四《赵太后新用事》："(舒祺)十五岁矣。虽少，愿及未填沟壑而托之。"无由：无从。振羽仪：即鼓翼而显达。《艺文类聚》卷九十魏嵇叔夜《赠秀才诗》："抗首漱朝露，晞阳振羽仪。"穷通：困厄与显达。若有命：《文选》卷五十四刘孝标《辨命论》："余谓士之穷通，无非命也。……故性命之道，穷通之数，天阃纷纶，莫知其辨。"论中推：向《穷通论》中推究。《魏书》卷五十五《刘芳传》："芳虽处穷窘之中，而业尚贞固，聪敏过人，笃志坟典。昼则备书，以自资给，夜则读经，终夕不寝，至有易衣并日之弊，而澹然自守，不汲汲于荣利，不戚戚于贱贫，乃著《穷通论》以自慰焉。"四句写诗人经常担心自己事业未成，默默无闻地委身草野之中，无以显达；因怀疑人之穷达是命中注定，故意欲借《穷通论》而去推究，寻找命运的答案。

　　谢灵运在为官永嘉太守期间，尝久病，初愈之后，为满眼春光所感发，而有《登池上楼》之作，写下"池塘生春草，园柳变鸣禽"的千古名句。孟浩然此诗之作颇与谢诗相似，也是久病初愈后外出赏春而作。诗歌前半部分写赏春所见，因为久病初出，作者对景物的感知非常细致，对景物的色彩及细微之处，皆能细腻地捕捉和表现，呈现给我们一幅明媚鲜丽的晚春图，无论是随风飘落的春花、摇曳婆娑的青竹、嬉戏鸣啼的翠鸟和水中嬉戏的游鱼，还是清幽的小径、寂静的庭园、伫立的荷柄，无不昭示出春天盎然的生机和活泼的情趣。诗的后半部分由春天万木争荣之感发而抒情。诗人有感于季节之更迭、岁月之流逝，对自己人生之失意充满了愤郁之情，多处借用典故表达对世俗与现实的不满和怨愤。整首诗感情沉郁，不加掩饰，南宋时刘辰翁谓此诗"其语甚痛，其意甚浅"，便揭示了这一点。

书怀贻京邑同好

书怀：书写自我怀抱。贻：赠送。京邑：京城长安。同好：同心好友，其人不详。此诗作于诗人长安求仕期间。诗题中"同好"，一作"故人"；诗中"恒自强"一作"常自强"，"词翰"一作"词赋"，"吁嗟"一作"嗟吁"。

　　　唯先自邹鲁，家世重儒风。
　　　诗礼袭遗训，趋庭沾末躬。
　　　昼夜恒自强，词翰颇亦工。
　　　三十既成立，吁嗟命不通。
　　　慈亲向羸老，喜惧在深衷。
　　　甘脆朝不足，箪瓢夕屡空。
　　　执鞭慕夫子，捧檄怀毛公。
　　　感激遂弹冠，安能守固穷？
　　　当途诉知己，投刺匪求蒙。
　　　秦楚邈离异，翻飞何日同！

　　唯先自邹鲁，家世重儒风。诗礼袭遗训，趋庭沾末躬——唯：句首语气词。先：祖先。邹鲁：春秋时邹国、鲁国。《庄子集释》卷八《天下》："其在于诗书礼乐者，邹鲁之士，搢绅先生，多能明之。"邹，今山东省邹县，孟子故乡。鲁，今山东省曲阜，孔子故乡。孟浩然与孟子同姓，故云"先自邹鲁"。儒风：儒家的道德风操。诗礼：本指儒家的《诗经》、《周礼》、《礼记》、《仪礼》，此指儒家经典及儒家道德规范。《论语注疏》卷十九《季氏》："（孔子）尝独立，鲤趋而过庭，曰：'学《诗》乎？'对曰：'未也。''不学《诗》，无以言。'鲤退而学《诗》。他日又独立，鲤趋而过庭，曰：'学《礼》

乎?'对曰:'未也。''不学《礼》,无以立。'鲤退而学《礼》。"鲤,孔子之子。《诗》、《礼》为儒家的主要科目。趋庭:指子承父亲的教训。末躬:自谦之意。躬,自身。四句写诗人本是孟子之后,家世世代传承着儒风,自己从小就秉承父亲教训,学习《诗》《礼》,修养其身,以求兼济天下。

昼夜恒自强,词翰颇亦工。三十既成立,吁嗟命不通——自强:《易·乾》:"天行健,君子以自强不息。""三十"句:指到三十岁时品德、学业皆有所成。《论语注疏》卷二《为政》:"子曰:'吾十有五而志于学,三十而立,四十而不惑,五十而知天命,六十而耳顺,七十而从心所欲,不逾矩。'"吁嗟:叹词,表示叹息。不通:不得志。四句写诗人怀着自强不息的精神,不分昼夜地努力,对写诗作赋颇为精通,三十岁时虽品德学业皆有所成,无奈却命运不通,徒自感叹吁嗟!

慈亲向嬴老,喜惧在深衷。甘脆朝不足,箪瓢夕屡空——慈亲:父母亲。《后汉书》卷一百一十七《袁隗妻》:"慈亲垂爱,不敢逆命。"嬴老:指衰老。《文选》卷十六潘安仁《闲居赋》:"太夫人在堂,有嬴老之疾。"喜惧:《论语》卷四《里仁》:"父母之年,不可不知也,一则以喜,一则以惧。"朱熹注曰:"常知父母之年,则既喜其寿,又惧其衰。"深衷:内心深处。甘脆:指美味佳肴。《战国策》卷二十七《韩策二·韩傀相韩》:"聂政谢曰:'臣有老母,家贫客游,以为狗屠,可旦夕得甘脆以养亲。'"箪:竹或苇编成的饭筐。瓢:水瓢。"箪瓢"泛指饮食。《论语注疏》卷六《雍也》:"贤哉,回也!一箪食,一瓢饮,在陋巷。人不堪其忧,回也不改其乐。"邢昺疏:"箪,竹器,食饭也;瓢,瓠也。"屡空:多次空匮。《论语·先进》:"回也其庶乎,屡空。"范氏注曰:"屡空者,箪食瓢饮屡绝而不改其乐也。"《陶渊明集》卷五《五柳先生传》:"环堵萧然,不蔽风日。短褐穿结,箪瓢屡空,晏如也。"四句写父母年事已高,诗人内心深处既为其高寿而欢喜,又为其日益衰老而忧惧。家资屡空,无以为双亲提供美味佳肴,连粗茶淡饭也常常不足,困窘的物质生活,使诗人欲求仕禄以养亲。

执鞭慕夫子,捧檄怀毛公。感激遂弹冠,安能守固穷——执鞭:持鞭驾马车,指卑贱的差役。《论语·述而》:"子曰:'富而可求也,虽执鞭之士,吾亦为之。如不可求,从吾所好。'""捧檄"句:《后汉书》卷六十九《刘赵淳于江刘周赵列传》:"庐江毛义少节,家贫,以孝行称。南阳人张奉慕其名,往候之。坐定而府檄适至,以义守令,义奉檄而入,喜动颜色。奉者,志尚士也,心贱之,自恨来,固辞而去。及义母死,去官行服。数辟公府,为县令,进退必以礼。后举贤良,公车征,遂不至。张奉叹曰:'贤者固不可测。往日之喜,乃为亲属也。斯盖所谓家贫亲老,不择官而仕者也。'"感激:感奋激发。《后汉书》卷八十四《列女传》:"吴许升妻者……升感激自厉,乃寻师远学,遂以成名。"弹冠:弹去帽子上的灰尘。《楚辞·渔父》:

"新沐者必弹冠,新浴者必振衣。"后多指整理衣冠而出仕。《汉书·王吉传》:"吉与贡禹为友,世称'王阳在位,贡公弹冠',言其取舍同也。"颜师古注:"弹冠者,且入仕也。"安能:岂能。固穷:坚守节操,安于贫贱穷困。《论语·卫灵公》:"君子固穷,小人穷斯滥矣。"程子注:"固穷者,固守其穷。"四句写自己本有固穷守节之志,但想到圣人愿为富贵而执鞭,以及"慈亲向嬴老",自己也决心不再固守贫贱,而是渴望出仕,希望能致身富贵。

　　当涂诉知己,投刺匪求蒙。秦楚邈离异,翻飞何日同——当涂:当道,身居要职者。扬雄《解嘲》:"当涂者入青云,失路者委沟渠。"投刺:投送名帖。刺,名帖,相当于名片。《洛阳伽蓝记》卷二《景宁寺》:"或有人慕其高义,投刺在门,元慎称疾高卧。"匪求蒙:《周易正义·蒙》:"匪我求童蒙,童蒙求我。"孔颖达疏:"蒙者,微昧暗弱之名。物皆蒙昧,唯愿亨通,故云。"《文选》卷五十七潘安仁《夏侯常侍诔》:"为仁由己,匪我求蒙。谁毁谁誉,何去何从。"刘良注:"蒙,不知貌。言为仁者之行由己,不曲求无知之人。"秦:指京邑长安,古秦地。楚:指诗人家乡襄阳,古楚地。邈:遥远。翻飞:展翅高飞。四句写诗人向在长安为官的知己袒露内心深曲,不去干谒那些昏昧无知者,盼望有朝一日,自己能够飞越襄阳与长安的距离,与友人一同展翅飞翔。

　　这是孟浩然精心结撰的一首诗。说它经由作者精心结撰而成,依据在于:第一,诗人以严肃端正的态度,历叙家世,从而赋予了个人之出仕与否以超乎个人得失之上的意义;同时,诗也因为历叙家世,而成为我们考查孟浩然生平与思想的重要篇章。第二,诗中作者剖露自己的内心世界,将纠缠于自己心曲之中的仕与隐、固穷守节与追逐荣利、奉养慈亲与贫贱困顿等多重矛盾集中起来,把内心复杂的感受生动地表现了出来。艺术上,此诗作为一首带有干谒意义的诗,在表现角度上,诗人主要立足于自己,以陈情为主,而且在陈情时不是片面地渲染自己困窘寒俭之状,而是强调自己的德业追求,这就与通常的干谒诗着眼于干谒对象、过度地阿谀对方形成了鲜明的差异,从而具有较强的抒情性。整首诗感情深沉郁勃,意味深长,意脉连贯,转换自然。诗中诗人自言"词翰亦颇工",用在对此诗的评价上也是合适的。

和张二自穰县还途中遇雪

张二：姓张，排行第二，名不详。穰县：《元和郡县志》卷二十一《山南道·邓州》："穰县，汉旧县，本楚之别邑，取丰穰之义。"今河南省邓县。此诗为诗人回襄阳途经穰县遇雪而作，描写了雪的美好姿态。诗题中"张二"，一本作"张三"；诗中"渐作"一本作"来作"，"双飞"，原本作"双花"，据别本改。

> 风吹沙海雪，渐作柳园春。
> 宛转随香骑，轻盈伴玉人。
> 歌疑郢中客，态比洛川神。
> 今日南归楚，双飞似入秦。

新解

风吹沙海雪，渐作柳园春——沙海：《战国策·东周策》："夫梁之君臣欲得九鼎，谋之晖台之下，少海之上，其日久矣。"鲍彪注："少作沙。"吴师道补注："少当作沙。《九域图》，开封有沙海，引此。"明杨慎《升庵诗话》卷四："沙海。《战国策》：'晖台之下，少海之上'，《九域志》有沙海，孟浩然和《张三自穰县还途中遇雪》诗：'风吹沙海雪，来作柳园春。'正是梁地事。"柳园春：《乐府诗集》卷四十二《相和歌辞·楚调曲》刘允济《怨情》："归期倘可促，勿度柳园春。"这两句诗中诗人目睹雪花飞舞，兴高采烈，情思飞扬，意思是彤云密布，寒风送雪，纷纷扬扬的雪花，正像春天柳园中的蒙蒙飞絮。

宛转随香骑，轻盈伴玉人——"宛转"句：《沈佺期集》卷二《幸梨园亭观打毬应制》："宛转萦香骑，飘飘拂画毬。"香骑、玉人：指雪中的马匹和行人，因白雪笼罩而有了浪漫色彩。这两句写诗人冒雪而行，神思飞扬，沉浸入浪漫的想象世界，写雪花宛转轻盈，伴随着行人和乘骑。雪花纷飞，如同片片落花，坠落在马上，散发着香气，而身袭白雪的诗人一时竟幻化成为一位白雪玉人。

歌疑郢中客，态比洛川神——郢中歌：《文选》卷二十九张景阳《杂诗十五首》之五："不见郢中歌，能否居然别。《阳春》无和者，《巴人》皆下节。"李周翰注："郢中之歌，有《阳春》《巴人》二曲，《阳春》高曲，和者甚少；《巴人》下曲，和者数千人，故知能否斯别，亦犹章甫与断发之异，而贤者与小人不同。"详见前《和张明府登鹿门山》注。洛川神：曹植《洛神赋》："流眄乎洛川，于是精移神骇，忽焉思散，俯则未察，仰以殊观，睹一丽人，于岩之畔。……其形也，翩若惊鸿，婉若游龙。荣曜秋菊，华茂春松。仿佛兮若轻云之蔽月，飘飖兮若流风之回雪。远而望之，皎若太阳升朝霞；迫而察之，灼若芙蕖出渌波。秾纤得衷，修短合度。肩若削成，腰如约素，延颈秀项，皓质呈露。芳泽无加，铅华弗御。云髻峨峨，修眉联娟。"这两句上承"玉人"，诗人放纵笔墨，写自己在飞雪中纵情歌舞，歌声婉转清亮，有《阳春》、《白雪》之效，舞姿轻灵柔曼，姿态更胜过凌波而舞的洛川神女。

今日南归楚，双飞似入秦——南归楚：由穰县返襄阳。双飞：指诗人与张二的归骑。入秦：去长安。二句诗人写在飞雪中逸兴遄飞，完全忘记了失意归来，竟觉得不是南归襄阳，反倒是北上长安帝都了。

王士源《孟浩然集序》谓"浩然每为诗，伫兴而作"。刘辰翁《孟浩然集跋》也说"浩然诗高处，不刻画，只似乘兴"；这首诗正是一首"伫兴"、"乘兴"之作。诗人南归途中意外地遇雪，正是这种不期而遇，让诗人逸兴遄飞，情致高昂，从而情不自禁地写下了这首诗。诗歌开头起句自然，毫不费力，轻灵巧妙，同时"柳园春"三字又启下。三、四两句以"宛转"、"轻盈"拟雪花飞扬之态，以"随香骑"承"柳园春"，将雪花想象为春天绽放的鲜花，故着一"香"字；这种由视觉转为嗅觉描写的"感觉挪移"，灵动细腻，鲜明地体现出诗人面对漫天飞雪时情致之宕逸和饱满；而更令人不可思议的是，诗人竟因浑身落满雪花，而将自己想象为"玉人"，并用"歌疑"二句写玉人歌似郢人之歌《白雪》，舞态如洛川神女之凌波，这种描写虽或不乏戏谑的因素，但也将诗人面对飞雪时精神之纵放与飞扬更进一步地表现了出来。结尾二句以"南归楚"错觉为"双入秦"，也是这种情致的自然结果。总之，这首诗诗人乘兴而咏，精神纵放，想象奇特，风格绮丽，具有鲜明的浪漫色彩，于孟浩然诗为别调。

同储十二洛阳道

同：和。储十二：储光羲，十二为排行。《唐才子传》："光羲，兖州人。开元十四年(726)严迪榜进士。有诏中书试文章。尝为监察御史。值安禄山陷长安，辄受伪署，贼平后自归，贬死岭南。工诗，格高调逸，趣远情深，削尽常言。"《洛阳道》：指储光羲诗。《储光羲集》有《洛阳道五首献吕四郎中》，抒写怀才不遇之情，其末一首言："洛水照千门，千门碧空里，少年不得志，走马入新市。"孟浩然所和即储光羲此诗,孟诗约作于开元十七年(729)春,长安求仕失败之后游洛阳时。题中另本下多"中作",另本题作《洛阳道中》。

珠弹繁华子,金羁游侠人。

酒酣白日暮,走马入红尘。

珠弹繁华子,金羁游侠人——珠弹:以珠为弹丸,极言其豪奢。《西京杂记》:"长安五陵人以柘木为弹,真珠为丸,经弹鸟雀。"繁华子:富豪纨绔子弟,衣饰华丽。《文选》卷二十三阮嗣宗《咏怀诗十七首》之四:"昔日繁华子,安陵与龙阳。"吕延济注:"繁华,喻人美盛,如春华之繁。"金羁:金饰的马络头。《文选》卷二十七曹子建《白马篇》:"白马饰金羁,连翩西北驰。借问谁家子?幽并游侠儿。"李善注:"《古罗敷行》曰:'青丝系马尾,黄金络马头。'《说文》曰:'羁,络头也。'"游侠人:仗义勇为,解人急难的侠客。班固《西都赋》:"乡曲豪举游侠之雄。"吕延济注:"游侠谓轻死重义之人。"二句写宽阔通天的洛阳道上行人来来往往,车水马龙,其中最引人注意的莫过于飞扬跋扈的豪门少年,他们以真珠为弹丸,寻欢取乐,挥金如土;而仗义勇为的侠客,则骑着络头饰金的骏马,器宇非凡。

酒酣白日暮,走马入红尘——酒酣:尽情地饮酒。《文选》卷二十一左太冲《咏史八首》之七:"荆轲饮燕市,酒酣气益震。哀歌和渐离,谓若傍无人。"李善注:"孔安国《尚书传》曰:乐酒曰酣。毛苌《诗传》曰:震,犹威也。"走马:驱马奔跑。红尘:热闹繁华之地。《乐府诗集》卷二十三徐陵《洛阳道》:"绿柳三春暗,红尘百戏多。"二句写那些纨绔子弟及游侠少年们开怀畅饮,尽显豪情,大有"会须一饮三百杯"的气魄和酒量,日暮之后方乘上骏马,扬鞭而去,直奔夜夜笙歌、灯红酒绿之处。

此首小诗言简意长。前两句着眼于繁华子和游侠儿的衣饰与装扮,后两句聚焦于他们的饮酒与"入红尘",通过剪取他们的生活片段,小中见大,反映他们豪奢的生活面貌,衬托他们放荡不羁的性情与追求。诗之起句与结尾看似突兀,实则词意俱足,意蕴饱满,语短意长,短小有力,给人留下丰富的回味余地。

同王九题就师山房

同:和。王九:王迥,行九,号白云先生,与诗人为好友,隐居于鹿门山,见前《游精思观回王白云在后》注。就师：就法师，事历不详。诗中"支公房"，一本作"支公寺"，"闭窗里"一本作"蔽檐前"，"周旋"一本作"周游"、"同游"。

> 晚憩支公房，故人逢右军。
> 轩空避炎暑，翰墨动斯文。
> 竹闭窗里日，雨随阶下云。
> 周旋清阴遍，吟卧夕阳曛。
> 江静棹歌歇，溪深樵语闻。
> 归途未忍去，携手恋清芬。

晚憩支公房，故人逢右军。轩空避炎暑，翰墨动斯文——憩：休息。支公：东晋著名僧人支遁，字道林，此处借指就师，详见前《春晚题永上人南亭》注。右军：东晋大书法家王羲之，曾官右军将军，世称王右军。此指王九。轩：有窗户的长廊。炎暑：酷热的暑天。《文选》卷二十三阮嗣宗《咏怀诗十七首》之十三："炎暑惟兹夏，三旬将欲移。"李善注："南方为火而主夏，火性炎上，故谓夏月炎暑也。"翰墨：笔墨。《文选》卷十五张平子《归田赋》："挥翰墨以奋藻，陈三皇之轨模。"刘良注："翰，笔也。"四句写酷暑时节诗人游历之后，傍晚时休憩于就师房里，不期而遇故人。二人相见甚欢，在寺中空静的廊轩下避暑清谈，面对幽情佳景及平生之友，不禁挥翰操笔，吟赏暮色烟霞。

竹闭窗里日，雨随阶下云。周旋清阴遍，吟卧夕阳曛——曛：日落后的馀光。周旋：盘桓。《文选》卷四十七夏侯孝《东方朔画赞》："周旋祠宇，庭序荒芜。"清阴：清凉的树荫。陶渊明《归鸟》："顾俦相鸣，景庇清阴。"四句写就师房周围环境的清幽，意思是就师房坐落于山顶，出于云端之上，周围竹林环绕，郁郁葱葱，处在其中，不再受暑天的酷热煎熬。而自己与友人，在游遍山寺中清幽之景后，也惬意地休憩于就师房中，联句吟诗。

江静棹歌歇，溪深樵语闻。归途未忍去，携手恋清芬——棹歌：犹渔歌。樵：打柴的人。清芬：喻高洁的德行。《文选》卷十七陆士衡《文赋》："咏世德之峻烈，诵先人之清芬。"四句写离开就师房，踏上归途，意思是傍晚时候，江上渔人们已收起船和渔网，渔歌声已渐止歇，江面重又归于平静，只有山间溪水的对岸时时传来樵夫们的说话声。诗人与友人短暂地相聚；仰慕友人德行高洁，携手而归不忍分手。

这是一首写景抒情诗，前两句点明了题目，后八句为写景兼抒情之笔，气象清远,能够融情于景,达到情景交融的境界。"周旋清阴遍,吟卧夕阳曛"两句,既写出了对山水之痴情,也见出友人相聚,陶然自得之趣。"江静"两句既写了山水之清净,又表现了诗人恬淡的心胸。最后两句写分别,先是"归途未忍去"点明依依不舍,后又言"携手恋清芬",难舍难分之状顿出,情真意切。全诗清幽淡雅,出语洒落,娓娓叙来,意蕴悠远,耐人咀嚼,读之使人浑然省净。

赠王九

王九:即王迥,见前《游精思观回王白云在后》注。这是一首随口吟成的小诗,诗题一作《口号赠王九》。诗中"稚子"原本作"樵子",据别本改。

> 日暮田家远,山中忽久淹。
> 归人须早去,稚子望陶潜。

日暮田家远,山中忽久淹——山中:《文选》卷三十三刘安《招隐士》:"王孙兮归来,山中兮不可以久留。"淹:停留。这两句写傍晚时分,村落掩映在苍茫的暮色之中,更觉遥远。山中人不知不觉竟已在山中很久了。

归人须早去,稚子望陶潜——"稚子"句:陶潜,陶渊明,东晋诗人。《陶渊明集》卷五《归去来兮辞》:"乃瞻衡宇,载欣载奔。僮仆欢迎,稚子候门。"这里以陶指王九。二句劝诱友人不要再久居山中,幼子一定守在门前巴望着快回去呢!

这首诗劝诱友人从山中归来,语言平淡朴素,而意味隽永。"日暮"一句,描写傍晚田家的景色,境界开阔悠远;"山中忽久淹"一句,则传递了白云先生耽于隐居的性情,幽人的形象跃然纸上。王世懋《艺圃撷馀》谓孟诗"五言隽永",这首诗便体现了这种特点。

夜泊宣城界

宣城:《元和郡县志》卷二十八《江南西道四·宣州》:"宣城县,本汉宛陵县,属丹阳郡。后汉顺帝置,至晋属宣城郡,隋自宛陵移于今理。"即今安徽宣城。界:

境域。此诗是诗人由襄阳东下吴越途经宣城而作。此诗题一本作《旅行欲泊宣城界》;诗中"平湖",一本作"潮平"。

> 西塞沿江岛,南陵问驿楼。
> 平湖津济阔,风止客帆收。
> 去去怀前事,茫茫泛夕流。
> 石逢罗刹碛,山泊敬亭幽。
> 火炽梅根冶,烟迷杨叶洲。
> 离家复水宿,相伴赖沙鸥。

西塞沿江岛,南陵问驿楼。平湖津济阔,风止客帆收——西塞:西塞山。在今湖北大冶东九十里左右。《元和郡县志》卷二七《江南道三·鄂州·武昌县》:"西塞山,在县东八十五里。竦峭临江。"南陵:《元和郡县志》卷二八《宣州》:"南陵县,本汉春谷县地,梁于此置南陵县,仍于县理置南陵郡。隋平陈废郡,县属宣州。"今安徽南陵县,在宣城西。驿楼:驿站上供行人歇宿之处。张说《张燕公集》卷八《深渡驿》:"猿响寒岩树,萤飞古驿楼。"津济:渡口。四句诗人写西塞山沿着江边的小岛起伏连绵,诗人一路风尘行至宣城南陵询问驿楼。渡口水面平远壮阔,傍晚时风势渐停,诗人的船渐渐收起帆移向岸边,投止夜宿。

去去怀前事,茫茫泛夕流——去去:远去。二句承上启下,写诗人暮色苍茫中,伫立船头,回想从前的事,就如同流水一样,一去不返,了然无痕。

石逢罗刹碛,山泊敬亭幽。火炽梅根冶,烟迷杨叶洲——罗刹碛:在今安徽省贵池市西六十里长江之中。《太平寰宇记》卷一百五:"(贵池县)有大孤石生于江中,俗谓之罗刹洲。……罗刹石,在东流大江中,崭岩森白,舟帆艰险。"敬亭:敬亭山。在宣城县北。山上有敬亭。《元和郡县志》卷二十九《江南道·宣州》:"敬亭山,州北十二里。即谢朓赋诗之所。"梅根冶:在贵池县东,亦称梅根监,以冶炼为业。《元和郡县志》卷二十九《江南道·宣州》:"梅根监,在县西一百三十五里。梅根监并宛陵监每岁共铸钱五万贯。"杨叶洲:《太平寰宇记》卷一百零五:"杨叶洲,在贵池县西北二十里大江中,长五里,阔三里,状如杨叶,故名。"四句历数一路上所游历的名胜古迹:罗刹碛险石耸立,敬亭山则清幽秀丽,梅根冶烈焰炽火,杨叶洲又烟水迷茫,都给诗人留下深刻的印象,真是收获颇丰,但诗人却欢快不起来,低落的情绪像江上升起的轻雾。

离家复水宿,相伴赖沙鸥——二句紧扣诗题,写诗人夜泊时孤寂的心情、感受,意思是远离家乡,又泊于水上,更有漂泊之感,在夜深人静的晚上,只有江畔的沙鸥与自己相伴,念之令人倍感孤凄。

此首诗如同一篇至简至洁的游记,而所用的却是倒叙,前两句写的是作者当前所见之远景,准备泊船。次两句写的是眼前之近景,已经泊船于渡口。再次两句写诗人的心理,他的行程结束了,但诗兴却开始了,他如同自省一样回忆所游历的地方,如数家珍,统统"遇景入咏","石逢"四句,对仗工稳,分别以"逢"、"幽"、"炽"、"迷"表现一种景致,生动传神,很富有表现力。诗题作"夜泊",诗人的意趣已不全在山水,末两句紧扣题目,画龙点睛地写出诗人的羁旅之愁,"沙鸥"易使人联想起辛弃疾的"拍手笑沙鸥,一身都是愁",形象地表达了诗人的孤独,前边热闹而新奇的景致反倒更烘托了诗人夜晚时的寂寞,所以刘辰翁评此诗:"景外语,语外意"。诗句颇富有弦外之音,语尽而意不尽,留给读者丰富的联想,在孟浩然的五言排律中,属于佳作。

岁暮海上作

岁暮:岁末。海上:指闽越之东海。此诗作于开元十九年(731)冬末,诗人从海上去乐城访问同乡好友张子容,时值岁末,感慨时光的流逝,而诗人的理想却可望而不可即,一切都显得那么虚无缥缈,亦真亦幻。诗中"方知岁星",一本作"始知星岁"。

> 仲尼既云没,余亦浮于海。
> 昏见斗柄回,方知岁星改。
> 虚舟任所适,垂钓非所待。
> 为问乘槎久,沧洲复何在。

仲尼既云没,余亦浮于海——仲尼:孔子名丘,字仲尼。《汉书》卷三十《艺文志》:"昔仲尼没而微言绝,七十子丧而大义乖。"浮于海:《论语注疏·公冶长》:"道不行,乘桴浮于海。"邢昺疏:"仲尼患中国不能行己之道也,道不行,乘桴浮于海者,桴,竹木所编小筏也。言我之善道,中国既不能行,即欲乘其桴筏,浮渡于海而居九夷,庶几能行己道也。"此指诗人失意之后漫游。二句写圣人已远逝,世道黑暗,君子之道不行,自己无以施展才华和抱负,只好寄情山水,飘浮海上,逍遥世外。

昏见斗柄回，方知岁星改——昏：黑暗。斗柄回：斗柄，指北斗七星第五至第七星象柄。回，指回复到去年年终时位置。《礼记·月令》："季冬之月，日穷于次，月穷于纪，星回于天，数将几终，岁且更始。"岁星改：岁星即木星，岁行一次，十二年绕日运行一周。岁星改即说一年又要过去。二句写诗人于沉沉夜色中抬头望见醒目的北斗星，才知道岁星已改，一年将尽！

虚舟任所适，垂钓非所待——虚舟：此指任其漂流的船。《庄子·列御寇》："饱食而遨游，泛若不系之舟，虚而遨游者也。"《陶渊明集》卷二《五月旦作和戴主簿》："虚舟纵逸棹，回复遂无穷。"垂钓：用吕尚垂钓待周文王事，为贤能期待明主的典故。《史记》卷三十二《齐太公世家》："吕尚盖尝穷困，年老矣，以鱼钓奸周西伯。西伯将出猎，卜之，曰：'所获非龙非彲，非虎非罴，所获霸王之辅。'于是周西伯猎，果遇太公于渭之阳，与语大悦……载与俱归，立为师。"二句表面写诗人身无所累，乘一叶扁舟漂流于海上，乐于做个闲叟钓翁，不再心怀对明主的期待，逍遥自在，不为他求，流露了作者对社会现实的不满，于无待之中还是有所期待。

为问乘槎久，沧洲复何在——乘槎(chá)久：槎，用竹木编成的筏。张华《博物志》："旧说云天河与海通，近世有人居海滨者，年年八月有浮槎去来，不失期，人有奇志，立飞阁于槎上，多赍粮，乘槎而去。十馀日中犹观星月日辰，自后茫茫忽忽亦不觉昼夜。去十馀日，奄至一处，有城郭状，屋舍甚严，遥望宫中多织妇，见一丈夫牵牛渚次饮之，牵牛人乃惊问曰：'何由至此？'此人具说来意，并问此是何处。答曰：'君还至蜀郡访严君平则知之。'竟不上岸，因还如期。后至蜀，问君平，曰：'某年月日有客星犯牵牛宿。'计年月，正是此人到天河时也。"沧洲：谢朓《之宣城郡出新林浦向板桥》："既欢怀禄情，复协沧洲趣。"吕延济注："沧洲，洲名，隐者所居。"二句写诗人驭长风飘浮于海上，飘飘然有升空之意，但苍茫的夜色之中，大海无边无际，哪里可以找到一块净土不问世事呢？哪里是高洁隐士的安身之地呢？现实是如此的进退两难，理想可望而不可即。

此首五言古诗为一首抒情诗，被刘辰翁评为："奇壮澹淡，少许自足。"其"奇"当指海上之缥缈，诗思之幽然；其"壮"当指"长使英雄泪满襟"那种壮志未酬之悲壮，构成全诗的高古基调。而"澹淡"堪称全诗的艺术特色，诗人好像不是在写诗，而是在海上的舟中，围炉夜话，外面是大海茫茫，满天星光，海风轻啸，舟中人年近半百，诗名流芳，曾有过济世的壮志，却受挫于仕途，只好回归江湖做一个隐士，可是哪里又能心甘情愿？刘辰翁说他"少许自足"，即证实了诗人真是心不甘情不愿，字里行间还有些幽怨，但怨而不哀，所以全诗一片淡荡悠然，如瑟瑟的枫叶荻花，而诗人"风神散朗"的自我形象也尽在其中。

宿武阳川

武阳川：武阳唐属岭南道融州，今广西融水苗族自治县，孟浩然一生足迹似未到此，故诗题当依明本等作《宿武陵即事》。武陵，为今湖南常德。《元和郡县志·阙卷逸文卷一·山南道·朗州》："武陵县，本汉临沅县，属武陵郡。"此诗描写夜宿武陵所见所闻。诗中"潭嶂"，一本作"潭影"，"减明月"一作"减明烛"。

> 川暗夕阳尽，孤舟泊岸初。
> 岭猿相叫啸，潭嶂似空虚。
> 就枕减明月，扣船闻夜渔。
> 鸡鸣问何处，人物是秦馀。

川暗夕阳尽，孤舟泊岸初——川：河流。二句写黄昏时分，血色的残照一点一点隐没到青山后，江流的碧波被暮色笼罩逐渐变成了深黛色，诗人的一叶孤舟，在落日的馀光中收起了帆，静静地停靠在岸边。

岭猿相叫啸，潭嶂似空虚——二句写茫茫夜色中，两岸峰峦清灵空翠，似有若无，山中猿声鸣啼不已，让人心怀难平。

就枕减明月，扣船闻夜渔——就：靠近。二句写夜色已深，窗外一缕月光静静地洒在船上，诗人听到夜间渔夫捕鱼，触动船舷发出声音。

鸡鸣问何处，人物是秦馀——秦馀：秦人之后，即武陵人。陶渊明《桃花源记》："自云先世避秦时乱，率妻子邑人，来此绝境，不复出焉，遂与外人间隔。"二句诗人写鸡的鸣声唤醒了安静的大江和青山，也唤醒了睡梦中的诗人，外面江雾缭绕，诗人隔水问过往的渔人此是何地？渔人们热情地回答这是武陵！

此诗写夜泊，与前面《夜泊宣城界》有共同之处，都是以日暮泊舟和旅程结束作为诗的起点，时间脉络非常清晰。全诗紧扣"宿"字，分傍晚、就寝、鸡鸣三个时段，从头天日暮天黑写到次日凌晨，在每个时间段选择了最典型的情景来写，每一联都像一个特写镜头，四联组合在一起，历历如画，完整地展示了武阳一带的景物、民俗和历史,以及作者自己的见闻和感受,但内容完整,丝毫不见拼接的痕迹。在艺术表现上,诗人从夜间这一时段出发,将感受的重点由视觉转向了听觉。猿啼声、扣船声、鸡鸣声,在静谧的夜中显得更加清晰,也更显得江夜的安静。夜色为全诗染上了一层梦的色彩,朦胧之中又有一轮明月,澄江万里,读之使人身临仙境,真是妙不可言。全诗境界纯净,语言自然,仿若自胸臆中流出,无一点尘俗之气,恰如刘辰翁评此诗"随意唱出,自无俗气"。

永嘉上浦馆送张子容

题解

　　永嘉:今浙江省温州市。见前《宿永嘉江寄山阴崔少府国辅》注。上浦馆:在温州府城东七十里。张子容:诗人的同乡好友,见前《寻白鹤岩张子容颜处士》注。诗作于开元二十年(732),诗人往游永嘉,与同乡好友张子容在他乡相遇,诗酒相和。诗题中"送张子容",一本作"逢张八子容"、"逢张客卿"。今按,当以"逢"为是。

　　　　逆旅相逢处,江村日暮时。
　　　　众山遥对酒,孤屿共题诗。
　　　　廨宇邻蛟室,人烟接岛夷。
　　　　乡关万馀里,失路一相悲。

　　逆旅相逢处,江村日暮时——逆旅:旅馆、客舍。《左转·僖公二年》:"今虢为不道,保于逆旅。"孔颖达疏:"逆旅是客舍也。逆,迎也;旅,客也。迎止宾客之处也。"二句写诗人孤独地寓居他乡,在飞鸟返巢、炊烟四起的黄昏时候,与同乡好友在江村客舍相逢。

　　众山遥对酒,孤屿共题诗——孤屿:永嘉江中的孤岛。《太平寰宇记》卷九十九《温州·永嘉县》:"孤屿在州南四里永嘉江中。渚长三百丈,阔七十步,屿有二峰。"谢灵运诗《登江中孤屿》:"乱流趋正绝,孤屿媚中川。"二句写他乡遇故知真是欢乐无比,他们携手同游,饮酒题诗,远处峻峭的群山好像也默默地含着笑,江中秀丽的孤屿也好像随波涛舞蹈,悠悠的白云为他们的友情而感动,纷纷来为他们助兴。

　　廨宇邻鲛室,人烟接岛夷——廨(xiè)宇:官舍,张子容或为官永嘉,此咏其官舍。鲛室:鲛人水中居室。见前《登江中孤屿话白云先生》注。邻鲛室,邻近大海。人烟:《文选》卷二十曹子建《送应氏诗二首》之一:"中野何萧条,千里无人烟。"李善注:"刘歆《遂初赋》曰:'野萧条而寥廓。'《东观汉记》曰,北夷作寇:千里无烟火。"岛夷：古代指东南沿海一带海岛上的居民。《尚书注疏·禹贡》："恒卫既从，大陆既作，岛夷皮服。"孔颖达疏："郑玄云，岛夷，东方之民搏食鸟兽者也。"岛夷代指浙江沿海一带海屿。二句写远望所见，意思是友人官舍近临大海，远接微茫，周围人烟稀少，依稀可见海岛在烟波中时隐时现。

乡关万馀里，失路一相悲——乡关：故乡。《陈书·徐陵传》："瞻望乡关，何心天地？"《周书·庾信传》："信虽位望通显，常有乡关之思，乃作《哀江南赋》以致其意云。"失路：迷失道路，喻仕途失意。《汉书·扬雄传》："当途者升青云，失路者委沟壑。且握权则为卿相，夕失势则为匹夫。"二句写诗人想起故乡远在万里之外，又想到人生的失意，不禁黯然神伤。

此诗写他乡遇故知的悲喜交加，颇受到历代的好评。首联点明了相逢的时间和地点，诗歌的背景又是日暮，虽有伤感之色，但境界辽远，绘景如画。颔联为名句，以"众山"和"孤屿"写出了二人诗酒唱和的风流洒脱，笔法浪漫自然，使山川、孤屿有了人的感情，殷璠评为"无论兴象，兼复故实"（《河岳英灵集》）。颈联则气象高远，想象奇特，富有神话色彩，方回评此二句"俊美"（《瀛奎律髓》）。尾联直接抒情，悲而不伤，怨而不怒，含蕴隽永。与好友相见，诗人并未纵笔写其大喜，而是与众山和孤屿同饮共乐；面对失意，诗人也未做出大痛之举，未投杯停箸，拔剑四顾，只是点到而已，所以虽失意伤悲，并不沉溺，故不见寒俭之态，依然保持着自己清远脱俗、从容闲雅的风范与人格。全诗格调古雅，语言简淡，恰如纪昀所评："雍容闲雅，清而不薄，此是盛唐人身份。"

他乡七夕

七夕：即农历七月七日之夜。《初学记》卷四《七月七日》："《荆楚岁时记》曰：七夕妇人结彩缕，穿七孔针，或以金银鍮石为针，陈瓜果于庭中以乞巧。"相传牛郎、织女于此夕相会。此诗是作者思妻之作，情深意切，可见诗人的另一面真性情。"临秋"一作"登秋"，"问斗牛"一作"望斗牛"。

他乡逢七夕，旅馆益羁愁。
不见穿针妇，空怀故国楼。
绪风初减热，新月始临秋。
谁忍窥河汉，迢迢问斗牛。

他乡逢七夕，旅馆益羁愁——益：更加。羁愁：羁旅之愁。《文选补遗》卷三十六江孝嗣《北戍琅邪城诗》："薄暮苦羁旅，终朝伤羁食。"二句诗人写七夕之夜，自己身在他乡，形单影只，倍感孤独，更增添了羁旅之愁。

不见穿针妇，空怀故国楼——穿针妇：《西京杂记》卷一："汉彩女常以七月七日，穿七孔针于开襟楼，俱以习之。"这里代指诗人之妻。故国楼：相传南朝齐武帝建层城观，七夕宫女登之穿针，称为穿针楼。《艺文类聚》卷四《七月七日》梁庾肩吾《奉使江州船中七夕诗》："莫言相送浦，不及穿针楼。"二句写诗人离家，未得与妻子相聚，徒然怀想妻子于月下穿针乞巧。

绪风初减热，新月始临秋——绪风：馀风。《楚辞章句·九章·涉江》："乘鄂渚而返顾兮，欸秋冬之绪风。"王逸注："绪，馀也。"《文选》卷二十二谢灵运《登池上楼一首》："初景革绪风，新阳改故阴。"二句写初秋时节，金风玉露，夏日馀风已减，渐生凉意，秋月玲珑，当空而照。

谁忍窥河汉，迢迢问斗牛——"谁忍"二句：《文选》卷二十九《古诗十九首》之十："迢迢牵牛星，皎皎河汉女。河汉清且浅，相去复几里。"吕延济注："迢迢，远貌。"李善注："河汉，天河也。"斗牛：二十八宿中的斗宿和牛宿。庾信《庾子山集》卷二《哀江南赋》："路已分于湘汉，星犹看于牛斗。"二句写银河星光灿烂，织女牛郎二人该在天上相会了吧？而人间却不得有这样的浪漫相会，游子漂泊于外，思妇思归于内，各自青灯相伴，形单影只。

此首五言律诗为羁旅中怀人之作，情意绵绵，展示了孟浩然"侠骨柔情"的另一面性情。第一联点题，说明时间和地点，"益"字更见出感受深切，与王维《九月九日登高忆山东兄弟》中"独在异乡为异客，每逢佳节倍思亲"二句同妙。第二联怀人，"不见"、"空怀"，将内心寂寞孤独之感细腻生动地表现了出来。第三联收住所要迸发的感情，转而写景，清朗可诵。尾联以虚拟的问答结束，具有一咏三叹之效果。虽然此诗华美不比杜甫之"香雾云鬟湿，清辉玉臂寒"，精妙不比李商隐之"身无彩凤双飞翼，心有灵犀一点通"，但语言清淡，意味隽永，诗人用笔吞吐回复，真挚自然，体现了孟浩然独特的抒情风格。

夜泊牛渚趁钱八不及

钱八：或作洛八、薛八，名及事历不详。牛渚：即采石矶，在今安徽省马鞍山市，为长江要冲。《太平寰宇记·江南西道·宣州》："牛渚山突出江中，谓之牛渚圻，山北谓之采石。对采石渡口，商旅于此取石，至都输造石渚，故名。"趁：赶。本诗写出了诗人乘船追赶友人不及的失落情绪，亦写了牛渚夜间的景色。

星罗牛渚宿，风退鹢舟迟。
浦溆常同宿，烟波忽问之。
榜歌空里失，船火望中疑。
明发泛潮海，茫茫何处期。

星罗牛渚宿，风退鹢舟迟——罗：分布，排列。鹢舟：指船。见前《陪卢明府泛舟回作》注。二句写诗人乘船趁钱八行至牛渚矶时，已是夜色苍茫，星光满天，风势渐弱，船行也缓，只好泊船夜宿。

浦溆常同宿，烟波忽问之——浦溆：水边。《杨炯集》卷一《青苔赋》："桂舟横兮栏枻触，浦溆遭回心断续。"烟波：指水面上苍茫之雾霭。二句写诗人过去常与钱八同行共宿，如今趁而不及，只好面对浩浩江波，询问友人在哪里。

榜歌空里失，船火望中疑——榜歌：船夫唱的歌。《文选》卷七司马长卿《子虚赋》："榜人歌，声流喝。"李善注："榜人，船长也，主唱声而歌者也。"《艺文类聚》卷二十七梁虞骞《寻沈剡夕至嵊亭诗》："榜歌唱将夕，商子处方昏。"二句写诗人趁船不及的情景，钱八的船在榜歌声中越行越远，渐渐地消失，遥见沉沉暮霭中的星星船火，友人的船只在哪里呢？

明发泛潮海，茫茫何处期——明发：天明。见前《彭蠡湖中望庐山》诗注。二句意谓天明之后诗人将乘船赴江海，水天浩浩，烟波迷茫，哪里才能和友人重聚呢？

此诗写趁友人而未及的怅然之情。诗人善于抓住舟行途中之景加以描绘，细腻生动。颈联"榜歌空里失，船火望中疑"二句，将诗人趁友未及那种遗憾、怅然之情生动地传达了出来。李梦阳谓此二句"他人决道不出"，良非虚语。此外，诗人还融情入景，使诗歌情景交融，构成绵长悠远的诗歌境界，体现出孟浩然诗所特有的风格。

晚入南山

南山：指长沙之岳麓山，《元和郡县志》卷二十九《江南道·潭州·长沙县》："岳麓山，在县西南，隔湘江水六里，盖衡山之足也，故以麓为名。"《方舆胜览》卷二十三《湖南路·潭州》："盛弘之《荆州记》，长沙西岸有麓山，盖衡山之足，又名灵麓峰，乃岳山七十二峰之数。自湘西古渡登岸，夹径乔松，泉涧盘绕，诸峰叠秀，下瞰湘江。"此诗借怀古以抒发怀才不遇之感。诗题中"晚"，一本作"晓"。按，据诗意，当以作"晓"为是；诗中"南山复"，一本作"南山没"。

> 瘴气晓氛氲，南山复水云。
> 鲲飞今始见，鸟堕旧来闻。
> 地接长沙近，江从泊渚分。
> 贾生曾吊屈，余亦痛斯文。

瘴气晓氛氲，南山复水云——瘴气：南方山林中湿热蒸发的毒气，被认为是疟疾等传染病的病源。《后汉书·南蛮西南夷列传》："南州水土温暑，加有瘴气，致死亡者十必四五。"氛氲：盛貌。见前《寻香山湛上人》诗注。水云：《淮南子·览冥训》："故山云草莽，水云鱼鳞。"高诱注："水气出云似鱼鳞。"二句写清晨遥望南山，林泽间热气蒸腾弥漫，在水雾烟云中南山时隐时现。

鲲飞今始见，鸟堕旧来闻——鲲飞：《庄子·逍遥游》"北冥有鱼，其名为鲲。鲲之大不知其几千里也，化而为鸟，其名为鹏。鹏之背不知其几千里也，怒而飞，其翼若垂天之云。"鸟堕：《后汉书·马援传》："当吾在浪泊、西里间，虏未灭之时，下潦上雾，毒气重蒸，仰视飞鸢跕跕堕水中。"二句写诗人望南山时看到鲲鹏在山顶飞翔，而这里古时因为瘴气太重，以至于鸟中毒后从天上堕下。诗人这里通过用典故进一步渲染南山瘴气之可怕与恐怖，为下面抒情作铺垫。

地接长沙近，江从泊渚分——"地接"句：南山在长沙西南，故云地接。《元和郡县志》卷二十九《江南道·潭州》："长沙县，本汉临湘县，属长沙国。隋改为长沙县，属潭州。""江从"句：江，指湘江，泊渚指橘洲。《水经注》卷三十八《湘水》："湘水又北，经南津城西，西对橘洲。"二句诗人写站在南山远望所见，意思是俯瞰南山，绵延起伏，苍远壮丽，临近长沙，湘江水在流经橘子洲时，一分为二，然后又逶迤而下，浩荡奔流。

贾生曾吊屈，余亦痛斯文——贾生：贾谊。《史记》卷八十四《屈原贾生列传》："(孝文帝)不用其议，乃以贾生为长沙王太傅。贾生既辞往行，闻长沙卑湿，自以寿不得长，又以适去，意不自得。及渡湘水，为赋以吊屈原。"斯文：《论语·子罕》："子畏于匡。曰：'文王既没，文不在兹乎？天之将丧斯文也，后死者不得与于斯文也;天之未丧斯文也,匡人其如予何?'"后世用以对儒道、文人的称呼。二句写诗人面对湘江水,缅怀历史,想起了当年远贬长沙的贾谊,曾作赋吊念屈原,传其文于后世;而今自己亦来到长沙,也痛斯文之湮没无传,要像贾生为屈原传斯文一样,替贾谊传其斯文。

此首诗借景抒情,怀古伤今,结构紧凑。首联为远望,诗人未施以浓墨重彩,而是以淡墨勾勒出南山的轮廓,以氤氲的烟气写山之精神,云雾缭绕之中别具神秘幽邃之美。颔联化实为虚,以典故写出惊愕的心情,反衬出南山的气势磅礴。颈联由虚入实,但并不拘束于眼前所见之景,气象高远阔大。尾联由景转而写人,感古而伤今,为画龙点睛之笔,写出诗人博大的胸襟和高远的抱负,很似陈子昂之"念天地之悠悠,独怆然而涕下",使全诗别有一种悲凉慷慨之气。

下赣石

赣石:指赣江上的一段险恶水路。《陈书》卷一《高祖本纪》上:"六月,高祖发自南康。南康赣石旧有二十四滩,滩多巨石,行旅者以为难。高祖之发也,水暴起数丈,三百里间巨石皆没。"李肇《国史补》卷下:"蜀之三峡,河之三门,南越之恶溪,南康之灏石,皆险绝之所。"本诗写出了赣石水势浩大,行船艰险,而诗人却处危不惊,始终持有一种安然闲适的心态。诗中"浩浩"一作"活活","深惬"一作"弥惬","宿"一作"泊"。

赣石三百里,沿洄千嶂间。
沸声常浩浩,溅势亦溅溅。
跳沫鱼龙沸,垂藤猿狄攀。
榜人苦奔峭,而我忘险艰。
放溜情深惬,登舻目自闲。
暝帆何处宿,遥指落星湾。

赣石三百里,沿洄千嶂间。沸声常浩浩,溅势亦溅溅——沿洄:顺流而下曰沿,逆流而上曰溯。嶂:山峰。沸:水翻腾的样子。溅(jiàn):水再至。溅溅:水流貌。

中国家庭基本藏书

四句写赣石绵延数百里，地势险恶，船在重重险峰嶂壁间迂回行进。水势浩荡，波涛汹涌声不绝于耳，水石相互撞击，激流潺潺不断。

跳沫鱼龙沸，垂藤猿狖攀。榜人苦奔峭，而我忘险艰——跳沫：翻腾的碎浪和水泡。鱼龙：指水中鳞物。庾信《庾子山集·哀江南赋》："草木之遇阳春，鱼龙之逢风雨。"狖（yòu）：黑色的长尾猿，此泛指猿类。榜人：舟子，船工。奔峭：奔波于险峻山水之间，或指崩塌的崖岸巨石。谢灵运《七里濑》："孤客伤逝湍，徒旅苦奔峭。"四句继续写水势浩大，惊涛拍岸，好像水里的鲸鱼和巨龙都在怒吼、上下翻腾，水沫、浪花四处飞溅，似卷起了千堆雪，悬崖峭壁上古藤蔓延，时有猿狖攀爬于其间。船工们奋力拼搏，穿越峭壁，丝毫不敢轻心，时时怕有生命危险，诗人却被眼前惊险壮观的恶水险山所吸引，忘我地体验着冒险带来的新奇刺激。

放溜情深惬，登舻目自闲。暝帆何处宿，遥指落星湾——放溜：顺流。登舻：即登船。暝：日落，暝帆犹晚舟。落星湾：地名，《舆地胜纪》卷二十五《江南东路·南康军》："昔有星坠水，化为石，今为落星寺，又有落星湾。夏秋之际，湖水方涨，则星石泛于波澜之上。至隆冬水涸，则可以步涉。"四句写历经千辛万苦，船平安驶过了湍急惊险的水段，平缓悠闲的顺风而行，诗人立在船上，衣袂翩翩，举止从容，神态安闲，放眼望去，远山近水，美不可言。转眼太阳又要落山，船家问今晚在何处泊船，诗人遥指着前方星光灿烂之处说，就泊于落星湾吧。

孟诗一般以清幽平淡为风格，此诗前半部分写景却风格颇迥，有着壮逸之气，诗人用健笔来写赣石的惊险，视觉与听觉并重，给人身临其境之感，气势壮伟，有"笔落惊风雨"之势，诗人从这种审美体验中获得了极大的满足；正是这样，诗的后半部分抒情时，主要表达艰险过后闲适幽雅的兴致。结尾二句以问答的形式作结，颇为巧妙，语尽意永，留给人遐想回味的馀地。全诗体现了孟诗以宁静冲淡为美的本色。

越中逢天台太一子

越中：春秋时越国之地。此指浙东绍兴地区。天台：即天台山，见前《宿天台桐柏观》注。太一子：见前《寻天台山》诗注。此诗写诗人对天台山奇景的向往和称赏，风格轻快流畅。诗中"问灵怪"一本作"闻灵怪"，"自然"一本作"不死"，"华顶"一本作"胜境"，"比从之"一本作"怀从此"、"愿从此"。

仙穴逢羽人，停舻向前拜。

问余涉风水，何处远行迈。
登陆寻天台，顺流下吴会。
兹山夙所尚，安得问灵怪。
上通青天高，俯临沧海大。
鸡鸣见日出，每与神仙会。
往来赤城中，逍遥白云外。
莓苔异人间，瀑布当空界。
福庭长自然，华顶旧称最。
永比从之游，何当济所届。

仙穴逢羽人，停舻向前拜。问余涉风水，何处远行迈——羽人：对道士的称呼，此指太一子。停舻：停船。涉风水：跋山涉水之意。行迈：此指远行。《诗经·王风·黍离》："行迈靡靡，中心摇摇。"毛传："迈，行也。"郑氏笺："行，道也。"四句写诗人在游历途中遇到了天台山的得道高人太一子，忙叫船家停了船，上前恭敬地参拜。太一子问诗人为何事而风尘仆仆？跋山涉水要去向何方？

登陆寻天台，顺流下吴会。兹山夙所尚，安得问灵怪——吴会：东汉时分会稽郡为吴、会稽二郡，合称吴会，此泛指浙江一带。夙：平素。尚：崇尚。四句及以下都是诗人对太一子的回答，他不远万里而来不为别的，就为登名山访秀川，饱览吴越的壮丽景观。而天台山更是诗人平生所景仰和向往的神圣之地，所以诗人不怕山高水远，特意来访天台。

上通青天高，俯临沧海大。鸡鸣见日出，每与神仙会——沧海：大海，此指东海。鸡鸣：郭璞《玄中记》："桃都山有大树曰桃都，枝相去三千里，上有天鸡。日出照木，天鸡则鸣，天下鸡皆鸣。"四句写天台山的壮丽景色，山势挺拔险峻，直入云天，下临东海，可见碧波辽阔无垠。早晨于山之巅可观绚丽的红日从地平线上升起，气势磅礴，巍巍壮观；夜晚头顶繁星，好像伸手即可摘星辰，若仙境一般，每每与神仙们清谈雅会。

往来赤城中，逍遥白云外。莓苔异人间，瀑布当空界——赤城：见前《宿天台桐柏观》注。莓苔：《文选》卷十一孙兴公《游天台山赋》："践莓苔之滑石，搏壁立之翠屏。"李善注："莓苔，即石桥之苔也。""瀑布"句：《游天台山赋》："赤城霞起以建标，瀑布飞流以界道。"李善注："赤城，山名，色皆赤，状似云霞，悬溜千仞，谓之瀑布，飞流洒散，冬夏不竭。《天台山图》曰，赤城山，天台之南门也。瀑布山，天台之西南峰，水从南岩悬注，望之如曳布。"空界：空中疆界。四句写天台山与灿若云霞的赤城山相连,好似坐落在白云之间,飞流直下的瀑布好似空中的屏界,石桥上苍翠的莓苔奇景,人间更是难以寻见。

福庭长自然,华顶旧称最。永比从之游,何当济所届——福庭:仙界。孙兴公《游天台山赋》:"仍羽人丹丘,寻不死之福庭。"吕延济注:"寻求不死之庭,谓求仙之处也。"自然:孙兴公《游天台山赋》:"浑万象以冥观,兀同体于自然。"李善注:"老子论曰,道法自然。"华顶:天台山主峰之一。详见前《寻天台山》注。济所届:济,完成。即达到此愿望。四句写天台山的最高峰华顶常被道家称为不死之福庭,众仙家道人悠然地居于其中。诗人怀着一颗虔诚的心前来游览朝拜,希望能登上华顶峰一睹仙容,达成自己的愿望。

此诗写诗人的天台之行,带有很强的叙述性,而叙述对象即是天台太一子。前四句直接点题,通过太一子的发问来引起下文。从第五句开始都是诗人的回答,先述明了自己的目的为寻天台,再描绘了天台的风光和地势,景物的描写融入了道教神话内容,故而带有鲜明的灵异虚幻色彩,"涵涵然有干霄之兴(皮日休语)",引人入胜,可见诗人全身心地融入山水之中,精神得到升华和解脱,飘飘然有羽化之态,完全沉浸到对山水的审美之中。全篇语调流畅自然,清新明快,文采丰茸。

行出竹东山望汉川

竹东山:位于竹山县东。《元和郡县志》卷二十一《山南道二·房州》:"竹山县,本汉上庸县,古庸国也……后魏改置竹山县,因黄竹岭以为名也。方城山,在县东南三十里。顶上平坦,四面险固。山南有城,周十馀里。"汉川:即汉水,此借指诗人的故乡。本诗写出作者乘船返回家乡襄阳的途中,经竹东山时的见闻和感受,表达了对故乡深深的思念之情。诗题或作《行至汉川作》;诗中"盘坂"一本作"盘陇","汉"一本作"海","缀"一本作"养"。

> 异县非吾土,连山尽绿篁。
> 平田出郭少,盘坂入云长。
> 万壑归于汉,千峰划彼苍。
> 猿声乱楚峡,人语带巴乡。
> 石上攒椒树,藤间缀密房。

雪馀春未暖，岚解昼初阳。
征马疲登顿，归帆爱渺茫。
坐欣沿溜下，信宿见维桑。

　　异县非吾土，连山尽绿篁。平田出郭少，盘坂入云长——非吾土：意即不是自己的故乡。《文选》卷十一王仲宣《登楼赋》："虽信美而非吾土兮，曾何足以少留"。吕向注："川原可赏，然非吾乡，何足停留也。"篁：竹。据《元和郡县志》载，竹山县多篁竹。郭：外城。盘坂(bǎn)：弯曲的山路。四句写无论异乡的风景多么优美，都不能留住游子的匆匆脚步，诗人乘船返乡，心情是何等的闲畅！两岸连绵不断的青山上，生长着郁郁葱葱的绿竹。城外不见开阔的平田，弯曲的山路沿着绵延起伏的山陵盘旋，消失在茫茫的白云之中。

　　万壑归于汉，千峰划彼苍。猿声乱楚峡，人语带巴乡——壑：水沟。汉：即汉水。彼苍：苍天。《毛诗正义·秦风·黄鸟》："彼苍者天，歼我良人。"孔颖达疏："彼苍苍者，是在上之天。"楚峡：指长江上游湖北宜昌市西北之西陵峡，古属楚地。巴乡：巴蜀口音。四句写群山万壑，滔滔汩汩，日夜不息地注入汉水中，形成汪洋浩荡的水势，江边突兀挺拔的山峰，直耸云端，好像划破了青天。峡谷间回荡着凄厉的猿啼声，催人下泪哀叹，虽入楚地，但家乡还远，听到的还是带巴蜀口音的方言。

　　石上攒椒树，藤间缀密房。雪馀春未暖，岚解昼初阳——攒：聚集。椒树：花椒。密房：即蜜房，蜜蜂的巢。《初学记》卷五《终南山》："汉班固《终南山赋》："碧玉挺其阿，密房溜其巅。"岚：山林中的雾气。昼初阳：白天雾气消散后初见太阳。四句写崖岩上聚生着茂盛的花椒树，若是秋季果实累累，定能闻见阵阵椒香，相互缠绕的藤萝间还缀着许多蜂房，却不见嗡嗡嘤嘤的蜜蜂，因为这还不是繁花盛开的季节，春天刚刚回归大地，山阴的馀雪还没有完全溶解，山间的雾气渐渐散去，露出了温暖和煦的太阳。

　　征马疲登顿，归帆爱渺茫。坐欣沿溜下，信宿见维桑——登顿：《文选》卷二十六谢灵运《过始宁墅》："山行穷登顿，水涉尽洄沿。"李周翰注："登顿，谓上下也。"沿溜：顺流。信宿：即连宿两夜。襄阳在房州之东，两地相邻约二三日路程。《毛诗正义》卷八《豳风·九罭》："公归不复，于女信宿。"毛传："再宿曰信。宿犹处也。"维桑：指家乡。《毛诗正义》卷十二《小雅·小弁》："维桑与梓，必恭敬止。"毛传："父之所树，己尚不敢不恭敬。"四句写诗人在游历途中难以适应鞍马劳顿，所以多扬帆而行，沿途可欣赏水波之浩渺，烟雾之苍茫。诗人的船顺流而下，两三此诗与早期所作的《夕次蔡阳馆》题材类似,都是回乡途中而作,但诗人所表现出的感情却不同。此诗不再直抒归心似箭的热情和冲动,表现出的是沉醉于归途中欣赏水光山色的欣悦与满足。虽然开篇直言"异县非吾土",透露了他的思乡心情,但并不接着写羁旅他乡之感受,而是笔锋一转,"遇景入咏",随兴而写,细致地描写沿途所见的景色,只是在写景时才偶尔流露思乡的情怀。值得注意的是,这种情怀并没有破坏诗人对山水的欣赏与审美,反而由于这种思乡的情怀,更提升了山水风光的审美意义。在艺术上,刘辰翁评此诗"有朴有工,工处不失其朴","工处"应指"万壑归于汉,千峰划彼苍"这样的严整对句,但总的特点为朴素自然,没有华词丽句,色彩淡然,淡淡叙来,娓娓动听。

自浔阳泛舟经明海

浔阳:见前《晚泊浔阳望庐山》注。明海:指彭蠡湖。唐人往往称湖为海,明海即明湖,明湖指庐山南之彭蠡湖。本诗写出诗人乘舟游历所见之景,表现了对功名、"魏阙"的向往。诗中"九流"一作"九派","沅湘"一作"沉湘"。

大江分九流,森森成水乡。
舟子乘利涉,往来至浔阳。
因之泛五湖,流浪经三湘。
观涛壮枚发,吊屈痛沉湘。
魏阙心恒在,金门诏不忘。
遥怜上林雁,冰泮已回翔。

大江分九流,森森成水乡。舟子乘利涉,往来至浔阳——分九流:《文选》卷十二郭景纯《江赋》:"源二分于崤嶂,流九派乎浔阳。"《初学记》卷六《江》:"至浔阳,分为九道。《浔阳记》说九江:一曰白乌江……九菌江。"李善注:"水别流为派……应邵《汉书》注曰:江自庐江浔阳分为九也。"森森:水势浩大。利涉:在水中顺利航行。详见前《舟中晚望》注。四句写浩荡的长江在浔阳处分成九道银川,处处是波光潋滟的森森水乡。诗人乘着快船,一帆风顺,驶至浔阳。

因之泛五湖，流浪经三湘。观涛壮枚发，吊屈痛沉湘——五湖：《文选》卷十一郭景纯《江赋》："注五湖以漫漭。"见前《北涧泛舟》注。三湘：泛指湖南湘江一带。观涛：《文选》卷三十四枚叔《七发》："将以八月之望，与广士众民远方交游兄弟，并往观涛乎广陵之曲江。"吊屈：屈指屈原，战国楚国人，楚怀王时任左徒、三闾大夫等职。后被谗放逐，自投汨罗江而死，汨罗江流入湘水。汉代贾谊遭到贬谪，在渡湘水时写有《吊屈原赋》。沉湘：沉水、湘水。四句写诗人由浔阳泛舟五湖，浪迹三湘，观波浪滔天的海潮而追思枚乘洋洋洒洒的《七发》大赋，过湘水而沉痛祭吊苦吟《离骚》、抱石沉江的屈子，诗人怀古思今，难忘自己的身世之悲。

魏阙心恒在，金门诏不忘。遥怜上林雁，冰泮已回翔——魏阙：指朝廷。《庄子·让王》："中山公子牟谓瞻子曰，身在江海之上，心居乎魏阙之下，奈何？"释文："魏阙……象魏，观阙，人君门也。"本指宫门外阙，代指朝廷。金门：金马门，因门前立有铜马而得名，汉武帝时，命学士待诏金马门，以备顾问。《史记·滑稽列传》："（东方朔）时坐席中，酒酣，据地歌曰：'陆沈于俗，避世金马门。宫殿中可以避世全身，何必深山之中、蒿庐之下！'金马门者，宦署门也，门傍有铜马，故谓之曰金马门。"诏：汉代东方朔、主父偃、严安等，曾待诏于金马门，后被朝廷所任用。上林：即上林苑，秦汉时帝王园囿。《三辅黄图》卷四《苑囿》："汉上林苑，即秦之旧苑也。《汉书》云，武帝建元三年，开上林苑，东南至蓝田宜春鼎湖御宿昆吾，旁南山而西，至长杨五柞，北绕黄山，濒渭水而东，周袤三百里，离宫七十所，皆容千乘万骑。"冰泮(pàn)：冰冻融解。四句写诗人身在江湖，但一直不忘仕进，渴望待诏金马门，被朝廷委以重任。遥想长安，冬去春来，冰雪融化，鸿雁北归，自己何时才能到长安，一展怀抱呢！

此诗是一首抒情诗。诗人似乘兴而作，洋洋洒洒，起两句就气势非凡，用直笔描写了浩荡奔涌的长江水，兴到处笔也到，"五湖"、"三湘""观涛"、"吊屈"，气象阔大。诗人受自然界冬去春来，万物萌生的感召，受人生短促、时不我待的激发，也涌动起了对人生的期待，如果说"遥怜上林雁，冰泮已回翔"还是较为含蓄地表露了对长安的向往的话，"魏阙心恒在，金门诏不忘"二句，则直接表达用世的怀抱。本诗由对初春景物的描写，及对历史的咏叹，转而抒怀，转换自然，脉络清晰。

除夜乐城逢张少府作

除夜：除夕。乐城：《元和郡县志》卷二十六《江南道·温州》："乐成县，本汉回浦县地,东晋孝武帝分永宁县置,隋废,载初元年复置。"今浙江省乐清县。张少府:即张子容,见前《寻白鹤岩张子容颜处士》注。时任乐城县尉,《国秀集》卷下有张子容《除夜乐城逢孟浩然》诗,云:"远客襄阳郡,来过海畔家。樽开柏叶酒,灯发九枝花。妙曲逢卢女,高才得孟嘉。东山行乐意,非是况奢华"。此诗约作于开元十九年(731)岁末,诗人与好友子容久别重逢,共度佳节。诗题一本作《除夜乐城张少府宅》、《岁除夜来张少府宅》;"岛滨",原本作"鸟滨",据别本改。诗中"泛"一本作"访","风潮"一本作"风涛","何知"一本作"如何"。

云海泛鸥闽,风潮泊岛滨。

何知岁除夜,得见故乡亲。

予是乘桴客,君为失路人。

平生复能几,一别十馀春。

云海泛鸥闽,风潮泊岛滨——云海:《陈子昂集》卷上《感遇诗三十八首》之二十二:"登山望宇宙,白日已西暝。云海方荡潏,孤鳞安得宁。"鸥闽:应为瓯闽。瓯原指温州,因汉时为东瓯王辖地而得名。闽本为种族名称,因居于福建一带,故称福州为闽。此处指浙江、福建一带地区。《山海经校注》卷五《海南内经》:"瓯居海中。闽在海中。"郭璞注:"今临海永宁县,即东瓯,在岐海中也。""闽越即西瓯,今建安郡是也,亦在岐海中。"二句写诗人万里迢迢泛舟海上,披星戴月,乘风破浪,来到了偏僻遥远的滨海小城,诗人在滚滚海潮、烟水迷茫中泊船靠岸。

何知岁除夜,得见故乡亲——何知:哪里能想到。二句写除夕之夜,家家户户欢声笑语,沉浸在节日的气氛中,诗人孑然一身,没有想到竟然在他乡得遇故乡的亲友,心情非常激动。

予是乘桴客,君为失路人——乘桴客:即乘槎,浮游于江海。见前《岁暮海上作》诗注。失路:指仕途坎坷。《唐诗纪事》卷二十三张子容《贬乐城尉》云:"窜谪边穷海,川原近恶溪。有时闻虎啸,无夜不猿啼。地暖花常发,岩高日易低。故乡可忆处,遥指斗牛西。"二句写诗人自己乘槎浮游,漂泊江海,友人也沉沦下僚,抑郁不得志。彼此俱沦落天涯,人生失意。

平生复能几,一别十馀春——二句感叹人生苦短,意思是与张子容一别就是十馀年,人生能经历几次这样的分别!

此首诗写他乡遇故人,情真意切,感人至深。诗人与张子容在年轻时即为好友,诗人曾亲自送他赴举(《送张子容进士举》),分别的日子中多有诗歌怀念(《晚春卧病寄张八》)。十多年之后的一个岁末在他乡相见,可谓悲喜交加,多有难以言说的辛酸之感。面对好友,诗人一改其冷静和含蓄,不加掩饰地抒发了自己的真情,平淡的语言与沉重的感情形成了强烈的对比,动人心弦。首联极为宏阔,写路途之艰、相见之难,次联写相见之欢,有一种人生无常之感。三联写同是天涯沦落人,二人有着强烈的失落感。末联诗人因一别十年,而想到人生苦短,不由发出一声长叹!可谓一波三折,言简而意深,馀韵袅袅,耐人回味。

夜渡湘水

题解

湘水:湘江。《水经注·湘水》:"湘水出零陵始安县阳海山,东北过零陵县东。"《元和郡县志》卷二十七《江南道·岳州·湘阴县》:"湘水,南自长沙县界流入,又北入青草湖。"此诗是诗人游历湖湘所作,描写行船湘水所见之景。此诗或作崔国辅诗,疑非。诗中"客舟"一作"客行","浔阳"一作"浔阳"。

> 客舟贪利涉,暗里渡湘川。
> 露气闻芳杜,歌声识采莲。
> 榜人投岸火,渔子宿潭烟。
> 行侣时相问,浔阳何处边。

新解

客舟贪利涉,暗里渡湘川——利涉:在水中顺风而行。《周易注疏》卷二:"利涉大川,往有功也。"暗里:即夜里。暗,天未明时。《礼记正义》卷二十四《礼器》:"子路为季氏宰,季氏祭,逮暗而祭。日不足,继之以烛。"湘川:即湘江。二句写船夫贪顺风之便,星夜兼程,夜渡湘水。

露气闻芳杜,歌声识采莲——芳杜:即杜若,香草名。《楚辞·九歌·湘君》:"采芳洲兮杜若,将以遗兮下女。"《骆宾王集》卷下《同辛簿简仰酬思玄上人林泉四首》之四:"芳杜湘君曲,幽兰楚客词。"采莲:指《采莲曲》,南朝歌曲名。此处泛指采莲时所唱之歌。二句从嗅觉和听觉来写,夜色中空气湿润,水风吹来杜若的幽幽清香,耳边时时听到婉转的歌声,正是月色下采莲的女孩子们无忧无虑的欢唱。

榜人投岸火,渔子宿潭烟——榜人:即划船者。潭:指江边泊舟的水潭。二句写夜色渐深,江面上升起了一层轻雾,船家都靠向岸上的灯火处,渔夫也都收了网,往烟霭迷茫的潭边夜宿。

119

行侣时相问,浔阳何处边——浔阳:见前《晚泊浔阳望庐山》注。然浔阳在江西,与湘水无涉。清阎若璩《潜邱札记》卷六云:"孟浩然《夜渡湘水》末云:'行侣时相问,浔阳何处边。'湘水入洞庭,不复至湖北,汉浔阳县在黄州府蕲州东,今浔水城是晋浔阳,则桓温移九江府德化县西于湘水,皆远不相涉,证以《河岳英灵集》,盖涔阳也。涔阳在岳州府澧州北七十里,正合。"按阎说,当以作"涔阳"为是。《楚辞·九歌·湘君》:"望涔阳兮极浦,横大江兮扬灵。"王逸注:"涔阳,江碕名,近附郢。"洪兴祖补注:"涔,音岑。碕,音祈,曲岸也。今澧州有涔阳浦。《水经》云,涔水出汉中南县东南旱山,北至沔阳县南,入于沔,涔水,即黄水也。"唐时属澧州,今湖南省澧县。二句借"行侣"之口表达对目的地的关切,意思是同行的人不时地探问,何时才能到涔阳呢!

此首诗属诗人五律中的佳作,曾入选后世多种唐诗选本。诗的首联直接点明题义,夜渡湘川,为后面写景抒情铺设了背景,使所见所闻都打上了夜间特有的朦胧色彩。颔联极有特色,写芳杜以嗅觉,写莲歌以听觉,正是从夜间感知事物的特殊性出发而写的,真切细腻、缥缈清润。颈联借岸边的灯火写朦胧的视觉所见,在一层薄雾轻烟中,展现了江上清幽的夜景。尾联的时时相问,期待之情呼之欲出,亦别有意趣,不落俗套。总之,此诗所写的内容紧扣"夜渡",诗人将自己亲身的体验,转化成意境优美、风格清丽的诗行,传达了轻快愉悦的心情,毫无羁旅之感。诗人像是怀着浓郁的兴趣夜渡湘水的,对岸边的景物充满了好奇和新鲜之感;正是如此,他才能对事物作这样细致的感知和把握。整首诗淡泊中含绮丽,语言清美,刘辰翁亦评此诗"清润自喜",可谓良有以也。

经七里滩

七里滩:又名七里濑或严陵濑,今在浙江省桐庐县。《元和郡县志》卷二五《江南道·睦州·建德县》:"七里濑,在县东北一十里。"《文选》卷二十六谢灵运《七里濑》诗李善注:"《甘州记》曰,桐庐县有七里濑,濑下数里至严陵濑。"此诗是诗人游历越中所作。诗中"兹湍"一本作"此川"。

子奉垂堂诫,千金非所轻。
为多山水乐,频作泛舟行。
五岳追向子,三湘吊屈平。

湖经洞庭阔，江入新安清。
复闻严陵濑，乃在兹湍路。
叠嶂数百里，沿洄非一趣。
彩翠相氛氲，别流乱奔注。
钓矶平可坐，苔磴滑难步。
猿饮石下潭，鸟还日边树。
观奇恨来晚，倚棹惜将暮。
挥手弄潺湲，从此洗尘虑。

新解

子奉垂堂诫，千金非所轻。为多山水乐，频作泛舟行——垂堂：见前《入峡寄舍弟》诗注。多：喜爱。四句写诗人谨奉先人"坐不垂堂"的教诲，自重自爱其千金之躯。但因性喜山水，故而常常乘船而行，离家漫游。

五岳追向子，三湘吊屈平。湖经洞庭阔，江入新安清——五岳：《尔雅·释山》："泰山为东岳，华山为西岳，霍山为南岳，恒山为北岳，嵩山为中岳。"向子：后汉向长，字子平，见前《彭蠡湖中望庐山》诗注。三湘：见前《自浔阳泛舟经明海》注。新安：新安江，一名青溪。《元和郡县志》卷二十五《江南道·睦州·遂安县》："新安江，自歙州黟县界流入浙江。"《淳熙严州图经》卷三："新安州，在县南，出徽州。自歙县深渡入县界，至白马砂入建德界。湍险迅急，春夏涨滥，中流不可行舟，秋冬澄澈见底。故沈约诗云：'眷言访舟客，兹川信可珍。洞彻随清浅，皎鉴无冬春。'"四句写诗人游遍了五岳三湘，登山临水，追吊古人。一路之上好景不断，美不胜收，尤其是洞庭水之宽阔浩荡，新安江之清丽无比，更让人沉醉。

复闻严陵濑，乃在兹湍路。叠嶂数百里，沿洄非一趣——严陵濑：《后汉书·逸民列传·严光传》："严光，字子陵，一名遵，会稽余姚人也。……除为谏议大夫，不屈，乃耕于富春山，后人名其钓处为严陵濑。"《元和郡县志》卷二五《江南道·睦州·建德县》："严子陵钓台，在县西三十里，浙江北岸也。"《舆地纪胜》卷八《严州》："严陵濑……桐庐有严陵濑，境尤胜丽，夹岸是锦峰绣岭，即子陵所隐之地。"叠嶂：重重叠叠的山峰。四句写七里滩不远处有严陵濑，两岸重峦叠嶂，山势绵远，而江中水势湍急，蜿蜒曲折，也充满惊险。

彩翠相氛氲，别流乱奔注。钓矶平可坐，苔磴滑难步——钓矶：指严子陵钓鱼处的盘石。苔磴：生着苍苔的石阶。四句写青山上遍布着姹紫嫣红的花朵，色彩缤纷，江水的支流交相奔注，不择路径地撞到岩石上，溅起雪亮的浪花。严子陵钓矶平坦可坐，但石阶上生满了青苔，令人难以举步，想来此处自严子陵之后，人迹

121

罕到，更无人再去石上垂钓。

猿饮石下潭，鸟还日边树。观奇恨来晚，倚棹惜将暮。挥手弄潺湲，从此洗尘虑——潺湲：水流貌。棹：船桨。六句写傍晚时分的景色，嬉戏累了的山猿争饮石下的潭水，鸟儿们都向巢中飞还。面对如此美丽迷人的奇景，诗人感叹来得太晚，转眼天色将暮，而他却流连难返。诗人弄水江畔，清江和秀景使他胸怀坦荡，洗去一切的尘念。

此首五言古诗，写诗人的山水之趣，文笔清疏，若行云流水。前半部分先述其所游历之地，从其滔滔不绝的语气之中即可见他的"山水之乐"；后半部分才写经七里滩所见之景，与谢灵运《七里濑》诗"孤客伤逝湍，徒旅苦奔峭。石浅水潺湲，日落山昭曜"相比，所写景色略同，但更加清旷明朗，可谓"青出于蓝而胜于蓝"。胡应麟谓孟浩然为诗，能"时得大篇，清空雅淡，逸趣翩翩"（《诗薮·内编》），验之此篇，良非虚语。

自洛之越

洛：唐时东都洛阳，今河南洛阳。越：春秋时的越国，泛指浙江一带。此诗约作于开元十七年(729)，诗人长安应举失败后，心情郁闷，欲隐逸山水以忘忧，纵酒以忘愁，表达了他不事王侯、鄙弃轩冕的自由放达的精神品格。诗中"杯中物"一作"杯中酒"。

> 遑遑三十载，书剑两无成。
> 山水寻吴越，风尘厌洛京。
> 扁舟泛湖海，长揖谢公卿。
> 且乐杯中物，谁论世上名。

遑遑三十载，书剑两无成——遑遑：匆忙不安貌。"书剑"句：书指读书求仕治理天下之文功，剑指仗剑从军立功封侯之武业。二句写诗人忙忙碌碌了三十年，孜孜不倦地读书以求治国之理，习剑以求安邦之道，如今年已不惑，文功武业却一无所成，不由发出了一声悲叹。

山水寻吴越，风尘厌洛京——风尘：陆机《为颜彦先赠妇诗二首》之一："京洛多风尘，素衣化为缁。"吴越：吴，春秋时吴国，都于今江苏苏州。越，春秋时越国，都于会稽，今浙江绍兴。吴越，泛指江、浙一带。洛京：此处偏指洛阳。唐以长安为京兆府，称西京，以洛阳为河南府，称东都。二句写诗人厌倦了繁华都市的车水马龙，遂扬帆而行，远涉吴越，寄情山水，放浪江湖。

扁舟泛湖海，长揖谢公卿——长揖：拱手高举自上而下行礼，表示不卑躬屈膝。《汉书·高帝纪》："沛公方踞床，使两女子洗，郦生不拜，长揖曰：'足下必欲诛无道秦，不宜踞见长者。'"颜师古注："长揖者，手自上而极下。"《文选》卷二十一左太冲《咏史八首》之一："功成不受赏，长揖归田庐。"谢：辞别。公卿：泛指达官权贵。二句写诗人拱手作别王公大臣，将乘一叶扁舟飘游于海上，做世外的隐逸高人。

且乐杯中物，谁论世上名——杯中物：指酒。《陶渊明集》卷三《责子》："天运苟如此，且进杯中物。"世上名：《世说新语》卷下之上《任诞》："张季鹰纵任不拘，时人号为江东步兵。或谓之曰：'卿乃可纵适一时，独不为身后名邪？'答曰：'使我有身后名，不如即时一杯酒。'"二句写诗人欲沉醉于美酒之中，抛弃生前身后之浮名，以达到无牵无绊、无忧无虑的自由境界。

此首五言律诗，是诗人失意离洛而作；虽云失意，但给人的感觉，并不颓丧，而是以豪迈的情怀，宣告自己"山水寻吴越"，再也不去顾念"世上名"，为功名所累，故而诗中有着壮逸雄放之气。李梦阳所谓"何等气魄"之评，正是对这种精神的肯定。本来，此种气格的诗在孟浩然的诗中并不多见，但正是如此，愈发见出其难能可贵之处。这与李白《梦游天姥吟留别》中的"安能摧眉折腰事权贵，使我不得开心颜"一样，表现的都是对精神解放、对人格独立的追求。

济江问舟人

诗作于漫游吴越途中，通过在途中对同舟人的相问，从侧面写出越地山水的迷人之处和诗人的渴慕之情。此诗或以为崔国辅诗，当非。诗题一本作《渡湘江问舟中人》《渡浙江》；诗中"扁舟"一本作"轻舟"。

潮落江平未有风，扁舟共济与君同。

时时引领望天末，何处青山是越中。

潮落江平未有风，扁舟共济与君同——这两句应题中"舟人"，写汹涌的浪涛渐渐平息，江面一片澄静，诗人与行人同乘一叶扁舟渡江，虽是陌路相逢，但有缘同舟共济，也属有幸。

时时引领望天末，何处青山是越中——引领：伸颈远望。《文选》卷三十陆士衡《拟古诗十二首·拟兰若生朝阳》："引领望天末，譬彼向阳翘。"天末：天边。二句写诗人不时地眺望天边，只见遥遥青山，秀色连绵，问舟中人究竟哪里才是越中啊？既惊叹处处青山，又盼望快快抵达最美的越中。

孟诗主要以五律见长，现存诗中七言绝句仅五首，但不乏佳作，此首即多受好评，体现了"造境飘逸，初似常语"而"其神甚远"（陈延杰《论唐人七绝》）的风格特点。首句写潮落后江面风平浪静，展示了一幅清丽平远的画面。第二句为和同船人的寒暄，表现出了浓浓的人情味。第三句以时时引领相望来描绘出诗人痴迷于山水的神态，点出心情之迫切。末句更以相问来衬托出越地山水的清丽秀美，一方面是"何处青山是越中"，反过来不也可以说"青山处处是越中"吗！可谓"不着一字，尽得风流"。

归至郢中

郢中：指唐郢州，今湖北省钟祥、京山地区。《元和郡县志》卷二十一《山南道·郢州》载"西北至襄州三百一十里"，今湖北钟祥、京山地区。此诗为孟浩然漫游吴越返乡途中所作，表达了对家乡深挚的眷恋之情，以及初回故土时的喜悦心情。诗题一作《归至郢中作》；诗中"乡关"一作"乡园"，"意入"一作"喜入"。

远游经海峤，返棹归山阿。
日夕见乔木，乡关在伐柯。
愁随江路尽，意入郢门多。
左右看桑土，依然即匪他。

远游经海峤，返棹归山阿——海峤：见前《题终南翠微寺空上人房》诗注。此处指浙江天台山。山阿：《楚辞·九歌·山鬼》："若有人兮山之阿，被薜荔兮带女萝。"王逸注："阿，曲隅也。"后借指山野隐居之处。二句写诗人在远游越中山水，饱览了山川秀色之后，终于返棹而归，将回到久别的家乡。

日夕见乔木，乡关在伐柯——乔木：指故国或故里。《孟子注疏》卷二下《梁惠王》："孟子见齐宣王，曰：'所谓故国者，非谓有乔木之谓也，有世臣之谓也。'"赵氏注："所谓是有旧国也者，非但见其有高大树木也，当有累世修德之臣，常能辅其君以道，乃为旧国可法则也。"《文选》卷十六江文通《别赋》："视乔木兮故里，诀北梁兮永辞。"李善注："王充《论衡》曰：'睹乔木，知旧都。'"张铣注："故里有乔木，故视而识之。"伐柯：《诗经·豳风·伐柯》："伐柯伐柯，其则不远。"此指距家乡不远。二句写经过披星戴月地扬帆行船，家乡已经不远，旧日的故园已清晰地浮现在诗人的眼前。

愁随江路尽，意入郫门多——郫门：本指郫都之门，《骆宾王集》卷上《宿山庄》："露积吴台草，风入郫门楸。"此指郫州城门。《舆地纪胜》卷八十四《郫州诗》上"愁随江路尽，喜入郫门多"二句写诗人羁旅之愁，随着江路行尽而渐渐消散，一颗沉重的心变得无比的轻松，当他踏入郫门时，喜悦之情油然而生。

左右看桑土，依然即匪他——桑土：此指故土、乡土。《诗经·小雅·小弁》："维桑与梓，必恭敬之。"匪他：即非他。《诗经·小雅·颊弁》："岂伊异人，兄弟匪他。"二句写诗人踏上故土，看到熟悉的山川草木，分外亲切、温暖，好像都在用热情的笑脸迎接自己归来。

此诗是作者漫游很长时间后回归家乡而作。诗人将羁旅之感、漂泊之苦与回乡后的感受加以对比，既写出了对羁旅他乡的感喟，更衬托出故乡带给作为游子的诗人的温暖，读来感人。孟诗胜人之处，恰是"无意求工"（沈德潜《唐诗别裁》），寄至味于平淡、朴素中，这首诗即是如此。同时，诗中多化用《诗经》中的语言，明白易懂，自然流畅，如醇美的陈酒，在现代的喧闹生活中亦会使人感到一种心灵的宁静。

戏 题

本诗所写诗人在热情好客的友人家做客醉酒的趣事，生动亲切。诗题或作《戏赠主人》。

客醉眠未起，主人呼解醒。
已言鸡黍熟，复说瓮头清。

客醉眠未起，主人呼解醒。已言鸡黍熟，复说瓮头清——客：此指诗人。解醒：醒酒。瓮头清：新酿成的酒。《法书要录》卷三《唐何延之兰亭记》："使留夜宿，设缸面药酒茶果等；江东云缸面，犹河北称瓮头，谓初熟酒也。"四句写诗人在朋友家做客宴饮，酒醉而眠，浓睡至日上三竿，听见主人在门外的轻呼轻唤，才渐渐睁开蒙眬的睡眼。诗人刚刚起床开窗，洒进来满屋的阳光，就听主人说已备好了丰盛的午饭，香气阵阵中又捧出了家中新酿的美酒，殷勤地劝诗人尽情品尝，刚刚醒酒的诗人不免又要大醉一场。

这是一首非常有生活气息的田园小诗，诗人抓住日常生活中的寻常细节，写与友人饮酒，并通过醉酒——醒酒——之后又捧出新酒，既写出了主人的热情好客，以及彼此不同寻常的深厚友情，而诗人"醉了醒，刚醒又要接着饮"之态，也被生动地表现出来，传递出诗人像在自家一样无拘无束，安闲自适，其乐融融。比之诗人的名篇《过故人庄》，风格同样朴素自然，而又多了一层风趣谐谑的特点。

南归阻雪

此诗约作于开元二十二年(734)，诗人于第二次长安求仕失败后还乡途中，行抵南阳一带遇大雪而作，本诗写出了雪天的景色，抒发了诗人失意后的怨愤和惆怅心情。诗题或作《南归北阻雪》。

我行滞宛许，日夕望京豫。
旷野莽茫茫，乡山在何处。
孤烟村际起，归雁天边去。
积雪覆平皋，饥鹰捉寒兔。
少年弄文墨，属意在章句。
十上耻还家，徘徊守归路。

我行滞宛许，日夕望京豫。旷野莽茫茫，乡山在何处——宛许：宛，旧县名，唐属邓州，今河南南阳。许，唐时许州，即今河南许昌，在南阳东北。宛许，泛指南阳、许昌一带。京豫：京，指长安。豫：古豫州，借指洛阳。莽茫茫：《文选》卷二十三阮嗣宗《咏怀诗十七首》之十二："绿水扬洪波，旷野莽茫茫。"四句写诗人行至宛许一带被大雪所阻，不得不停滞于此地，他从早到晚遥望长安和洛阳，仍然不能忘怀求仕失败的悲伤。眼前所见皆是白茫茫的一片，不见温暖的家乡在何处，亦不见梦想的归宿在何方。

孤烟村际起，归雁天边去。积雪覆平皋，饥鹰捉寒兔——平皋：水边平地。《史记·司马相如列传》："汨减嚖习以永逝兮，注平皋之广衍。"四句写郊外村庄人迹荒芜，黄昏时候，一缕孤烟袅袅升起，南归的征雁哀鸣着向天边飞去。皑皑的白雪覆盖着大地，饥饿的群鹰在空中盘旋，雪地中觅食的野兔刚刚露出头，鹰就箭一样地冲下去，让它们成为腹中的美餐。

少年弄文墨，属意在章句。十上耻还家，徘徊守归路——文墨：指文书辞章。《史记·萧相国世家》："今萧何未尝有汗马之劳，徒持文墨议论。"《文选》卷二十九刘公干《杂诗》："职事烦填委，文墨纷消散。"属意：专心致意。《文选》卷二十五刘越石《答卢谌》："不复属意于文，二十馀年矣。"十上：十次上书。《战国策》卷三《秦策·苏秦始将连横》："说秦王书十上而说不行。黑貂之裘弊，黄金百斤尽，资用乏绝，去秦而归。"耻还家：羞于还家。四句写诗人哀叹自己的身世和命运，自从少年时候就用心于写作诗文，才华早露，颇有诗名。但上京求仕却屡次失败，诗人真是羞于还家，无颜再见襄阳的父老，但是将去向哪里？在通向家乡的路途中诗人孤独地徘徊着。

诗人集中有三首诗因途中遇雪而作，所表达的感情都因人生境况的不同而不同。此诗与另两首相比，更为悲凉和凄迷，被刘辰翁评为"曲折凄楚"。前四句低宛地叙来，于苍茫之中望京洛而不见，望乡山亦不知何处，真所谓"两处茫茫皆不见"！后四句诗人通过细腻的观察，捕捉具有典型性的景物，先写仰视空中之所见，孤烟和归雁，都是具有伤心情绪的意象。诗人再写俯视大地之所见，饥鹰和寒兔，都被大雪逼迫得走投无路。最后四句直述他身世失意，包含着满怀的抑郁、愤懑之情。

诗人在冰天雪地中徘徊的身影，令人联想到李白《行路难》中"欲渡黄河冰塞川，将登太行雪满山"的情景，体现了失意者毫无例外地所面临的人生困境。

题长安主人壁

中国家庭基本藏书

名家选集卷

孟浩然集·诗

题解

长安主人:诗人寓居长安时的房舍主人。孟浩然于开元十五年(727)冬赴长安,应开元十六年(728)春的进士举,未登第,继续留长安期间作此诗。诗中写了失意后的落拓困顿之况,欲求功名而无路可进,欲归南山又心存不甘的矛盾心情,抒发了壮志未酬之愤。诗中"九日"一作"九月"。

久废南山田,叨陪东阁贤。
欲随平子去,犹未献甘泉。
枕藉琴书满,褰帷远岫连。
我来如昨日,庭树忽鸣蝉。
促织惊寒女,秋风思长年。
授衣当九日,无褐竟谁怜。

新解

久废南山田,叨陪东阁贤。欲随平子去,犹未献甘泉——南山:见前《京还赠张淮》诗注。东阁:指丞相阁。平子:张衡字平子,南阳鄂人也,长于辞赋。曾拟班固《两都赋》作《二京赋》,以资讽谏。和帝时为侍中,其时宦臣专政,衡欲言政事,为宦臣所谮,仕不得志,乃作《归田赋》。事见《后汉书·张衡列传》。献甘泉:指献赋求仕。《文选》卷七扬子云《甘泉赋》:"孝成帝时,客有荐雄文似相如者,上方郊祀甘泉泰畤,汾阴后土,以求继嗣。召雄待诏承明之庭,正月,从上甘泉,还奏《甘泉赋》以风。"四句写诗人离乡已久,客居长安,有心回归田园,但辞赋未献,壮志未酬,进退两难。

枕藉琴书满,褰帷远岫连。我来如昨日,庭树忽鸣蝉——琴书:《陶渊明集》卷五《归去来兮辞》:"悦亲戚之情话,乐琴书以消忧。"褰:掀起。帷:帘幕。岫:山。四句写住所四壁空空,孤独寂寥,只有枕席上的琴书相伴,掀起帘幕,可见远处的群山起伏连绵。世事如梦,初来长安的情景还历历在目,清晰如昨,恍然中听到寒蝉的悲鸣,看到庭树飘落的黄叶,不由得惊叹时光的飞速流转。

促织惊寒女,秋风思长年。授衣当九日,无褐竟谁怜——促织:蟋蟀。《文选》卷二十九《古诗十九首》之七:"明月皎夜光,促织鸣东壁。"李善注:"《春秋考异邮》曰,立秋,趣织鸣。宋均曰:趣织,蟋蟀也。立秋,女功急,故趣之。"长年:年纪逐渐老大。授衣两句:《毛诗正义》卷八《豳风·七月》:"七月流火,九月授衣。

一之日觱发，二之日栗烈。无衣无褐，何以卒岁。"毛氏传："九月霜始降，妇功成，可以授冬衣矣。"郑氏笺："褐，毛布也。"褐，此或指粗料制成的衣服。四句写天气渐凉，促织的鸣叫使寒女警觉，催促她们赶制冬衣，诗人在西风中悲叹他的形容憔悴，衰鬓苍颜。九月正当授衣之时，他却无衣御寒无人可怜，落魄困顿之中更无人引荐。

此诗音声凄苦，不仅道出诗人在物质生活上的贫困，更道出精神上的矛盾和痛苦。前四句写思归但未归，"进退"可以说是贯穿孟浩然一生的主要矛盾，他有心求仕，但其性格又多了几分傲岸，有着名士的风度，不肯屈膝向权贵，使得他没有得到张说、张九龄等身居高位的友人们的得力引荐。中间四句写景，"琴书满"使人联想到卢照邻《长安古意》中"寂寂寥寥扬子居，年年岁岁一床书"，诗人虽落魄失意，但与琴书相伴，保持着风流儒雅。"远岫连"亦映衬出诗人胸怀的高远，使诗少了"枯瘠寒俭之态"。后四句皆触景生情，融情于景，难分情景之界，只觉萧瑟秋风中夹杂着诗人的失意怨愤之气。

岘山送张去非游巴东

岘山：在襄阳，见前《与诸子登岘山》诗注。张去非：其人不详。巴东：见前《湖中旅泊寄阎防》诗注。诗中写出了诗人登岘山送别友人所见之景和依依不舍之情；诗题一作《岘山送朱大去非游巴东》。

岘山南郭外，送别每登临。
沙岸江村近，松门山寺深。
一言余有赠，三峡尔将寻。
祖席宜城酒，征途云梦林。
蹉跎游子意，眷恋故人心。
去矣勿淹滞，巴东猿夜吟。

岘山南郭外，送别每登临。沙岸江村近，松门山寺深——南郭：城墙的南面，因岘山在襄阳县城东南九里处，所以此言南郭。四句写城南的岘山，风景秀丽，然而却总是送别的伤心之地，如今诗人又于此送朋友远去巴东。登山眺望，可见江岸旁散落的村庄，青松翠柏之间掩映着幽静的山寺。

一言余有赠，三峡尔将寻。祖席宜城酒，征途云梦林——三峡：即长江三峡，一般指瞿塘峡、巫峡、西陵峡。祖席：送别的筵席。宜城：汉时的宜城出产美酒。《方舆胜览》卷三十二《京西路·襄阳府》："金沙泉，在宜城县东一里，造酒极美，世谓之宜城春，又名竹叶酒。"云梦：云梦泽，见前《与诸子登岘山》诗注。四句写朋友要远游巴东，诗人再三叮嘱他路上保重，并摆上了离别的酒宴，劝他再饮一杯宜城美酒，这样的好酒恐怕他乡难有。

蹉跎游子意，眷恋故人心。去矣勿淹滞，巴东猿夜吟——蹉跎：虚度年华。巴东猿夜吟：见前《入峡寄舍弟》注。四句写即将离去的朋友眷恋故土，难舍难分，不忍上路。诗人劝友人早去早回，不要在外久留，巴东夜晚的猿啼声会让他泪沾衣裳，夜夜断肠。

诗写送别，情真意切，李梦阳评此诗："情思宛然慨然。"一、二句直写将与朋友离别，登临而起离愁。三、四句没有接下去写愁，而是转而写景，清幽如画。中间四句写送的场面，虚景与实景密切结合，气象旷远。最末四句既有情语又有景语，情因景生，景与意融，情景相融之中，言尽意长，馀音袅袅。

永嘉别张子容

永嘉：见前《宿永嘉江寄山阴崔少府国辅》诗注。张子容：诗人的好友，见前《寻白鹤岩张子容颜处士》诗注。时子容任乐城县尉，开元十九年冬末，孟浩然至乐城相访，二十年春又在永嘉相见，后诗人北归返襄阳，此诗为别时之作。诗中"日夕"一作"日夜"。

旧国余归楚，新年子北征。
挂帆愁海路，分手恋朋情。
日夕故园意，汀洲春草生。
何时一杯酒，重与李膺倾。

旧国余归楚，新年子北征——北征：北行。《楚辞·九歌·湘君》："驾飞龙兮北征。"二句写好友在异地相逢，但却各有各的行程，诗人将返回故乡，子容将扬帆北行,二人不得不忍痛分别。

挂帆愁海路,分手恋朋情——二句写恋恋不舍之情,相聚是何等的欢娱,分别时顿生满怀愁绪,泛舟海上是多么的孤寂和凄凉,好朋友转眼就要天各一方。

日夕故园意,汀洲春草生——汀洲:水中的小洲。《楚辞·九歌·湘夫人》:"搴汀洲兮杜若,将以遗兮远者。"二句写诗人漂泊多年,日夜牵挂故园,如今终于要归去,汀洲的春草应已长满。可惜同乡好友不能同归,只能继续在外地忙碌于仕宦。

何时一杯酒,重与李膺倾——李膺:见前《荆门上张丞相》诗注,此指张子容。二句写今日分别何时能够再相见,共同把盏、共同畅游?二人各在天之一涯,相逢的日子遥遥无期,只有斟满眼前的酒杯,忘掉昨日之愁明日之忧,尽情地享受这短暂的欢聚。

诗写在异地与好友离别,沉郁雄放,有一种愁绪盘旋在字句之中。首联点明二人去向不同,在永嘉的匆匆相会就像徐志摩在《偶然》中所写的"你我相逢在黑夜的海上,你有你的,我有我的,方向"。第二联写分别时的难舍之情,"挂帆"本是诗人乐此不疲的事情,但此时却对泛舟大海产生了忧愁和恐惧。第三联中"汀洲春草生"句,仿佛化用谢灵运"池塘生春草,园柳变鸣禽"的名句,春景虽然美好,但令人生时光荏苒之悲。尾联以问句结束,诗人的期待之情若出自肺腑之间,同于王维"劝君更尽一杯酒,西出阳关无故人"。全诗语言朴素自然,感情真挚,使人对身如飘萍的诗人和子容顿生同情,同时亦对世事的多艰和聚散的无常产生共鸣。

留别王侍御

王侍御:王维。《旧唐书》卷一百九十下《文苑》下《王维传》:王维字摩诘,太原祁人。开元九年进士擢第,历右拾遗、监察御史、左补阙……诗名盛于开元、天宝间。本诗约作开元二十二年(734),诗人在第二次在长安求仕失败后,辛酸之中含有怨愤之情,与故人离别真挚动人。诗题一作《留别王维》,"索寞"一作"寂寞"。

寂寂竟何待,朝朝空自归。
欲寻芳草去,惜与故人违。
当路谁相假,知音世所稀。
只应守索寞,还掩故园扉。

寂寂竟何待,朝朝空自归——寂寂:《文选》卷二十一左太冲《咏史诗八首》之四:"寂寂扬子宅,门无卿相舆。寥寥空宇内,所讲在玄虚。"二句写求仕失败后寂寞无聊的生活和心情,留在长安还有什么意思呢?还在空空地等待什么呢?每天携诗去干谒那些权贵,但又有什么收获呢?

欲寻芳草去,惜与故人违——芳草:常用以比喻高尚的品德和理想。《文选》卷三十二屈平《离骚经》:"何所独无芳草兮,尔何怀乎故宇。"又:"何昔日之芳草兮,今直为此萧艾也。"二句写诗人在失望之馀想到自己要做的事应该是远离污浊的社会,隐居到山林中,洁身自好,独守情操。但一想到要与长安的好友分别,诗人又不由得踌躇起来,难下离去的决心。

当路谁相假,知音世所稀——当路:指当政者。相假:相互凭借,帮助。知音:《文选》卷二十九《古诗十九首》之五:"不惜歌者苦,但伤知音稀。"二句写诗人感叹世态的炎凉,人情的淡漠,那些在位的权贵们哪一个是要真心给予援引?一到关键时刻就各自为己了!哪一个是真正的理解和欣赏诗人才能的人?真是少之又少,幸有王维为难得的知音,温暖地安慰了诗人孤寂的心。

只应守索寞,还掩故园扉——索寞:冷落寂寞。二句写诗人看透了朝廷的黑暗,自己光明磊落的性情与这里格格不入,本不该再从襄阳来这里寻求功名,自取其辱,还是快快地归还乡中,重新过淡泊宁静的生活,重新反省人生的价值,坚持独立崇高的人格。

全诗既没有华丽的辞藻,也没有优美的画面,平淡的语言近乎口语,极其自然,对偶亦不求工,毫无斧凿的痕迹,读来却动人心弦。首联写失意后的景象,门前冷落,车马稀疏,日日奔走,一无所获。第二联写惜别之情,"欲"字和"惜"字体现了诗人矛盾的心情和二人深厚的情谊。第三联是全诗的重点所在,使整首诗产生了一种怨怼的情绪,以一种"不平则鸣"的反抗力量,抨击了伪善的权贵和黑暗的世道,极易引起读者的共鸣。尾联表明了他归去的决心,故园的门扉轻轻地掩上了,诗也悄然地结束了,但诗意却馀音绕梁,不绝于耳,耐人咀嚼。

都中送辛大

都中:可能指京都长安。辛大:其人未详,为孟浩然好友,孟诗中还有《送辛大不及》《夏日南亭怀辛大》《西山寻辛谔》及《张七及辛大见寻南亭醉作》等诗，疑辛大即为辛谔。本诗内容为诗人在长安送别求仕失败的友人回乡，约作于开元十六年(728)或二十二年(734)，表达了对友人怀才不遇的同情，同时流露了自己亦将归隐山林。诗题或作《都下送辛大之鄂》；诗中"还寄"一作"遥寄"。

> 南国辛居士，言归旧竹林。
> 未逢调鼎用，徒有济川心。
> 余亦忘机者，田园在汉阴。
> 因君故乡去，还寄式微吟。

南国辛居士，言归旧竹林——辛居士：指辛大。居士，称有德有才而隐居不做官者。言归：回归。二句写来自南国的辛居士，德才兼有，本应在京城得到朝廷的留用，但他却沮丧地向诗人辞别，要离开京城，回归家乡继续他的隐逸生活。

未逢调鼎用，徒有济川心——调鼎：鼎为古人烹饪之器，调鼎本指在鼎内烹调食物，后比喻治国理政。《韩诗外传》卷七："伊尹，故有莘氏僮也，负鼎操俎调五味，而立为相其遇汤也。"济川：本指渡河，后比喻辅佐帝王治国。《尚书正义》卷十《说命》上："说筑傅岩之野，惟肖。爰立作相，王置诸其左右，命之曰：'朝夕纳诲，以辅台德。若金，用汝作砺。若济巨川，用汝作舟楫。'"二句写辛大空有济世之才，却没有被朝廷任用的机会，忧愤失望之馀，只得回归山林。

余亦忘机者，田园在汉阴——忘机：忘却机变弄巧之心，淡泊名利、与世无争。《庄子集解》卷三《天地》："有机械者必有机事，有机事者必有机心。机心存于胸中，则纯白不备；纯白不备，则神生不定；神生不定者，道之所不载也。"汉阴：汉水南岸，此指诗人的家乡襄阳。二句写诗人与辛大同病相怜，所以相互慰勉。诗人也看破了社会的黑暗，功名的虚无，有着归隐田园的打算，风景秀丽的家乡时时在等待着游子的归还。

因君故乡去，还寄式微吟——式微：《毛诗正义》卷二《邶风·式微》："式微，黎侯寓于卫，其臣劝以归也。式微式微，胡不归。"此言归乡之意。二句写辛大要回故乡了，诗人写此诗以相送，并透露自己不久亦要还乡的消息。

此诗为客中送客之作，且"同是天涯沦落人"，情深意切，真挚动人。首联初读来觉得很淡，好像在说寻常的朋友间离别之事，但第二联忽以惊人之句表达了

133

中国家庭基本藏书

心中积压的怨愤，与上联相映，显出了诗人在叙述安排和情感抒发上的别具匠心。第三联中诗人收住了激动的情绪，又用淡淡的口吻说出自己的境遇，同时也表明了上面的悲愤不只为朋友而发，也是为自己而发，这里才可见全诗的好处。末联更有言尽而意不尽之妙，耐人寻味。张谦宜《绬斋诗话》卷五评此诗："无字不妥当，此最难到。"但并不见雕琢之痕，全似平常语，可见孟诗语淡而味终不薄，似枯而实腴的特点。

越中送张少府归秦中

越中：指今浙江一带。张少府：其人未详。秦中：指长安。诗亦为客中送客之作，写出了友人的望乡思归之情，末句颇有生活情趣。诗中"清明"一作"青门"。

> 试登秦岭望秦川，遥忆清明春可怜。
> 仲月送君从此去，瓜时须及邵平田。

试登秦岭望秦川，遥忆清明春可怜——秦岭：《元和郡县志》卷六河南道二《虢州·阌县》："秦山，一名秦岭，在县南五十里。南入商州，西南入华州。山高二千丈，周回三百馀里。"另一说指越州的秦望山。见《游云门寺寄越府包户曹徐起居》诗注。清明：农历的清明节。二句写张少府的思乡情怀，登上越州的秦望山，殷切地朝家乡的方向眺望，却不见家乡，只见云海茫茫。惆怅之中看到越中处处新绿，遂忆起家乡地气寒冷，在清明时候春意也没有这么浓，花草树木在料峭的春风中刚刚苏醒。

仲月送君从此去，瓜时须及邵平田——仲月：春二月。《初学记》卷三《春》："二月仲春，亦曰仲阳。三月季春，亦曰暮春。"瓜时：指农历七月瓜熟之时。邵平田：此指张少府的家乡。邵平：即召平。《史记》卷五十三《萧相国世家》："召平者，故秦东陵侯。秦破，为布衣，贫，种瓜于长安城东，瓜美，故世俗谓之东陵瓜，从召平以为名也。"二句写诗人送张少府回秦正是春意融融，草熏风暖的仲春二月，并且估算他七月瓜熟之时就能顺利到家，正好可以品尝家乡甜美的东陵瓜。

孟浩然极少做七言绝句，集中仅五首，但不乏佳作。此诗前两句着笔张少府，写其登山而望，遥忆故乡。后两句诗人立足自己写送别，既表现了对方的思乡心切，又写出了自己的美好祝愿，而祝愿之语中又以"瓜时"到"邵平田"来代指具体的时间和地点，颇有田园的生活情趣。一般的送别诗常有淡淡的哀愁，但此诗充满了一种欢悦的情绪。因为回乡对友人来说真是一件天大的好事，所以在此诗中，诗人一点也不著离愁，而是快乐着朋友的快乐，亦表现出二人情谊的非同一般。

送朱大入秦

朱大：其人未详。诗中写出了朱大的游侠形象，同时流露出诗人慷慨磊落和任侠好气的情怀。

> 游人五陵去，宝剑直千金。
> 分手脱相赠，平生一片心。

游人五陵去，宝剑直千金——游人：指朱大。五陵：汉代的五座皇陵，此借指长安。见前《南还舟中寄袁太祝》诗注。宝剑：《文选》卷二十七曹子建《名都篇》："名都多妖女，京洛出少年。宝剑直千金，被服丽且鲜。"李善注："《史记》曰，陆贾宝剑直千金。《论衡》曰，世称利剑有千金之价。"二句写诗人送好友朱大远游长安，只见他身佩价值连城的宝剑，气势非凡。

分手脱相赠，平生一片心——相赠：以宝剑相赠，代表着浓厚的情意。《史记·吴太伯世家》："季札之初使，北过徐君。徐君好季札剑，口弗敢言。季札心知之，为使上国，未献。还至徐，徐君已死，于是乃解其宝剑，系之徐君冢树而去。从者曰：'徐君已死，尚谁予乎？'季子曰：'不然。始吾心已许之，岂以死倍吾心哉！'"二句写临别之时朱大却把宝剑从身上解下，激昂慷慨地赠给诗人，以表素日意气相投和敬慕之心。

新评

此诗中的朱大不同于诗人一般的官绅、文人等朋友，而是一位游侠式的人物，从他们的崇高友谊中可见孟浩然对侠义精神的赞扬和倾心，且孟诗中多提到"少予学书剑，秦吴多岁年"，"书剑时将晚，丘园日已暮"，"宁知书剑者，年岁独蹉跎"，"遑遑三十载，书剑两无成"，可见他并非只是一个"风流天下闻"的"夫子"，而是一位有着豪气雄心的书剑英雄。送别这样的侠客朋友，诗人的笔也就一改往日的细腻,变得虎虎有生气,磊落而爽利,通过"解剑相赠"的一幕写出了朱大的豪侠气概和二人深深的情意,达到了"此时无声胜有声"的艺术效果。

送友人之京

友人:不详其人。之京:到长安去。此诗送一位去长安出仕的朋友,以友人的平步青云来反衬自己的落魄失意,应作于诗人长安求仕失败后回乡隐居期间。

> 君登青云去,余望青山归。
> 云山欲此别,泪湿薜萝衣。

君登青云去,余望青山归——登青云:指仕途畅达。汉扬雄《解嘲》:"当途者升青云,失路者委沟渠。"余:即诗人。二句写朋友要去长安出仕为官,可谓志得意满,平步青云,诗人却沮丧地从长安受挫归来,失意地隐居青山绿水间。亦可理解为诗人送朋友去长安,朋友出发后,诗人望着青山默默地返回,无限的失意。

云山欲此别,泪湿薜萝衣——云山:白云缭绕的山,指隐士所居。薜萝衣:香草做成的衣裳,高洁之士所穿。薜,薜荔,蔓生香草。萝,女萝,也为香草名《楚辞·九歌·山鬼》:"若有人兮山之阿,披薜荔兮带女萝。"朱熹注曰:"言其被服之芳者,自明其志行之洁也。"二句写朋友从此与白云缭绕的青山告别了,诗人为朋友的远别而伤感,为自己人生的坎坷而怅然,阵阵山风中,洒落的泪水沾湿了衣衫。

此首五言绝句寥寥二十字,却包含了深曲宛转的情感。刘辰翁评此诗:"甚不多语,神情悄然,比之苏州(韦应物),特怨甚。""悄然"意为忧愁的样子,诗人忧愤但不明说,所以更加神情凄然。本诗的前两句都用了"青"字,但境遇却截然地不同,友人是"登青云"而"去",诗人却"望青山"而"归",形成了极其鲜明的对比,突显了诗人落寞的心情。后二句写诗人的伤心落泪,但深究诗人之泪水,只为朋友的离别而落吗?朋友升官了他应为之欢喜,想是联想起自己求仕的失败、追求理想的破灭,遂情不自禁地落泪了,所以诗人的泪水包含着自怜自哀。但诗人并不甘心低沉,反而以薜荔香草为衣,继续修隐的生活,做屈原那样的高洁之士。

送杜十四

杜十四：据王荆公《唐百家诗选》，杜十四为杜晃，生平事迹不详。这是一首七言绝句，融情于景，写出了对友人的惜别之情。诗题或作《送杜十四之江南》；诗中"相接水为乡"一作"日接水鸟乡"。

荆吴相接水为乡，君去春江正渺茫。
日暮征帆泊何处，天涯一望断人肠。

荆吴相接水为乡，君去春江正渺茫——荆吴：为春秋时楚国、吴国，泛指长江中下游一带。二句写荆吴的水乡风光，天水相接，辽阔浩荡，春江浩渺之中友人乘一叶小舟扬帆起航。

日暮征帆泊何处，天涯一望断人肠——二句写诗人的牵挂之情随着夜色一起变浓，烟波苍茫的江上不见了渺渺帆影，真是令人望断愁肠，他的一叶孤帆在浓浓暮色之中泊于何处呢？远在天涯的游子此时一定也是倍感忧伤，在苍茫落日中回头一望，令人断肠！

此诗为孟浩然五首七绝中的又一佳作。前两句写景，明白流畅，自然流出，"去"字点明了离别，渺茫的春江渲染了无穷的愁绪，产生一种味外之味。第三句由景入情，突破了眼前所限，问候友人泊船何处来写深深的牵挂，好像诗人的心亦同友人一起上路了。末句卒章显意，"天涯一望"四字，勾画出送行者伫立江边，久久不能离去的情态，亦刻画出行人于船头蓦然回首，却不见故人的一瞬，感人至深，"断人肠"一语道出送者和行者共同的心情，感情亦如决堤之水涌汹浩荡，与荆吴的江水连成苍茫一片。全篇用散行句式，如行云流水，近歌行体，颇有神韵，可谓"其淡如水，其味弥长"。

送谢录事之越

谢录事：其人不详。唐代州县置录事参军。《旧唐书》卷四十四《职官志》三：

"州县官员……录事四人,从九品上。"又"录事参军掌勾稽,省署钞目,监符印"。诗写江边送别,因诗人曾游览过越地,所以建议友人一定要去观赏那里的风景名胜。

> 清旦江天迥,凉风西北吹。
> 白云向吴会,征帆亦相随。
> 想到耶溪日,应探禹穴奇。
> 仙书倘相示,予在北山陲。

清旦江天迥,凉风西北吹——清旦:即清晨。迥:远。二句写江边明净的清晨,天高云淡,西北风缓缓地吹起来,使人顿生凉意。

白云向吴会,征帆亦相随——吴会:泛指浙江一带,见前《越中逢天台太一子》诗注。二句写高天上的流云悠然地向越地飘去,行人的征帆亦乘着清风,随着白云向吴越飞去。

想到耶溪日,应探禹穴奇——耶溪:若耶溪,诗人曾到此游,见前《耶溪泛舟》诗注。禹穴:见前《与杭州薛司户登樟亭楼作》诗注。二句写友人所去之地山水秀丽,多有名胜古迹,他将体会到泛舟耶溪的快乐,更将去禹穴寻幽探奇。

仙书倘相示,予在北山陲——仙书:指友人的书信。北山:常指隐者所居之山,《文选》卷四十三有孔德璋《北山移文》。此当指诗人家乡的万山,在今湖北省襄樊市西北,详见《秋登万山寄张五》注。二句写临别之时诗人殷切地叮嘱友人莫忘寄书,诗人将隐居于北山之地。

此诗的艺术特色可用诗的第一个字来概括,即"清"。首联写眼前之景,似随口而来,明白如话,却传神地勾勒了一个江上离别的早晨,天高水清,凉风习习,离别的人更觉凄恻。第二联笔锋轻轻一转,以优美浪漫的手法写友人的征帆将随白云而去,读来顿觉诗人的风神散朗,好像不食人间烟火。第三联更荡开一笔,突破了眼前情景,写友人到了越地之后应有的寻险探胜,这对离人而言真是一种精神上的鼓励,少了几分悲伤,多了几分憧憬。末联请友人寄书,表明了牵念之心,又巧妙地说自己将隐居北山,做一个闲云野鹤式的隐者,仙书寄给北山的隐者是一件多么美好的事情啊。诗就此而止,但诗的弦外之音却悠悠袅袅,飘散不尽。全诗清空淡雅,飘逸旷远,细读会觉齿颊生香。

江上别流人

流人：因获罪被朝廷流放的人，此为诗人的一位故友。《庄子集释·徐无鬼》："子不闻夫越之流人乎？去国数日，见其所知而喜。"郭庆藩释："司马云，流人，有罪见流徙者也。"诗写诗人在江上与贬谪的故人相遇，通过今昔对比，抒发了人世无常的感慨，离别的场面感人至深。

> 以我越乡里，逢君谪居者。
> 分飞黄鹄楼，流落苍梧野。
> 驿使乘云去，征帆沿溜下。
> 不知从此分，还袂何时把。

以我越乡里，逢君谪居者——越乡里：身在他乡，远离家乡。《春秋左传正义》卷三十二襄公二十四年："闻君不抚社稷而越在他境。"杜预注："越，远也。"谪居者：因罪而被贬并被发送远方的官吏。二句写诗人在江上遇到了故人，本该是高兴万分的事情，但故人却是因罪被贬至此，所以心生无限的凄凉。

分飞黄鹄楼，流落苍梧野——黄鹄楼：即黄鹤楼，在今湖北省武汉。《舆地纪胜》卷六十六《鄂州》："黄鹤楼，在子城西南隅黄鹄矶山上，自南朝已著，因山得名。鹄、鹤，古通用字。"苍梧野：《史记》卷一《五帝本纪》："舜南巡狩，崩于苍梧之野。"二句写人世之变幻无常，黄鹤楼上意气风发地饮酒对诗、依依惜别的情景还历历在目，恍如昨日，今天再见面时，友人却遭受了仕宦风波，被流放至此偏远之野，真是恍然如一梦。

驿使乘云去，征帆沿溜下——沿溜：即沿流，顺流而下。二句写行船之快，顺水而下，好似乘云，二人转眼就要分别，匆促地相遇，无可奈何地离散，各奔东西。

不知从此分，还袂何时把——还袂句：袂，衣袖。把袂犹再会面之意。何逊《何水部集》卷二《赠江长史别诗》："饯道出郊坰，把袂临洲渚。"二句写诗人与友人自此分别，不知何时能够再见面，更不知今生能否有缘再相见，所以二人对滔滔江水，迎风洒泪，牵衣顿足，无限的伤悲。

他乡遇故知本来为喜,但因友人的遭遇转而成悲。第一联没有直说悲,只平淡地述说二人各自的境况,辛酸之情不言而喻。第二联以今昔对比来写诗人对友人的同情,同时也是对人世变幻的无奈叹息,这就超出了个人的悲哀,上升为更广阔更普遍的人生况味,极易引起读者的共鸣。第三联以沉重之笔写轻盈的行云和征帆,此时行船的轻快,已不像往日那样能给诗人带来愉悦,而是加剧了他与友人分别的速度。尾联写出了二人分别时难以掩抑的痛苦心情,诗人对身处困境的友人格外的同情和牵挂。此诗饱含真情,尽管友人不知为谁,但可知诗人是一个正直而忠诚的人,有着悲天悯人的胸怀,不因友人为流放之人而疏远,反而给予巨大的同情和关怀,读此首诗只要能体会其中的深情,就可谓有所得。

洛下送奚三还扬州

洛下:指洛阳。奚三:其人不详。本诗为诗人在洛阳时送友人还乡而作,但诗人此时身在异乡,并且有着继续漫游的打算,所以诗中流露出对友人的羡慕,以及对自己故乡深深的思念。

> 水国无边际,舟行共使风。
> 羡君从此去,朝夕见乡中。
> 余亦离家久,南归恨不同。
> 音书若有问,江上会相逢。

水国无边际,舟行共使风——二句写水乡渺茫浩荡、广无边际,同为漂泊之客的诗人和奚三曾同舟共济,破浪乘风,建立了深厚的友情。

羡君从此去,朝夕见乡中——二句写友人要还乡了,朝夕之间就能抵达家园,诗人从心中流露出羡慕之情。

余亦离家久,南归恨不同——二句写诗人离家亦久,思乡之愁日深,还乡的念头却不能实现,遂叹惜自己不能像友人一样乘风而还。

音书若有问,江上会相逢——二句写友人还家之后若还记得老朋友,有书信相问,就请寄往长江,诗人将去江上漫游,可能会遇带书之人。

此为客中送客之作,第一联写眼前水乡之景,"共"字透出了味外之味,景外之景,使人联想到他们不止一次的结伴而行,成为同甘共苦的好友。第二联为真诚的祝福之语,诗人的羡慕更烘托出友人回家的美好幸福,"朝夕"既说时间之快,又点明友人还家的快乐心情,恰如李白之"千里江陵一日还"。第三联深化了自己的思乡之情,对不能同归表示遗憾。尾联则又深入一笔,写自己将沿长江漫游,平淡的语句中蕴含着他身若飘萍、浪迹江湖的悲哀和苦涩,与前面一首《送谢录事之越》"仙书倘相示,予在北山隅"可谓同一机杼,只是一在北山高卧,一在长江漂流,相形之下后者更觉凄苦,而漂泊之中能否收到友人的书信,能否再相逢,都是那么渺茫。全诗没有一个生词僻字,更无典故出处,近乎口语,几乎淡到看不到诗,但却耐人咀嚼,是一首语淡味浓的好诗,恰如李梦阳所评"只似说话,却妙"。

送辛大不及

　　辛大:诗人的好友,疑为辛谔,见前《都中送辛大》诗注。诗中写出诗人送友人不及而生的愁绪,融情入景,真挚动人。诗题或作《送辛大之鄂渚》。

> 送君不相见,日暮独愁绪。
> 江上独徘徊,天边迷处所。
> 郡邑经樊邓,山河入嵩汝。
> 蒲轮去渐遥,石径徒延伫。

　　送君不相见,日暮独愁绪——二句写诗人急匆匆赶来与好友告别,但还是晚了一步;友人已经离去了,悄然降临的暮色笼罩着大地,一如诗人漫无边际的愁绪。

　　江上独徘徊,天边迷处所——二句写诗人独自在江畔徘徊,看点点征帆乘着滚滚江水向远方流去,消失在烟水弥漫的天际。

　　郡邑经樊邓,山河入嵩汝——郡邑:指州县和府县。樊邓:樊,指樊城,今湖北襄樊市。邓,邓州,今河南邓县,为春秋樊国、邓国遗址。《元和郡县志》卷二十一《山南道·襄州》:"临汉县,本汉邓县地,即古樊城。……故邓城,在县东北二十二里,春秋邓国也。"嵩汝:嵩,指嵩山。汝,指汝水。二句写友人的行程将经樊、邓之地入嵩山、汝水一带。

　　蒲轮去渐遥,石径徒延伫——蒲轮:以蒲草裹住的车轮,行走平稳,古代用来迎接贤士以示尊敬。《史记》卷一百一十二《平津侯主父列传》:"始以蒲轮迎枚生,见主父而叹息。"司马贞索隐:"汉始迎申公,亦以蒲轮。谓以蒲裹车轮,恐伤草木也。且蒲是草之美者,故礼有蒲璧,盖画蒲于轮以为荣饰也。"此二句写友人已渐行渐远,夜色亦越来越深,诗人却独立石径,空对着烟雾迷茫的长江,痴痴地望着友人所去的方向。

诗写送别,所送的并非一般友人,而是平生知己,可惜送而未及,所以诗人反复地诉说他孤独、失落、忧伤、迷茫的心绪,表现出他们之间珍贵的友谊。全诗语言朴素自然,不见雕琢之工,感情真挚,不惜笔墨反复渲染,使人觉得缠绵而幽咽。且"以我观物",一切景物都染上了诗人的愁绪,江边日暮,天际迷离,独立石径,情景相融,有力地衬托出诗人送而不及的心情。

送元公之鄂渚寻观主

元公:其人未详。鄂渚:在今湖北武昌境内。《楚辞补注》卷四《九章·涉江》:"乘鄂渚而返顾兮,欸秋冬之绪风。"洪兴祖补注:"鄂州,武昌县地是也。隋以鄂渚为名。"诗中写诗人送元公去寻仙访道,突出了他的一派仙风道骨,颇不同于一般的凡夫俗辈。诗题一作《送元公之鄂渚寻观主张骖鸾》。

> 桃花春水涨,之子忽乘流。
> 岘下离蛟浦,江中闻鹤楼。
> 赠君青竹杖,送尔白蘋羞。
> 应是神仙子,相逢作漫游。

桃花春水涨,之子忽乘流——桃花春水:二三月桃花盛开时的春汛。《汉书》卷二十九《沟洫志》:"来春桃华水盛,必羡溢,有填淤反壤之害。"颜师古注:"《月令》:'仲春之月,始雨水,桃始华。'盖桃方华时,既有雨水,川谷冰泮,众流猥集,波澜盛长,故谓之桃华水耳。"之子:指元公。此二句写在二三月桃花夭夭,灼灼盛开,江水高涨的时候,元公忽然兴起要扬帆远行,去鄂渚寻访道友。

岘下离蛟浦,江中闻鹤楼——岘:岘山。蛟浦:《舆地纪胜》卷八十二《襄阳府》:"斩蛟渚,《寰宇记》云:'盛宏之《荆州记》,城北沔水,先有蛟龙为人患,邓遐为襄阳太守,拔剑入水,蛟绕其足,退因挥剑截蛟,自后无复蛟患矣。'"鹤楼:即黄鹤楼,见前《江上别流人》注。二句写元公乘浩荡之春水从岷山出发,向鄂渚的方向驶去,江中遥遥可闻风声鹤唳,似乎隐隐可见耸入云端的黄鹤楼。

赠君青竹杖,送尔白蘋羞——青竹杖:指仙人所用的手杖。《神仙传》:"壶公……乃取一青竹杖与(费长)房。"白蘋羞:一作白蘋洲。白蘋,一种水中的浮草。《鲍参军集》卷六《送别王宣城》:"既逢青春献,复值白蘋生。"二句写临别之时诗人以高雅潇洒的青竹杖来相赠,愿此物能伴元公远游。

应是神仙子,相逢作漫游——神仙子:此当指元公和所寻之观主。二句写元公气度非凡望之若仙,他这一去正是和仙友相会,去作九天之外的神游吧。

此首诗意境优美,笔调轻快,感情愉悦,没有一般送别诗的低迷情绪。第一句的"桃花春水"就使全诗充满了一种明朗温暖的气氛,第二句的"忽"字点明是乘逸兴而去,显出人物的洒脱性情。第二联以"蛟浦"、"鹤楼"来写元公的路程,极有神话色彩;第三联再以"青竹杖"相送,既突出行者的神品,亦突出了送者的高雅不俗;尾联更直呼其为"神仙子",其人全出,诗人对他坦率的友谊也全出,不仅不落俗套,反而可见诗人风神散朗的自我形象。

鹦鹉洲送王九之江左

鹦鹉洲:《舆地纪胜》卷六十六《鄂州》:"鹦鹉洲,旧自城南跨城西大江中,尾直黄鹄矶,黄祖杀祢衡处。衡尝作《鹦鹉赋》,故遇害之地得名。"王九:即王迥,见前《游精思观回王白云在后》诗注。江左:即江东,指长江中下游地区。《文选》卷三十七刘越石《劝进表》:"陛下抚宁江左,奄有旧吴。"李善注:"江左,江东也。《春秋历序》曰,东方为左。"诗中先写鹦鹉洲的美丽风光,鲜明如画,再由景入情,诗人送友人离去,真挚动人。诗中"来来"一作"采采"。

> 昔登江上黄鹤楼,遥爱江中鹦鹉洲。
> 洲势逶迤还碧流,鸳鸯鸂鶒满滩头。
> 滩头日落沙碛长,金沙熠熠动飚光。
> 舟人牵锦缆,浣女结罗裳。
> 月明全见芦花白,风起遥闻杜若香。
> 君行来来莫相忘。

中国家庭基本藏书

昔登江上黄鹤楼,遥爱江中鹦鹉洲——黄鹤楼:见前《江上别流人》注。二句写昔日诗人与友人曾多次登临黄鹤楼,眺望江中的鹦鹉洲,深深地喜爱洲上的秀丽风景。

洲势逶迤还碧流,鸳鸯鸂鶒满滩头——逶迤:曲折绵延。《淮南子》卷二十《泰族训》:"河以逶迤故能远,山以陵迟故能高。"鸳鸯:水鸟,旧传雌雄偶居不离。鸂鶒:水鸟。《文选》卷五左太冲《吴都赋》:"避风候雁,造江鸂鶒。"刘渊明注:"鸂鶒,水鸟也,色黄赤有班文。"二句写鹦鹉洲洲势曲折逶迤,为清江碧水环绕,滩头栖息着许多美丽的水鸟,诗人远望去一片色彩斑斓,格外鲜艳。

滩头日落沙碛(qì)长,金沙熠熠动飚光。舟人牵锦缆,浣女结罗裳——沙碛:水中的沙堆。金沙:闪着金光的沙粒。熠熠:闪烁。飚光:闪烁的光芒。锦缆:对船缆的美称。结罗裳:将衣服下摆拉起系于腰间。四句写日落时分的滩头沙碛,金光闪烁,耀人双眼,船家徐徐地牵动船缆,系于岸边,浣衣的女子们轻轻地挽起罗裳,姿态优美地浣洗衣裳。

月明全见芦花白,风起遥闻杜若香。君行来来莫相忘——杜若:香草。《楚辞·九歌·湘君》:"采芳洲兮杜若,将以遗兮下女。"来来:一作采采。三句写夜色降临之后,天空升起一轮皓月,皎洁的月光照在江上,可见鹦鹉洲雪白色的芦花随风起伏摇荡,随风而来的还有杜若的幽幽清香,在这样美好而又宁静的夜晚,友人乘舟远去,但请不要忘记此地的佳景和良友。

孟集中多五言,七言诗不过十多首,但多有佳作,此即为其一。全诗流丽和婉、含蕴缠绵,意境优美,有初唐歌行之风,有着浓浓的民歌气息,被刘辰翁评为"好语"、"古调"。前六句写鹦鹉洲晴天丽日下的优美风光及人物活动,色彩明丽如画。全诗最美的莫过于结尾三句,被黄裳评为"全似《浣溪沙》风调",月夜中的白色芦花为视觉所见,夜空中的幽幽清香为嗅觉所闻,而诗人对友人的依依惜别又为心中所感,三者巧妙地构建了一个风清月明、芦花摇荡、杜若飘香的纯净秀美的境界,而在此中分别的人物又是何等的风神散朗,骨貌清淑,超凡脱俗!

送昌龄王君之岭南

题解

昌龄王君:即王昌龄,唐代著名诗人,字少伯,京兆万年人(即今陕西西安)。

为诗人的好友，常有诗唱和。岭南：指唐代的岭南道。《旧唐书》卷二十一《地理志·岭南道》："永徽后，以广、桂、容、邕、安南府，皆隶广府都督统摄，谓之五府节度使，名岭南五管。"此诗约作于开元二十六年秋(738)，王昌龄贬岭南经过襄阳，孟浩然作此诗相送，诗人当时在病中。诗题或作《送王昌龄之岭南》。

洞庭去远近，枫叶早惊秋。
岘首羊公爱，长沙贾谊愁。
土毛无缟纻，乡味有查头。
已抱沉痼疾，更贻魑魅忧。
数年同笔砚，兹夕间衾裯。
意气今何在，相思望斗牛。

洞庭去远近，枫叶早惊秋。岘首羊公爱，长沙贾谊愁——洞庭两句：同于前《和卢明府送郑十三还京兼寄之什》之"洞庭一叶惊秋早"。洞庭即洞庭湖。岘首句：见前《与诸子登岘山》诗注。长沙句：见前《湖中旅泊寄阎防》诗注。四句写山上的红叶让人惊叹秋季的悄然而至，虽然岘山的风景依旧秀美，但即将离别的人早已无心欣赏，友人将远渡渺渺的洞庭再渡浩荡的长沙湘江，迢递征途令人忧伤。

土毛无缟纻，乡味有查头。已抱沉痼疾，更贻魑魅忧——土毛：土地上所生长的五谷、草木。《春秋左传正义·昭公七年》："食土之毛，谁非君臣。"缟纻：白色的绢和细麻衣服。《春秋左传正义·襄公二十九年》："(吴季札)聘于郑，见子产，如旧相识，与之缟带，子产献纻衣焉。"杜预注："吴地贵缟，郑地贵纻，故各献已所贵。"查头：鱼名，产于襄阳。沉痼疾：经久难医之重病。《文选》卷二十三刘公干《赠五官中郎将四首之一》："余婴沉痼疾，窜身清漳滨。"魑魅：山精鬼怪。《春秋左传·宣公三年》："故民入川泽山林，不逢不若，螭魅罔两。"杜预注："螭，山神，兽形。魅，怪物。"四句写襄阳地虽粗陋不产缟纻，但诗人竭尽全力地以襄阳的美味食物来款待友人。此时诗人已身染重病，友人的远去更令他忧心忡忡。

数年同笔砚，兹夕间衾裯。意气今何在，相思望斗牛——间衾裯：衾裯泛指被子，此为别离之意。斗牛：斗、牛二星宿分野在吴越，此指王昌龄要去的南方地区。庾信《哀江南赋》："路已分于湘汉，星犹看于斗牛。"四句写二人友谊深厚，情同手足，曾多次诗歌唱和，切磋诗艺，但转眼就要分别了，令人满怀惆怅，诗人空对珍肴美味停箸难食，对金樽清酒也再无往日的兴致，只有眼前同样怅然的离人，还有别后孤独凄凉的思念。

孟浩然与王昌龄同为盛唐优秀的诗人,诗风虽迥然相异,但互为知己,且"数年同笔砚"。诗的前四句既有眼前所见之景,又融合了想象中的征途之景,四句诗出现了三个不同的地名,行人的颠沛流离之苦不言而喻,"爱"和"愁"两字鲜明地刻画出分别时的依依不舍。中间四句如述家常,"无"和"有"点明诗人倾其所有来款待远道而来的友人。"已"和"更"是诗人常用的手法,知天命之年,悲愁却接踵而来,层层相压。后四句直接叙说两人的友情,分别之后将是漫长的怀念。何时才能再相见呢?

作此诗的两年之后他们再见面了,王昌龄遇赦又经襄阳,孟浩然疾病还未痊愈,但二人相见,欣喜异常,诗人又设宴款待,最不幸的事情却紧随其后:"浩然宴谑,食鲜疾动,终于南园,年五十有二。"(王士源《孟浩然诗集序》)读者从他们再见时极度的兴奋欢乐中可以揣摩当年离别时的极度悲伤,此诗蕴含着一种凄苦之音,悲伤幽怨,无比的凄凉。

送卢少府使入秦

卢少府:其人未详。少府:县尉。使入秦:奉使入京。长安为古秦地。诗人送友人卢少府因使入长安,表达了离别之苦和美好的祝愿。

> 楚关望秦国,相去千里馀。
> 州县勤王事,山河转使车。
> 祖筵江上别,离恨别前书。
> 愿及芳年赏,娇莺二月初。

新解

楚关望秦国,相去千里馀——楚关:泛指楚地,此当指襄阳。相去:《文选》卷二十九《古诗十九首》之一:"行行重行行,与君生别离。相去万馀里,各在天一涯。"二句写从襄阳到长安,路途迢递,相隔数千里。

州县勤王事,山河转使车——王事:朝廷差遣的公事。使车:使者所乘之车。二句写卢少府因政务而入京,跋山涉水,一路辛苦。

祖筵江上别,离恨别前书——祖筵:饯别之宴席。二句写诗人在江边设酒宴饯别卢少府，依依不舍之中写下了此诗以抒离别之恨。

愿及芳年赏，娇莺二月初——二句写祝愿友人一路顺风，早日抵达京城，正好可观赏长安花团锦簇、莺啼燕飞的初春风景。

此诗第一联以极平淡的话来写"楚关望秦国，相去千里馀"，让读者联想到古诗十九首中的"相去万馀里，各在天一涯"，可见其意在言外。第二、三联写的都是人之常情，二人在码头饯别，当然会产生离情别绪，但是因为友人是去繁华的长安城，而不是去偏远的地方，所以还应该说一些吉祥、祝福的话，第四联就妙在能一扫前边的伤感和离恨，写出友人将于明媚之春季到达富贵康乐的京城，使全诗明朗了起来，使送别也多了些欢快，可见诗人对行人的慰勉和关怀，亦可见他风神散朗的形象，能于郁闷时做豁达语。

卢明府九日宴袁使君张郎中崔员外

卢明府：即襄阳令卢僎，见前《陪卢明府泛舟回》诗注。袁使君：名不详。使君，指州郡长官。张郎中：即张愿，时任驾部郎中，见前《秋登张明府海亭》注。崔员外：崔宗之，曾任礼部员外郎。此诗约作于开元二十三年(735)重阳节，卢明府在岘山宴请时而作，诗中写出了官绅名流盛大的宴集场面，能见当时的一些地方风俗特色，更可见诗人的社交活动。诗题一作《卢明府九日岘山宴袁使君张郎中崔员外》。

宇宙谁开辟，江山此郁盘。
登临今古用，风俗岁时观。
地理荆州分，天涯楚塞宽。
百城今刺史，华省旧郎官。
共美重阳节，俱怀落帽欢。
酒邀彭泽载，琴辍武城弹。
献寿先浮菊，寻幽或坐兰。
烟虹铺藻丽，松竹挂衣冠。
叔子神如在，山公兴欲阑。
传闻骑马醉，还向习池看。

宇宙谁开辟，江山此郁盘。登临今古用，风俗岁时观——宇宙：犹天地。《淮南子》卷一《原道训》："横四维而含阴阳，宏宇宙而章三光。"高诱注："四方上下曰宇，古往今来曰宙，以喻天地。"开辟：开天辟地。郁盘：厚重而幽曲。《文选》卷二十二徐敬业《古意酬到长史溉登琅邪城》："此江称豁险，兹山复郁盘。"李善注："《子虚赋》曰：其山则盘纡弗郁。"吕延济注："豁险，郁盘，重厚貌。"岁时：此指每年的九月九日重阳节。四句写是谁开辟了这辽阔无际的宇宙天地，并建立了这千姿百媚的江河山川，千古以来供人们欣赏登临，每逢一年一度的重要节日，各种传统的欢庆活动都在此地纷纷上演。

地理荆州分，天涯楚塞宽。百城今刺史，华省旧郎官——地理：指山河大地的形势。《周易正义》卷七《系辞上》："仰以观于天文，俯以察于地理。"孔颖达疏："地有山川原隰，各有条理，故称理也。"荆州分：《初学记》卷八《山南道》第七："山南道者，禹贡荆梁二州之域。今按荆州之南界属江南道，东界入淮南道。"楚塞：楚国的边塞。百城：此指州郡长官。见前《与黄侍御北津泛舟》诗注。刺史：州郡的行政首长。《旧唐书》卷四十四《职官志》三："上州，刺史一员，从三品。……掌清肃邦几，考覈官吏，宣布德化，抚和齐人，劝课农桑，敦敷五教。"华省：此当指唐代中书省、门下省、尚书省。《文选》卷十三潘安仁《秋兴赋》："宵耿介而不寐兮，独展转于华省。"郎官：指唐代尚书省左右司郎中、左右司员外郎。《旧唐书》卷四十三《职官志》二："尚书省领二十四司。六尚书，各分领四司。左右司郎中、员外郎各掌副十有二司之事，以举正稽违，省署符目焉。"四句先写荆州地势之重要，土地之辽阔富饶，再写此次宴会的宏大繁盛，都为身居要职的官员、士绅等社会名流。

共美重阳节，俱怀落帽欢。酒邀彭泽载，琴辍武城弹——落帽：见前《九日得新字》注。酒邀句：见前《和卢明府送郑十三还京兼寄之什》诗注。武城弹：见前《和张明府登鹿门山》诗注。四句写宴会中的人们忘掉世俗政务，尽情地享受眼前的美景，开怀畅饮，共醉美好的重阳佳节。

献寿先浮菊，寻幽或坐兰。烟虹铺藻丽，松竹挂衣冠——献寿：祝寿。浮菊：指菊花酒。《西京杂记》卷三："九月九日佩茱萸，食蓬饵，饮菊花酒，令人长寿。菊花舒时，并采茎叶，杂黍米酿之，至来年九月九日始熟就饮焉，故谓之菊花酒。"四句写宴会所处环境之美，氛围之幽，有浮菊之美酒可啜可饮，有清幽之香兰可采可嗅，有挺拔洒脱之松竹可倚可观，更有氤氲的翠烟香雾缭绕于空中，而天气正是风轻云淡，雅士们于其中谈笑畅饮，从容闲适又潇洒风流。

叔子神如在，山公兴欲阑。传闻骑马醉，还向习池看——叔子：晋羊祜，字叔子,他"性乐山水,每风景,必造岘山,置酒言咏,终日不倦",详见前《与诸子登岘山》诗注。山公:晋山简,见前《高阳池送朱二》诗注。习池:襄阳习家池,见前《高阳池送朱二》诗注。四句写名士们在和美的宴集中都大展才华,灵感倍至,出口即为锦章妙句,如有羊公神助。酒兴逐渐阑珊,宴会自然而散,醉酒的人们被扶上马背后,还频频地回首,感谢主人的盛情,感谢这次美好的盛宴。

此诗应酬性较强,读来很热闹,一改孟诗清淡质朴的常态。这是可以理解的,诗人虽然在仕途不得意,但作为一位著名诗人,在家乡还是非常有社会地位和名望的。本诗以问句开始,颇有气势,诗人登山展望荆楚的地形,亦有"一览众山小"的豪迈,诗中所用的菊、酒、琴、兰、松、竹等等物象,突出这次重阳佳节的宴会品位高雅,其中的人物也多有雅量。本诗重在表现的宴会欢乐场景,场面宏大热烈,极见铺排之能事,可见诗人笔力。

奉先张明府休沐还乡海亭宴集探得阶字

奉先张明府:即奉先县张县令——张愿,见前《秋登张明府海亭》诗注。《唐会要》卷七十:"奉先县,开元十七年十一月十日升,以奉陵寝,以张愿为县令。"奉先:今陕西蒲城。《元和郡县志》卷一《关内道·京兆府》:"奉先县……本属同州,开元四年以县西北三十里有丰山,于此置睿宗桥陵,改为奉先县,隶京兆。"休沐:休假。海亭:当为张愿在襄阳居家的园亭。"探得阶字":即作诗前拈得"阶"字为韵。此诗作于开元二十年(732)秋,奉先县令张愿休假还襄阳,诗人被邀至家宴并作此诗,诗中倾吐了诗人长年积压在心中的思念之情。

> 自君理畿甸,余亦经江淮。
> 万里音书断,数年云雨乖。
> 归来休澣日,始得赏心谐。
> 朱绂恩虽重,沧洲趣每怀。
> 树低新舞阁,山对旧书斋。
> 何以发秋兴,阴虫鸣夜阶。

自君理畿甸,余亦经江淮。万里音书断,数年云雨乖——畿甸:古称天子所领之地曰畿，王畿外围千里之内曰甸服。此指京城地区的畿县，即奉先县。江淮：长江和淮河。云雨乖：比喻分别。《文选》卷二十六颜延年《和谢监灵运》："人神幽明绝，朋好云雨乖。"四句写自张明府去奉先任上，诗人往江淮一带漫游，漂泊不定，二人相隔万里，音书难寄，只有彼此在心中深深想念。

归来休瀚日，始得赏心谐。朱绂恩虽重，沧洲趣每怀——休瀚：即休沐，《初学记》卷二十："归休，亦曰休息，休瀚。"朱绂：一说为古代礼服上的红色蔽膝，一说为系佩玉或印章的丝带。后多指官服，亦指出仕任官。《汉书》卷七十三《韦坚传》："黼衣朱绂，四牡龙旂。"沧洲趣：指隐逸之趣。见前《宿天台桐柏观》注。四句写直到张明府还乡休沐，二人才得以重聚，再叙同心。张明府虽有官职在身，但时时有退隐之心，此为称美之说，未必是真。

树低新舞阁，山对旧书斋。何以发秋兴，阴虫鸣夜阶——秋兴：《文选》卷十三潘安仁《秋兴赋》："夙兴晏寝，匪遑底宁。譬犹池鱼笼鸟，有江湖山薮之思。于是染翰操纸，慨然而赋。于时秋也，故以秋兴命篇。"阴虫：秋虫，指蟋蟀。《文选》卷二十六颜延年《夏夜呈从兄散骑车长沙》："夜蝉当夏急，阴虫先秋闻。"张铣注："阴虫，蛩也。"四句写新建成的舞阁旁绿树低掩，旧时的书斋依然对着连绵的青山。是什么引动了诗人心中的一份秋情呢？正是阶下凄凉鸣叫着的寒蛩。

此诗为宴集时的应酬之作，但并不全是应景之笔。如"万里音书断，数年云雨乖"，即写出了诗人与张明府之间深厚的感情。"树低新舞阁，山对旧书斋"写景也清新自然，新旧相对，变换之中又有未变，含有一种人生的沧桑之感。全诗也非无病呻吟之作，间接地融入了诗人的情感，只是这种情感比"夜来风雨声，花落知多少"明显地缺少兴发感动的力量。

宴包二融宅

包二融：即包融。《唐才子传》卷二："融，延陵人，开元间仕历大理司直，与参军殷遥、孟浩然交厚，工为诗。二子何、佶，纵声雅道，齐名当时，号三包。"诗约作于开元十七年(729)在洛阳时，诗中写出了包宅的风景之美，主人的清雅之趣，以及诗人产生的欲将归隐而去的情怀。诗题一作《宴鲍二宅》。

闲居枕清洛，左右接人野。

门庭无杂宾，车辙多长者。
是时方盛夏，风物自潇洒。
五月休沐浴，相携竹林下。
开襟成欢趣，对酌不能罢。
烟暝栖鸟迷，余将归白社。

闲居枕清洛，左右接人野。门庭无杂宾，车辙多长者——枕：本意为以头枕物，引申为靠近之意。清洛：指洛水。无杂宾：《晋书》卷七十五《刘恢传》："为政清整，门无杂宾。"车辙句：《史记》卷五十六《陈丞相世家》："……家乃负郭穷巷，以弊席为门，然门外多有长者车辙。"四句写包宅坐落的环境清幽开阔，门前有清澈的洛水流过，左右与田野相接。来此登门造访的宾客决无粗鄙无知之人，庭前络绎往来的都是些才德君子，可见主人性情的高雅清逸。

是时方盛夏，风物自潇洒。五月休沐浴，相携竹林下——风物：风景。休沐：即休假。四句写刚刚进入盛夏，碧树丰茸，红莲初绽，处处都是明丽潇洒的好风景。主人休沐还家，与诗人相携漫步于竹林之下，在清风竹影之中，情不自禁地萌动了逸兴。

开襟成欢趣，对酌不能罢。烟暝栖鸟迷，余将归白社——开襟：敞开衣襟。《文选》卷十一王仲宣《登楼赋》："凭轩槛以遥望兮，向北风而开襟。"白社：在河南洛阳东，多借指隐士所居。晋葛洪《抱朴子·杂应》："洛阳有道士董威辇，常止白社中，了不食，陈子叙共守事之，从学道，积久，乃得其方云。"四句写宴饮兴浓时宾主皆不拘形迹，敞开衣襟，任徐徐清风萦满胸怀，尽情地对饮，直到夕阳落山，烟霭笼罩了大地，倦鸟飞归巢里，酒兴阑珊的诗人面对此情景欲将归去。

此诗虽也离不开宴饮，但已少了许多应酬的迹象，多了一些自我抒情的特点。孟浩然一旦抛开应景之笔，以真实的自我情感来写诗时，诗作立刻就会散发出迷人的魅力和光彩。此诗前四句以所居之地的清幽和来往宾客的贤良，来衬托主人的清雅性情，不落俗套。中间四句写当时之季节，虽然没有具体的描写景物是多么的美丽，但"潇洒"一词抵过了千言万语，而"竹林下"的雅趣更是意在言外，引人入胜。末四句写宴饮中恣情欢谑的场面，与李白之"两人对酌山花开，一杯一杯复一杯。我醉欲眠君且去，明朝有意抱琴来"有异曲同工之妙，可见其各有一段天真疏狂的本性情，而酒尽兴阑之后，诗人在暮色中悠悠地归去，留给读者一个淡淡的背影，亦留给本诗一份言尽而意不尽的馀味。

途中九日怀襄阳

 题解

　　九日：即九月九日重阳节。襄阳：孟浩然的故乡。《元和郡县志》卷二十一《山南道二·襄州》："襄阳县，本汉旧县也，属南郡，在襄水之阳，故以为名。"诗中写出了旅途中重阳节的思乡之情，真诚感人。诗题或作《九日怀襄阳》。

去国似如昨，倏然经杪秋。
岘山不可见，风景令人愁。
谁采篱下菊，应闲池上楼。
宜城多美酒，归与葛强游。

新解

　　去国似如昨，倏然经杪秋——去国：即离开家乡。杪秋：晚秋。《初学记》卷三《秋》："九月季秋，亦曰暮秋、末秋、暮秋、季秋、杪秋。"二句写诗人离开家乡的那一幕，恍如昨日，时光荏苒，转眼又是暮秋，令人不由得惊叹人生若弹指一挥间。

　　岘山不可见，风景令人愁——岘山：在襄阳，见前《与诸子登岘山》诗注。二句写诗人在异地登高远眺，家乡的岘山遥不可见，眼前的风景如同虚设，他早已无心赏玩，只是徒然增加了他浓浓的乡愁。

　　谁采篱下菊，应闲池上楼——"谁采"句：《陶渊明集》卷三《饮酒》二十首之五："采菊东篱下，悠然见南山。"池上楼：谢灵运有《登池上楼》诗。二句诗人以陶渊明、谢灵运自比，因自己不在故居，东篱下的秋菊空展芳姿，无人欣赏采取，池上的楼阁也无人登临，寥落静寂。

　　宜城多美酒，归与葛强游——宜城：见前《岘山送张去非游巴东》诗注。葛强：晋征南将军山简的爱将。见前《高阳池送朱二》。二句写家乡宜城盛产美酒，自己回去后又可与同伴尽情畅饮，尽兴欢游，而此时他却独在异乡，相形之下，无比的孤寂凄凉。

 新评

　　读者看过了前面的宴集诗突然看到此首怀乡诗，顿觉眼前一亮，犹如遇见一位天生丽质的女子，不著铅华，荆钗布裙，但处处袅娜风流。本诗明白如话，清怡如茶，语淡而味终不薄。诗中的感情同于王维的"独在异乡为异客，每逢佳节倍思亲。遥望兄弟登高处，遍插茱萸少一人"，但表达方法却另有特色。孟诗如一股清泉潺潺而流,遇树木而宛转,遇山石而清响,遇旷野而悠远,朴拙自然,浑然天成,没有名言警句,但却引人进入一个纯净清远的境界,诗人在其中,淡若一枝秋菊。

初年乐城馆中卧疾怀归

初年:一年之初,此指初春。乐城:见前《除夜乐城逢张少府作》诗注。此诗约作于开元二十年(732)初,卧病于乐城馆中时。本诗写出了诗人在卧病时初春的景象,表达了思乡怀归的真挚情感。

> 异县天隅僻,孤帆海畔过。
> 往来乡信断,留滞客情多。
> 腊月闻雷震,东风感岁和。
> 蛰虫惊户穴,巢鹊昤庭柯。
> 徒对芳樽酒,其如伏枕何。
> 归来理舟楫,江海正无波。

异县天隅僻,孤帆海畔过。往来乡信断,留滞客情多——隅:角落。四句写乐城地处偏僻的海滨,诗人乘一叶孤舟从海上飘摇于此,与万里以外的故乡亲人断了音信,独自客居,又逢生病,心头有着说不尽的凄凉。

腊月闻雷震,东风感岁和。蛰虫惊户穴,巢鹊昤庭柯——蛰虫:潜伏过冬的虫豸。《礼记正义》卷十四《月令·孟春之月》:"东风解冻,蛰虫始振。"户穴:洞穴。巢鹊:《毛诗正义》卷一《召南·鹊巢》:"维鹊有巢,维鸠居之。"郑氏笺:"鹊之作巢,冬至架之,至春乃成。"昤:斜着眼睛看。《史记》卷八十三《邹阳列传》:"人无不按剑相昤者。"庭柯:庭园中的树木。《陶渊明集·停云》:"翩翩飞鸟,息我庭柯。"四句写诗人敏锐地感受到冬春之交的种种物象,时值腊月却似乎已闻春雷阵阵,新岁在温暖的东风中到来,潜伏的蛰虫从洞穴中钻出来,鸟鹊啼叫着飞来飞去,选择合适的枝柯,开始筑巢垒窝。

徒对芳樽酒,其如伏枕何。归来理舟楫,江海正无波——芳樽:精致美好的酒樽。伏枕:指卧病在床。四句写诗人卧病在床,空对着芳樽美酒,不能饮酌,心中最盼望的就是早日康复,早做归计,海上风平浪静,正是他回归故里的最好时期。

 人在生病时，感觉往往特别的敏锐。谢灵运在久病初愈后作《登池上楼》写有"池塘生春草，园柳变鸣禽"的千古名句。此诗虽不能同谢诗的清新奇妙相比，但也写出诗人病中独特的感受。前四句直抒异地之苦，中间四句写初春之细微物象，腊月雷声、岁时东风在康健时是难以体悟的，只有在安静的卧病中才会觉得触目惊心，才会明白健康的生活着就是最大的幸福！诗中少了功业不成的痛苦，少了时光流逝的忧愁，多了对生命本身的感悟，多了对自然界中细微变化的捕捉。后四句写怀归之情。全诗意蕴沉郁，但并不绝望，隐藏着一种来自于内心深处的对春天的向往，对生机的渴望，以及对生活和人生的热爱之情。读者从此诗中看到的是一个普通的游子，而不是一个不食人间烟火的隐士式的诗人。

初出关怀王大校书

 关：指潼关。《元和郡县志》卷二《关内道·华州·华阴县》："潼关，在县东北三十九里，古桃林塞也。关西一里有潼水，因以名关。"在今陕西省潼关县北。王大校书：即王昌龄，见前《送昌龄王君之岭南》诗注。诗中写旅途中的孤寂和对友人王昌龄的思念之情；诗题或作《初出关旅亭夜坐怀王大校书》。

向夕槐烟起，葱茏池馆曛。
客中无偶坐，关外惜离群。
烛至萤光灭，荷枯雨滴闻。
永怀蓬阁友，寂寞滞扬云。

 向夕槐烟起，葱茏池馆曛——槐烟：泛指烟气。梁简文帝《玄圃园讲颂》："风生月殿，日照槐烟。"葱茏：草木青翠繁盛。曛：日落时的馀光。二句写景，落日时分，烟霭升起，苍翠的树木和静谧的池馆都笼罩于暮色之中，景象逐渐变得朦胧。

客中无偶坐，关外惜离群——偶坐：二人同坐。《文选》卷二十六颜延年《夏夜呈从兄散骑车长沙》："独静阙偶坐，临堂对星分。"二句写诗人在异地形单影只，没有友人相伴，孤寂地独坐在暮色中，深深地叹惜自己的漂泊辗转，犹如一只离群的迷雁。

烛至萤光灭，荷枯雨滴闻——二句写夜色渐浓，摇曳的烛光驱走了黑暗，但也看不见了夜空中的点点飞萤，诗人独对着泪烛，看它一寸一寸的燃烬，夜色悄然中，窗外的秋雨打在枯荷叶上的声音那么清晰，点滴淋漓，点滴淋漓，如同落在诗人深夜难眠的心上。

永怀蓬阁友，寂寞滞扬云——蓬阁：指秘书省。《通典》卷二十六《职官》八："秘书省校书郎，汉之兰台及后汉东观，皆藏书之室……故学者称东观为老氏藏室、道家蓬莱山焉。"时王昌龄任秘书省校书郎，故称他为蓬阁友。寂寞句：扬云，西汉扬雄字子云。《汉书》卷八十七上《扬雄传》："扬雄字子云，蜀郡成都人也。……雄少而好学，不为章句，训诂通而已，博览无所不见。为人简易佚荡，口吃不能剧谈，默而好深湛之思，清静亡为，少耆欲，不汲汲于富贵，不戚戚于贫贱，不修廉隅以徼名当世。家产不过十金，乏无儋石之储，晏如也。……（王莽时）时雄校书天禄阁上，治狱使者来，欲收雄，雄恐不能自免，乃从阁上自投下，几死。京师为之语曰：'惟寂寞，自投阁，爰清静，作符命。'"二句写诗人在孤寂的夜晚深深地怀念友人王昌龄，同时也表达了对他安于寂寞的赞美之情。

此诗为途中怀人之作。第一联写夕阳之景，青烟迷离，映衬出诗人低迷的心境，烘托出下一联的离群落寞之情。第三联夜色已深，听觉异常地灵敏，"闻"字最传神，落韵自然，毫无炼字之工，"亦真亦幻"（贺贻孙《诗筏》）。而此联之妙更在于传递了一种凄美清幽的意境和氛围。晚唐李商隐就有"留得枯荷听雨声"的名句，该是从孟诗中来，而《红楼梦》中，黛玉说，她平生最爱的李义山的诗句就是此句，所以她不教宝玉拔去枯荷叶，要留得听雨声，可见枯荷滴雨的妙处。经过前面情景的叙述渲染，尾联直抒对友人的思念，可谓水到渠成，自然流出。全诗语言朴素，感情真挚，情景交融，体现了孟诗清幽的艺术特色。

早寒江上有怀

有怀：有感。本诗写出了江上秋寒之景和漂泊中的怀乡之情。诗题或作《江上有怀》。

木落雁南渡，北风江上寒。
我家襄水曲，遥隔楚云端。
乡泪客中尽，归帆天际看。

迷津欲有问,平海夕漫漫。

木落雁南渡,北风江上寒——木落:树木凋落。《文选》卷四左太冲《蜀都赋》:"木落南翔,冰泮叱徂。"刘良注:"木叶落,秋时也。"雁南渡:鲍照《登黄鹤矶》:"木落江渡寒,雁还风送秋。"二句写深秋萧瑟之景,树木凋落,黄叶纷纷,北雁南渡,悲鸣不断,北风乍起,江上的行人顿觉刺骨的寒冷。

我家襄水曲,遥隔楚云端——襄水:《元和郡县志》卷二十一《山南道·襄州》:"襄阳县,本汉旧县也,属南郡,在襄水之阳,故以为名。"楚云端:襄阳古属楚国,古人从长江下游遥望襄阳,只觉襄阳地势高峻,故称云端。二句写诗人于寒风中回忆起自己温暖的家乡,家乡却是遥在云端,望而不见。

乡泪客中尽,归帆天际看——二句写游子思乡的泪水几乎滴尽,家中亲人也时时地凝望着天际的归帆,双方同时在殷切地怀念。

迷津欲有问,平海夕漫漫——迷津:迷失渡口,也借指诗人内心的迷茫。见前《久滞越中贻谢甫池会稽贺少府》诗注。平海:指江流似海一样平静宽阔。二句写诗人内心的矛盾心情,不知是继续奔走四方、求进入仕,还是归还家乡、隐居田园,他欲求知津之人一问,但所见唯有一抹夕阳,以及浩浩东流的江水,内心不禁更加惆怅。

此诗抒发游子思乡之情。第一联写秋寒,落叶、征雁都是典型秋景,易引人伤感,呼啸的北风使人顿感寒气凛然,直接点扣了题目中的"早寒",并自然地引发了乡愁,过渡到下面。第二联用曲折之笔来叙说乡情,好像是诗人在对同行的陌生人说话,言语中有一种自豪,又有一种叹惜。第三联笔锋一转,同时推出两组镜头,一是诗人在舟中落泪思乡,一是家人的遥望孤帆,两相对比呼应,思乡之情更是催人泪下。第四联可谓欲言又止,好似有千言万语,却无法细说,只好以一片烟波斜照为结,表面上写景,实则写诗人心头沉沉的迷惘之感。诗中所用迷津之典,说明了诗人于"求仕"与"归隐"之间不能解脱。全诗朴素感人,情景相融,自然浑成,毫无斧凿之痕。

夏日南亭怀辛大

辛大:见前《都中送辛大》诗注。诗中写诗人于夏夜在南亭纳凉的清爽和闲适情趣,同时表达了对友人辛大的深切怀念,是一篇千古流传的佳作。

山光忽西落,池月渐东上。
散发乘夜凉,开轩卧闲敞。
荷风送香气,竹露滴清响。
欲取鸣琴弹,恨无知音赏。
感此怀故人,中宵劳梦想。

山光忽西落,池月渐东上——山光:指山边的斜阳。二句写黄昏时候昼与夜倏然之间的交替转换,太阳沉落到西山,天光忽暗,终于结束了炎热的一天,朦胧的夜色中,一轮可爱的明月从东方冉冉地升起,倒映于水池的碧波中,犹如一个皎洁的白玉盘。

散发乘夜凉,开轩卧闲敞——散发:古代男子束发于头顶,暇时散开头发,以示闲适悠然。轩:指窗。闲敞:清幽宽敞。《文选》卷四张平子《南都赋》:"体爽垲以闲敞,纷郁郁其难详。"张铣注:"闲敞,清虚貌。"二句写月色中诗人散发闲卧在敞开的轩窗旁,怀着悠然自得的心情,尽情地享受夜晚的静谧清凉。

荷风送香气,竹露滴清响——清响:露水滴下时清脆的声响。二句写清夜安静美好,凉风徐徐地送来荷花的幽香,竹叶上的露珠轻轻地滴落下来,小小的一声"叮咚"清响,为恬淡的夜晚添上一种诗意的节奏。

欲取鸣琴弹,恨无知音赏。感此怀故人,中宵劳梦想——鸣琴:《文选》卷二十三阮嗣宗《咏怀诗十七首》之一:"夜中不能寐,起坐弹鸣琴。"知音:知己,此指辛大。故人:亦指辛大。中宵:中夜。陶渊明《辛丑岁七月赴假还江陵夜行涂口》:"怀役不遑寐,中宵尚孤征。"四句写诗人在此静夜欲取鸣琴弹奏一曲,但苦于没有知音欣赏,终是没有拨响清美的琴弦,在心灵的孤独中他深深地怀念起远方的知音,以至于在半夜里梦见了故人。

前人论及此诗佳处,多着眼于"荷风送香气,竹露滴清响",此句与孟浩然的"微云淡河汉,疏雨滴梧桐"、"松月生枝凉,风泉满清听"等名句一样清绝可叹。但除佳句之外,此诗还有许多妙处,诗的起二句写日落、月上之景,"忽"字写日去之倏,"渐"字写月之翩翩,明媚可爱。三四句写散发闲卧,这些都是生活中的常景,但在孟浩然的笔下变成了优美的抒情诗,乘凉的闲适神态呼之欲出。与其说我们是在读诗,不如说是在读他悠然洒脱的性情。五六两句写荷以"气",写竹以"响",既突出了夜的安静,更突出了心的安宁,表现了诗人清静超脱的内心世界。后四句自然地升起了无知音欣赏的遗憾情绪,从而怀念起了故人,诗在梦中悄然结束。全诗字字句句都熨帖地表现了一种清幽的意境,以及诗人骨貌清淑、风神散朗的自我形象。忙碌于生活中的现代人,若能从此诗中体会那种来自于心灵深处的宁静和优美,可谓"开卷有益"。

<h2 style="text-align:center">除夜有怀</h2>

除夜:即除夕夜。诗写除夕之夜新旧交替的情景,流露出淡淡的相思伤感之情。

五更钟漏欲相催,四气推迁往复回。
帐里残灯才去焰,炉中香气尽成灰。
渐看春逼芙蓉枕,顿觉寒消竹叶杯。
守岁家家应未卧,相思那得梦魂来。

五更钟漏欲相催,四气推迁往复回——钟漏:钟,指佛寺报时的钟声;漏,为古人用铜壶滴漏计时。《文选》卷二十八鲍明远《放歌行》:"日中安能止,钟鸣犹未归。"李善注:"崔元始《正论》,永宁诏曰:'钟鸣漏尽,洛阳城中不得有行者。'"四气:指一年中春夏秋冬四时之气。《礼记正义》卷三十八《乐记》:"奋至德之光,动四气之和,以著万物之理。"孔颖达疏:"动四气之和者,谓感动四时之气,序之和平,使阴阳顺序也。"推迁:推移变迁。《陶渊明集·荣木》:"日月推迁,已复九夏。"往复:循环不息。四句写除夜五更天时夜漏将尽,晨钟长鸣,在声声相催中开始了新的一岁,又将有一次新的四季轮回。

帐里残灯才去焰,炉中香气尽成灰——才去焰:指灯焰刚熄。二句写罗帐内残烛已灭,香炉中的香尽化为灰,袅袅的香气亦渐渐消散,只留下悠悠馀味。

渐看春逼芙蓉枕,顿觉寒消竹叶杯——芙蓉枕:对枕的美称,且古人好以香草为枕席。《文选》卷十六司马长卿《长门赋》:"抟芬若以为枕兮,席荃兰而茞香。"竹叶:指竹叶青酒。《文选》卷三十五张景阳《七命》:"乃有荆南乌程,豫北竹叶,浮蚁星沸,飞华萍接。"刘良注:"荆南、豫北,地名;乌程、竹叶,酒名。"二句写新春之感,渐觉枕席比往日温暖,杯中的竹叶青酒,含在唇齿间,更觉绵软和暖。

守岁家家应未卧,相思那得梦魂来——守岁:除夕之夜不睡以迎新年。晋周处《风土记》:"至除夕达旦不眠,谓之守岁。"二句写家家户户守岁通宵未眠,纵有相思之情,也无缘入于梦中,无缘在今宵的梦中相见。

此诗写除夕之夜的感怀,但不是从"始"写起,而是从"尽"时的五更写起,展现了一夜之间的新旧交替。起二句从大处写,在钟漏相催中除夜匆匆离去,四季纷纷而来,"催"字传神地表现出时间的前后相递,甚至有点"时光只解催人老"的弦外之音。三、四句为室内之景,烛灭香尽,隐含着旧岁完全结束的深意。五、六句从细处入手,枕温酒暖,亦隐含着新年伊始一切都不再同于昨日之意。末二句点明题目,除夜无人入睡,除夜之相思亦无梦托寄,尽管不能知相思为谁,但构思却很巧妙,可见诗人的匠心独具。此诗文从字顺,写景传神,细致入微,但没有除夕的欢乐气氛,末句点明相思,有可能是在旅途所作,但感情并不明澈强烈,所以无法确认。盖是因为成年人对除夕渐渐失去新奇之感,所以诗人的感情比较平淡,他想要高兴起来,但却还是掩饰不了忧郁。

秋宵月下有怀

诗写秋夜之景以及怀人之情,观察细腻,刻画入微,具有一种清幽纯净之美。

> 秋空明月悬,光彩露沾湿。
> 惊鹊栖未定,飞萤卷帘入。
> 庭槐寒影疏,邻杵夜声急。
> 佳期旷何许,望望空伫立。

秋空明月悬,光彩露沾湿——露沾湿:《乐府诗集》卷五十五鲍照《白纻歌》六首之三:"三星参差露沾湿,弦悲管清月将入。"二句写秋夜中的明月,无比皎洁,光彩照人,草叶上的露珠,在月色中轻轻滚动,闪闪晶莹。

惊鹊栖未定,飞萤卷帘入——惊鹊:即受惊扰的喜鹊。二句写在如水的月华中喜鹊拣尽枝柯,不知该于何处栖息,流萤从半卷的湘帘飞入屋中,点点萤光飞舞飘动。

庭槐寒影疏，邻杵夜声急——杵：捣衣用的棒槌。二句写明净的月光下，庭宇中槐树的枝影清疏可见，清凉如水的秋风中，传来邻家阵阵急促的捣衣声。

佳期旷何许，望望空伫立——佳期：泛指与人相会欢聚之期。旷：久远。望望：瞻望。二句写诗人任罗袜凉侵，露湿衣襟，久久地伫立于月夜中，深深地怀念远方的友人，期待着早一天与他相见。

这是一首写景抒情诗。第一、二句即点明了题目中的"秋宵月下"，秋夜中妩媚的明月和晶莹的露珠，相互映衬，色彩明朗。第三、四句写月光下的惊鸟和飞萤，鸟影翩跹，萤光点点，有流动之美。五六句写槐影和杵声，衬托出月明夜静。此六句写景都为"无我之境"，诗人以物观物，以客观理性之笔集中起明月露珠、惊鹊流萤、庭槐寒影、邻杵夜捣这些典型性景物，描绘出一个清美静雅的秋宵。最后两句才见诗人"独上高楼，望断天涯路"的身影，扣回题目中的"有怀"。全诗语言优美纯净，无生词僻典，亦不见一个浓艳之字，但色彩和谐清朗，景物清疏可见，体现了孟诗清幽淡雅的艺术特色。

闲园怀苏子

苏子：未详其人。诗写闲居田园的幽独情景，以及对久去长安的友人的怀念之情。诗中"落影"，一作"叶落"。

> 林园虽少事，幽独自多违。
> 向夕开帘坐，庭阴落影微。
> 鸟过烟树宿，萤傍水轩飞。
> 感念同怀子，京华去不归。

林园虽少事，幽独自多违——幽独：幽居孤处。《楚辞·九章·涉江》："哀吾生之无乐兮，幽独处乎山中。"违：《说文》："违，离也。"二句写诗人身居于山林田园之间，虽没有繁忙的事务，却日日忙碌，许久没有安闲地赏景、静静地思索独处。

向夕开帘坐，庭阴落影微——开帘：鲍照《鲍明远集》卷七《在江陵叹年伤老诗》："开帘窥夕景，备属云物好。"落影：即落照、落景。《艺文类聚》卷一梁李镜远诗："冲情爱景落,清宴惜光驰。"《唐太宗皇帝集》卷上《感应赋》:"对落影之苍茫,听寒风之萧瑟。"二句写诗人对着一轮斜日,开帘独坐,静静地欣赏夕阳时的景色,夜色渐渐地变浓,庭前的树荫越来越暗淡微弱。

鸟过烟树宿,萤傍水轩飞——水轩:临水而建的轩廊。二句写暮色中群鸟向烟霭朦胧的树林飞还,点点流萤轻盈地飞舞,环绕着凉风习习的水轩。

感念同怀子,京华去不归——京华:应指唐都长安。二句写诗人深深地怀念起他的友人,友人去了繁华的京城长安,是否已忘了田园中的故人,为何久久都不见归还。

此诗亦为写景抒情诗,但与前面一首截然不同的是,诗人"以我观物",创造了一个"有我之境",一切物都有了"我"的色彩,所以被刘辰翁评为"一种情绪"。第一联就明确地透露出诗人"幽独"的情怀,自然而然地过渡到第二联的独坐黄昏,并通过庭荫的变化来写天光逐渐微弱,细腻而又真实,表现了诗人细致的观察和敏锐的洞察力。第三联写归鸟飞萤,远树近轩,都是通过独坐于夜色中的诗人的眼睛看到的,所以一切都染上了一层夜的颜色。尾联点扣题目中的"怀苏子",诗人于幽独中怀念的友人,却正淹留在繁华的帝都,此情难以言说,亦无须明说,留得读者去揣测。全诗语言冲淡朴素,写景细致入微,塑造了一种幽静的氛围,体现了孟诗冲淡清幽的特色。

春　意

诗写一位少女于春日清晨,盛妆后游园赏春,睹物思情,感叹自身的美丽无人欣赏,引发了一种"乱如丝"的伤怀情绪。诗题或作《春怨》。

> 佳人能画眉,妆罢出帘帷。
> 照水空自爱,折花将遗谁。
> 春情多艳逸,春意倍相思。
> 愁心极杨柳,一动乱如丝。

佳人能画眉,妆罢出帘帷——画眉:以青黛色描画眉毛。妆罢:梳妆完毕。二句写一位美丽的少女心灵手巧,清晨早起仔细地对镜梳妆,娥眉修饰得浓淡有致,她心情愉快地出了闺房,外面正是一派明媚的春光。

照水空自爱,折花将遗谁——折花:《古诗十九首》:"采之欲遗谁,所思在远道。"二句写少女在清澈的水中照见自己娇艳的面容,香腮可比桃花娇红,婀娜的身影,如弱柳拂风,多么美好的青春容颜,但是却无人欣赏,只有对水自怜!她渐锁了黛眉,攀折一枝鲜艳欲滴的春花,欲寄给一位远方之人,可谁是她真正的知音?她渐渐地泪眼婆娑,看着手中的娇蕚纷纷坠落,就像她美好的青春渐渐地凋零。

春情多艳逸,春意倍相思——二句写春天明媚温暖的天气,浪漫绚丽的景象,柔柔的暖风,灼灼的繁花,双飞的燕子,池沼中戏水的鸳鸯,都使她情窦初开,心怀激荡,频频地引起她的相思和伤春情怀。

愁心极杨柳,一动乱如丝——二句用比喻来写少女春日寂寞难言的情绪,恰如随风飞舞的千万丝杨柳,剪不断理还乱,才下眉头又上心头。

诗写闺怨伤春。诗中的少女美丽活泼,天真烂漫,清晨梳妆好,兴高采烈地去寻芳,春天的生机激起了她沉睡内心的情感,当看到明澈的春水和娇艳的春花时,她突然地苏醒,意识到了自身的美丽和孤寂,没有知音伴侣,烦恼由此而生,一发不可收拾,就像那千丝万缕的杨柳。她的心理变化极像《牡丹亭》中的杜丽娘,发出了"原来姹紫嫣红开遍,似这般都付与断井颓垣"的感叹,只不过诗中的少女就此而止,没有如杜丽娘一样做一个神奇的梦,与柳梦梅上演一场生生死死的爱情故事。诗做了一个含蕴的收尾,留给人广阔的想象空间,佳人的"照水空自爱,折花将遗谁"与士人的怀才不遇相联系,似有诗人的另一层托寓,贺裳称此句"真有生香真色之妙",刘辰翁赞美此诗"矜丽婉约",都可谓至言。

田家元日

元日:农历正月初一日,即大年初一。《初学记》卷四《元日》:《玉烛宝典》曰:"正月为端月,其一日为元日。"诗写诗人的田园生活,他非常注重农事,还参加一些轻微的劳动,与劳动人民建立了深厚的感情,在思想上很有进步性。

昨夜斗回北,今朝岁起东。

我来已强仕,无禄唯尚农。

桑野就耕父,荷锄随牧童。

田家占气候，共说此年丰。

昨夜斗回北，今朝岁起东——斗回北：北斗星自指北而回转，古时以北斗星的运转来计算季节月令。见前《岁暮海上作》诗注。岁起东：岁星从东方升起。《汉书》卷二十六《天文志》："岁星曰东方春木。"颜师古注："孟康曰：五星东行，天西转。岁星晨见东方。"二句写昨夜北斗星回归正北，今晨岁星已起东方，转眼又进入新的一年。

我来已强仕，无禄唯尚农——强仕：《礼记正义》卷一《曲礼上》："三十曰壮，有室。四十曰强，而仕。"孔颖达疏："三十九以前通曰壮，壮久则强，故四十曰强。强有二义，一则四十不惑，是智虑强，二则气力强也。"无禄：没有官职俸禄。二句写诗人感叹自己人到中年，依然为布衣之身，求仕之望已经断绝，只好专心农事，以躬耕田园为生。

桑野就耕父，荷锄随牧童——桑野：本指种桑的田野，此泛指田野。荷锄：即扛着锄头。二句写诗人在田野中同农夫们一起耕田劳动，新翻起的泥土，在阳光下散发着黑亮的光，夕阳下山时，身体疲惫的诗人扛着锄，慢悠悠地随牧童们一起归还，村庄上空飘着缕缕炊烟。

田家占气候，共说此年丰——占：占视。根据征兆而预测，带有占卜的性质。占气候，即根据气候而进行推测。二句写有经验的农人们根据初春的气候预测说，今年将是一个丰收之年，人们都喜气洋洋、满怀希望地迎接新年的第一天。

这是一首田园诗。田园中的元日没有都市里频繁的宴饮和热烈的气氛，诗人在静静地审视着自己的大半生。"我来已强仕，无禄唯尚农"虽然只是平淡的自述，但其中分明隐含着诗人不得志的哀叹。但诗人能够收起他的情绪，试着过一个农人的日子。于是他扛起了锄头向农夫们学习耕田，傍晚随着牧童们一起归家，与农人们一起交谈，说着丰年的愿望。诗人似乎也像一个参加劳动的人，可是我们从他的诗句中感觉不到丰年的喜悦。像陶渊明的诗"桑麻日已长，我土日已广。常恐霜霰至，零落同草莽"，其中满含着一个农人的喜悦和担忧，这才是真正地投入了感情。在孟浩然的这首诗中，他不甚喜欢做一个躬耕田园者，尽管他被称为是一个田园诗人，他的田园诗也不如他的山水诗充满灵性。

樵采作

题解

诗写隐居生活中上山采樵的情形,从山林间得到无穷的乐趣。诗题或作《采樵作》。

采樵入深山,山深树重叠。
桥崩卧槎拥,路险垂藤接。
日落伴将稀,山风拂薜衣。
长歌负轻策,平野望烟归。

新解

采樵入深山,山深树重叠——采樵:打柴。二句写诗人入深山采樵,山深处树木重重叠叠,遮蔽了阳光和青天,幽静悄然。

桥崩卧槎拥,路险垂藤接——桥崩:桥坍塌或被毁坏。槎:水中的浮木。二句写山间的木桥因为年久失修,早已坍塌,湍急的河水中飘浮着一些枯木,山路险恶陡峭。

日落伴将稀,山风拂薜衣——薜衣:薜荔之衣,借为隐士的衣服。见前《送友人之京》诗注。二句写日落时分,山色昏暝,樵夫们都纷纷准备下山,而诗人却留恋于山间的晚景,山风轻轻地吹起他的衣襟,他的胸怀也渐渐舒展,深深地被大自然的魅力感染。

长歌负轻策,平野望烟归——长歌:放歌、高歌。《艺文类聚》卷二十九苏武诗:"丝竹属清声,慷慨有馀哀。长歌正激烈,中心怆以摧。"策:手杖。平野:平旷的原野。二句写诗人在暮色中轻松愉快地用手杖挑着木柴背在肩上,哼唱着悠闲的歌下山来,宽阔的平野上,炊烟阵阵,一片灯火,诗人悠然地归向被轻烟笼罩的家园。

新评

这首诗用笔素淡,意境幽远,属孟诗中的田园佳作。开头两句平淡无奇,后两句笔锋一转,就把一次普通的采樵写得似于诗意的探险。沈德潜《唐诗别裁集》谓"桥崩十字,写出奇险之状",从中可见诗人对寻幽探胜的热衷,"遇景入咏",在普通景物中也能写出峥嵘。诗歌的妙处还在于后面两联:日落时,山风轻轻地吹起诗人的衣襟,温柔地安抚着他的心灵,他于大自然的山林间得到这种精神上的收获,在心灵上找到了一种平衡,弥补了他功业方面的挫折,所以他能够在结尾心情愉快地归来,回到炊烟袅袅的人间。

　　孟浩然生前没有取得功名,对他个人的追求而言是一种遗憾;但对他的诗歌艺术而言,却可以说是一种机缘。平庸的进士、腐朽的官吏在那时有很多,而优秀的布衣诗人却只有他孟浩然一个。孟浩然可能也领悟到了上天的公平,所以他能够真正地回归到山林中,静下心来感悟生命的美好,写下清澈明净的诗歌,留给后世美的艺术。

仲夏归汉南园寄京邑旧游

　　仲夏:夏季的第二个月,即农历五月。《初学记》卷三:"《夏小正》:五月参见则螺蜩鸣,初昏大火中。《尚书》曰,日永星火,以正仲夏。"汉南园:即襄阳南郊孟浩然的家园旧业。参见前《题明禅师西山兰若》诗注。诗作于从长安归还襄阳后,寄给长安的友人,述说了他本有的归隐之志和当初上京求仕的动机,描写了他在南园的生活,并表达了他再次归隐的决心。诗题或作《仲夏归南园寄京邑旧游》。

> 尝读高士传,最嘉陶征君。
> 日睹田园趣,自谓羲皇人。
> 余复何为者,栖栖徒问津。
> 中年废丘壑,十上旅风尘。
> 忠欲事明主,孝思侍老亲。
> 归来当炎夏,耕稼不及春。
> 扇枕北窗下,采芝南涧滨。
> 因声谢同列,吾慕颍阳真。

　　尝读高士传,最嘉陶征君。日睹田园趣,自谓羲皇人——《高士传》:晋皇甫谧曾撰《高士传》,收录晋以前高士行迹。陶征君:即陶渊明。《文选》卷五十七颜延年《陶征士诔》:"有晋征士寻阳陶渊明,南岳之幽居者也。……有诏征为著作郎,称疾不到,春秋若干,元嘉四年月日,卒于寻阳县之某里……宜谥曰靖节征士。"羲皇:古代传说中三皇之一伏羲。《陶渊明集》卷七《与子俨等疏》:"五六月中,北窗下卧,遇凉风暂至,自谓是羲皇上人。"四句写诗人经常捧读《高士传》,最称美的是不为五斗米折腰的五柳先生陶渊明。陶渊明弃官隐居于田园,以羲皇上人自诩,欣欣然独立于浊世之外。

余复何为者，栖栖徒问津。中年废丘壑，十上旅风尘——栖栖：遑遑不安。葛洪《抱朴子》内篇《塞难》卷第七："栖栖遑遑，务在匡时。"废丘壑：指废弃山水隐居。《文选》卷三十谢灵运《齐中读书》："昔余游京华，未尝废丘壑。"吕向注："丘，山；壑，水也。"《太平御览》卷七十九："黄帝命方明避路谓容成子曰：'吾将钓于一壑，栖于一丘。'"十上：十次上书。详见前《南归阻雪》诗注。四句写诗人处于求仕与归隐的迷茫困惑之中，有学陶渊明洁身自好、归隐田园的志向，却一直不能抛弃功业之心，四十岁时废弃隐居赴长安求仕，却失败归来、一无所获，空有一身的仆仆风尘。

忠欲事明主，孝思侍老亲。归来当炎夏，耕稼不及春——孝思：孝亲之思。《毛诗正义》卷十六《大雅·下武》："永言孝思，孝思维则。"郑氏笺："长我孝心之所思。"四句写诗人不能归隐的原因并非贪恋功名，而是有一腔欲报明主的济世之志，以及一颗求禄侍养老亲的孝心。可是他的理想破灭了，踏上了回乡归隐之路，欲躬耕田园以自足，到家时已是仲夏之季，早已误了早春的耕稼良机，心情颇为沮丧。

扇枕北窗下，采芝南涧滨。因声谢同列，吾慕颍阳真——采芝：采摘灵芝仙草，亦隐士所为之事。颍阳：即颍水之北面，传说是古时的高士巢父、许由的隐居之地。《庄子集释·让王》："尧以天下让许由，许由不受。……故许由娱于颍阳。"成玄英疏："颍阳，地名，在襄阳未为定地名也，故许由娱乐于颍水。"同列：指京邑的友人。四句写诗人闲居于田园，于山涧水滨之间采摘灵芝仙草，宛若悠然的"羲皇上人"。他寄诗给京城的友人，婉转而坚决地辞谢了他们，表明了从此以后毅然归隐的决心。

此诗可谓是孟浩然的一篇自我反省之诗，诗中清楚地讲了他由隐居到求仕，再因求仕不得而重回归到隐居的过程。此过程看似简单明了，但对于当局者而言，却是扑朔迷离的，是异常复杂的，所以他"栖栖徒问津"，"十上旅风尘"，四处奔波，身心备受折磨。而当他认识到自己的舍本求末，欲返回到初衷时，却发现"耕稼不及春"，其状况真是颇为尴尬。但幸而他认清楚了自己要走的路，所以坚定地辞别了京邑的友人，走上了归隐之路。

孟浩然的归隐不及陶渊明的伟大。陶渊明的伟大之处在于他自愿地从上层阶级降身到社会最底层，一心一意做一个躬耕自资的田居者。孟浩然却是求仕不得然后归隐，而且他的归隐并没有降低他原有的身份和社会地位。但相比起世上那些奔竞于仕途、汲汲于名利之人来说，孟浩然还是可敬的。

岁晚归南山

南山：此指诗人家乡襄阳的岘山，岘山之南有孟浩然的园庐。如前《南山下与卜老圃种瓜》所说："樵牧南山近，林间北郭赊。先人留素业，老圃作邻家。"诗人怀有一腔报国热情，写作才华也锋芒早露，但在长安求仕却以失败告终，上书亦无门，仕途绝望之后，于悲愤之中欲归隐南山。诗题一作《岁暮归南山》。

北阙休上书，南山归敝庐。
不才明主弃，多病故人疏。
白发催年老，青阳逼岁除。
永怀愁不寐，松月夜堂虚。

北阙休上书，南山归敝庐——北阙：《汉书》卷一下《高帝纪》一下："萧何治未央宫，立东阙、北阙、前殿、武库、太仓。"颜师古注："未央殿虽南向，而上书奏事谒见之徒皆诣北阙，公车司马亦在北焉。是则以北阙为正门，而又有东门、东阙。"敝庐：陈旧的房屋，此指诗人家乡的宅院。二句为求仕失败后的愤懑之语，写出对朝廷的失望，上书北阙也无用，所以还是别再上书自取其辱，还不如早日离去，归还家乡，隐居田园。

不才明主弃，多病故人疏——二句写出求仕不成的原因，表面上是因为自己无才所以不被明主用，而且长期卧病，疏远了故人，所以才有落榜的结果，而实际上却恰恰相反，正是明主的不明，故人的疏远，导致了他的失败落魄。

白发催年老，青阳逼岁除——青阳：指春天。《尔雅注疏》卷六《释天》："春为青阳。"邢昺疏："言春之气和，则青而温阳也。"二句写诗人白发频添，年纪老大，但功业未就，眼看着冬去春回，又是新的一年，内心痛苦惆怅，寝食难安。

永怀愁不寐，松月夜堂虚——二句写诗人在安静的深夜忧愁难眠，于愁苦之中独坐空堂，默默地望着松间晓月的虚影，若隐若现，如同希望一样朦胧渺茫，而他的痛苦却是那么真实难耐！

关于此诗有着这样的一个传说：孟浩然曾被王维邀至内署，恰遇玄宗到来，玄宗索诗，孟浩然就读了这首诗，玄宗听后不悦地说："卿不求仕，而朕未弃卿，奈何诬我？"所以放还南山，终身不仕云云。此说虽不可信，但可见此诗所抒的怀才不

中国家庭基本藏书

遇之怨,确实令玄宗皇帝不悦。

　　诗的第一联即出口不凡,一个"休"字就委婉地传达出诗人内心的不满情绪。第二联含蕴而又深刻地倾诉他不遇的原因,表面上把原因归咎于自身,但诗人"三十学书剑"、"词赋颇亦通",不可谓无才,从而道出皇帝的昏庸和故人的无情,压抑委屈的语态中更满含怨恨不平之气。第三联中白发催老与青阳逼岁形成了鲜明的对比,更觉诗人白发颓颜、一无所成的可怜!尾联"永怀愁不寐,松月夜堂虚",有着阮籍"夜中不能寐,起坐弹鸣琴"的影子,诗人迷茫的心情融进无边的夜色中,月光亦真亦幻,人生似梦似醒,诗人当时的痛苦难熬,千年之后的我们还可以感到。全诗语言看似浅白如话,但含蕴丰富,句句语涉数意,悠远深厚,正可谓"一生失意之诗,千古得意之句"(顾嗣立《寒厅诗话》)。

<h1 style="text-align:center">寻张五回夜于园作</h1>

　　张五:张谔。见前《秋登万山寄张五》诗注。此诗似诗人早期的作品,写乘兴去寻访友人,兴尽而返,并未与友人见面,表现了诗人的一种逸兴。诗题或作《寻张五》。

闻就庞公隐,移居近洞湖。

兴来林是竹,归卧谷名愚。

挂席窗风便,开轩琴月孤。

岁寒何用赏,霜露故园芜。

　　闻就庞公隐,移居近洞湖——庞公:汉时著名隐士庞德公。详见前《题鹿门山》诗注。二句写诗人听到了友人移居的消息,而且所隐之处与浩渺的洞湖相近,忽然兴起去寻访的念头。

　　兴来林是竹,归卧谷名愚——兴来句:用王子猷事。《晋书》卷八十《王羲之传》:"徽之,字子猷……尝寄居空宅中,便令种竹。或问其故,徽之但啸咏指竹曰:'何可一日无此君邪?'尝居山阴,夜雪初霁,月色清朗,四望皓然,独酌酒,咏左思《招隐诗》。忽忆戴逵,逵时在剡,便夜乘小船诣之。经宿方至,造门不前而反。人问其故,徽之曰:'本乘兴而来,兴尽而反。何必见?'"谷名愚:《说苑》卷七《政理》:"齐桓公出猎,逐鹿而走,入山谷之中,见一老公,而问之,曰:'是为何谷?'

对曰:'为愚公之谷。'"后世往往借指隐居之地。二句写诗人的逸兴不减于魏晋名士王子猷的雪夜访友,乘兴而去,兴尽而返,来去自由若闲云野鹤。

挂席窗风便,开轩琴月孤——挂席:扬帆。樵风:顺风。二句写诗人在夜色中扬帆回返,转眼就抵家园,推开窗户正可见空中的一弯孤月,像墙上斜挂的瑶琴一样孤雅无伴。

岁寒何用赏,霜露故园芜——岁寒:《论语·子罕》:"岁寒然后知松柏之后凋也。"二句写天气寒冷,故园的草木已在风霜中荒芜,而青松本有一种耐寒的品质,即使无人欣赏,也自坚韧挺拔。诗人喻其隐逸自有一份乐趣,即使别人无法理解,他也自乐于其中。

此诗清淡而飘逸,描写了一种俗世之外的情趣,从中可见诗人风神散朗的自我形象。从前两联可知,他乘兴而访友,诗中没有明说他有没有访到友人,但依第三联中的"开轩琴月孤"可推测,他并没有与友人见面,可能是因为友人外出,或亦如王子猷"兴尽而返",由尾联中的"岁寒何用赏"可以更进一步确定为第二种原因。全诗围绕着诗人的逸兴而写,他所做的,他所见的,都是他喜欢的,都是跟着他的感觉而来的,不管别人是否能理解和欣赏,他都自得其乐,所以说孟浩然性情中有着"魏晋名士的风流"。

涧南即事贻皎上人

涧南:即涧南园,亦称汉南园,诗人的家园旧业。详见前《仲夏归汉南园寄京邑旧游》注。皎上人:其人不详。诗中写了诗人于涧南园的隐居生活,他远离了闹市的喧哗,淡泊了对名利的追求,沉浸于钓鱼、采樵的自然生活之中,可谓乐趣无穷。诗题或作《涧南园即事贻皎上人》。

> 弊庐在郭外,素产唯田园。
> 左右林野旷,不闻朝市喧。
> 钓竿垂北涧,樵唱入南轩。
> 书取幽栖事,将寻静者论。

弊庐在郭外,素产唯田园——弊庐:指诗人的园庐。郭:指襄阳城郭。二句写诗人的园庐位于襄阳城外,家境贫素清寒,只有一份微薄的田产。

左右林野旷,不闻朝市喧——朝市:指名利之场。《史记》卷七十《苏秦张仪列传》:"臣闻争名者于朝,争利者于市。今三川、周室,天下之朝市也,而王不争焉。"二句写南园坐落于旷野之中,与清幽的山林为伴,诗人耳不闻闹市之喧,心志也不再为名利牵绊。

钓竿垂北涧,樵唱入南轩——樵唱:即樵歌。二句写诗人悠然从容的隐居生活,他欣欣然垂钓于幽然的北涧,斜风细雨之时也不须归还;他奕奕然入南山采樵,唱着民间的小调,尽情享受山间的清风拂面。

书取幽栖事,将寻静者论——幽栖:隐居。《宋书》卷九十三《隐逸·宗炳传》:"南阳宗炳、雁门周续之,并植操幽栖。"静者:此指皎上人。二句写诗人就自己隐居的生活和心情,作一首淡雅的小诗寄给皎上人,想与他共同讨论分享幽栖之趣。

此诗语言清淡,但兴趣盎然,从中可读到诗人对隐居生活的真正受用。诗的前四句写他居住于闹市之外的旷野之中,以薄田为业,从而淡泊了富贵和名利,后两句再以"钓竿垂北涧,樵唱入南轩"写他具体的隐居生活,两句写得非常的淡,仅是叙述钓鱼和采樵的活动和地点,但若以前面的那首《樵采作》和张志和的《渔歌子》为其做注:"西塞山前白鹭飞,桃花流水鳜鱼肥。青箬笠,绿蓑衣,斜风细雨不须归",可鲜明地体会到诗中所蕴藏的优美情境和诗人悠然自得的心情。

过融上人兰若

融上人:景空寺融上人,与诗人交往颇深,其人不详。兰若:即佛寺。诗写过融上人僧舍,却只见禅室静挂的僧衣,未睹上人之面,诗人寻人不遇却没有很多遗憾,他从山间的美景秀色中得到陶冶,黄昏时心神悠然地缓缓下山。

> 山头禅室挂僧衣,窗外无人溪鸟飞。
> 黄昏半在下山路,却听泉声恋翠微。

山头禅室挂僧衣,窗外无人溪鸟飞——禅室:修禅理佛习静之室。二句写融上人的僧舍坐落于远离尘世的山峰,此时禅室却悄然无声,空挂着上人的僧衣,诗人向窗外望去，不见上人熟悉的身影，只见鸟儿们轻盈自由地飞过溪水。

黄昏半在下山路，却听泉声恋翠微——翠微：本指青翠的山色，亦指青山。二句写诗人一边缓缓下山，一边欣赏沿途的青翠秀色，聆听着山间泉水的清响，诗人陶醉于其中忘记了时间，黄昏时分才走到半山。

此诗写景抒情，优美纯净，意境清幽，展现了诗人与大自然融为一体的恬淡心胸。第一句写禅室无人，空挂着僧衣，可知融上人一般是处于禅室之中习静的，但这次诗人没有在禅室中看到他，窗外亦没有他的影子，只见飞鸟自由地飞过，十分幽静。"空"隐隐地传达了诗人寻人不遇的淡淡失望，但这种失望是短暂的。笔锋跳跃地转到了黄昏时分，"黄昏半在下山路"中的"半"字用得非常好，写出诗人下山时不慌不忙的从容心态，而后一句"却听泉声恋翠微"更是精妙，不仅解释了前面为何黄昏时才走了一半路，而且也填补了他寻人不遇之后的一大段时间的空白，原来他一直在欣赏山中的美景。诗人来山寺并非只为了寻融上人，更是为了寻找一种空灵飘逸的心境，而他果然从大自然的山水中得到了，所以他悠然地下山还家，尽显诗人风神散朗的形象。

李氏园卧疾

李氏园：据诗意可知在洛阳。此诗作于开元十七年(729)诗人落第后留滞洛阳时期。诗中写因求仕失败而生的嗟叹，归隐园林的意向非常强烈。

我爱陶家趣，园林无俗情。
春雷百卉坼，寒食四邻清。
伏枕嗟公干，归田羡子平。
年年白社客，空滞洛阳城。

我爱陶家趣，园林无俗情——陶家趣：指东晋陶渊明隐居田园之趣。园林句：《陶渊明集》卷三《辛丑岁七月赴假还江陵夜行涂口》："闲居三十载，遂与尘事冥。诗书敦宿好，林园无俗情。"二句写诗人热爱陶公隐居田园的乐趣，在园林中远离尘世的功名利禄，心胸恬淡地回归自然。

春雷百卉坼，寒食四邻清——春雷：《周易正义》卷四《解》："天地解而雷雨作。雷雨作,而百果草木皆甲坼。"二句写春雷响起之时大地上的花草树木都开始苏醒,因为寒食节禁烟火,四邻都冷冷清清,不见有温暖的炊烟飘升。

伏枕嗟公干,归田羡子平——公干:三国魏刘桢字公干。《三国志》卷二十一《魏书·王粲传》:"东平刘桢字公干并见友善。干为司空军谋祭酒掾属,五官将文学。"裴松之注:"建安中,太祖特加旌命,以疾休息。后除上艾长,又以疾不行。"子平:东汉向长字子平。见前《彭蠡湖中望庐山》注。二句写诗人于病中嗟叹自己体弱多病,不能有所作为,心中又深羡高士子平的洒脱归隐,内心痛苦而矛盾。

年年白社客,空滞洛阳城——白社:在洛阳东。见前《宴包二融》注。白社客:指诗人。二句写诗人处于仕进与归隐的矛盾之中,有心归隐,却仍有一颗功业之心,追求仕进,但却不被朝廷所用,空空地淹滞在洛阳城,嗟叹时光蹉跎、徒劳无功!

这是一首抒情诗,语淡味浓,景与情相融,层层递进,深挚感人。第一联写的虽也是陶家趣,但全然没有那种在襄阳园庐的自得之态,一是因为在别人的田园,二是因为卧病之中,三是因求仕的失败,每一条都足以令人伤神,更何况这三层汇聚于一时,重重的忧愁如同那"一川烟草,满城飞絮,梅子黄时雨",诗人怎么能化解呢?第二联写春景,尽管有滚滚春雷和百卉之芳华,但这一切在诗人的感觉中都失去了意义,都蒙上了一层灰暗冷清的色彩,一切的物都有了"我"失意的情绪。第三联借古人的酒杯浇自己的块垒。第四联直接抒情,有力地表现出他惆怅的心情,结尾仿佛真能听见诗人一声沉重的叹息!

过故人庄

诗写在一位好友的田园中做客的场面,是一首千古流传的名篇。

故人具鸡黍,邀我至田家。
绿树村边合,青山郭外斜。
开筵面场圃,把酒话桑麻。
待到重阳日,还来就菊花。

故人具鸡黍,邀我至田家——二句写诗人的一位老友,备好了丰盛的家宴,邀请诗人去做客,诗人应邀而至。

绿树村边合,青山郭外斜——二句写景,宁静的村庄有绿树相围绕,还有广阔的良田和曲折的清泉,远处城郭旁的青山依依可见,村庄仿佛静卧在青山绿水之间。

开筵面场圃,把酒话桑麻——开筵:摆置酒筵。场圃:收打农作物的场地。二句写酒筵正对着宽敞的打谷场地,诗人在这自然和乐的农家院里心情非常舒坦,和老朋友频频举杯,闲谈着农家常事。

待到重阳日,还来就菊花——就菊花:古时重阳有登高赏菊之风俗。二句写诗人不仅喜爱农家自然优美的景色,也向往农家恬淡怡然的生活意趣,临走之时,面对主人的真诚邀请,又爽快地答应了重阳节的时候,一定再来他家饮酒赏菊。

此诗语句自然平淡,明白如话,丝毫没有刻画的痕迹,写的都是日常之事、家常之景,但却有一种不朽的动人魅力于其中,使其流传千古。第一、二句以平淡之语写出了诗人与故人的交情至深,一方在家中备好了酒宴,一方有邀必往,一点也不扭扭捏捏,辞谢作态。三、四句以清淡之笔写出村庄的自然环境,村边是绿树相合,村中自是幽静安然,若陶渊明笔下的桃花源,仿佛可见绿荫下,闲坐的老人和游戏的儿童,怡然自得;但远处隐约可见的青山、城郭又点明这并非是幻想中的桃花源,而是现实中一座普通的村落,此中的人们却是怡然自得地生活着,过着衣食无忧的小康生活,真是令衰世之人羡慕!五、六句又是诗人的淡淡两笔,好像能嗅见谷场上新收稻谷的绵绵香气,亦可见诗人在酒席上是多么的兴致勃勃!而七、八句似是诗人走时的话语,他大声地说:留步,留步,我重阳节再来,来你这赏菊花……

全诗构成一幅自然和谐的画面。背景深远有致,远景是依依青山,近景是绿树环绕的村庄,而特写之景就是一户农家小院里两人在把盏而饮,其中骨貌清淑的那一位自然就是诗人。

西山寻辛谔

西山:孟浩然涧南园西边之山,见前《题明禅师西山兰若》注。辛谔:生平不详。诗写往西山寻访友人时一路所见的优美景色,表现了隐居生活的清静淡泊和怡然自得。

漾舟寻水便,因访故人居。
落日清川里,谁言独羡鱼。

173

石潭窥洞澈，沙岸历纡馀。
竹屿见垂钓，茅斋闻读书。
款言忘景夕，清兴属凉初。
回也一瓢饮，贤哉常晏如。

【新解】

漾舟寻水便，因访故人居。落日清川里，谁言独羡鱼——寻：犹就。寻水便：即就水之便。故人：指辛谔。羡鱼：《淮南子》卷十七《说林训》："临河而羡鱼，不如归家织网。"意为不仅羡鱼，还要欣赏美好景色。四句写诗人乘一叶小舟去西山寻访友人，落日的馀晖中，清澈的水面上泛着粼粼的波纹，水中的鱼自由自在地欢游，诗人在船头忘我地欣赏着美丽迷人的景色。

石潭窥洞澈，沙岸历纡馀。竹屿见垂钓，茅斋闻读书——纡馀：迂回曲折。《文选》卷八司马长卿《上林赋》："酆镐潦潏，纡馀委蛇，经营乎其内。"刘良注："纡馀，逶迤屈曲貌。"屿：小岛。四句写石潭之水，清澈见底，沙岸曲折迂回，诗人沿路寻来，别有情趣。

款言忘景夕，清兴属凉初。回也一瓢饮，贤哉常晏如——款言：诚恳亲切的交谈。景夕：日光西落。《艺文类聚》卷二十八谢灵运《初往新安至桐庐口》诗："景夕群物清，对玩咸可喜。"清兴：清雅的兴致。属(zhǔ)：连接。凉初：时近薄暮，天渐凉爽。"回也"二句：回，孔子的弟子颜回，《史记》卷六十七《仲尼弟子列传》："颜回者，鲁人也，字子渊。少孔子三十岁。……孔子曰：贤哉回也！一箪食，一瓢饮，在陋巷，人不堪其忧，回也不改其乐。"又见《论语正义》卷七《雍也》。晏如：神态安宁、恬适。《文选》卷二十三嵇叔夜《幽愤诗》："仰慕严郑，乐道闲居。与世无营，神气晏如。"四句写诗人与友人促膝而谈，忘记了时间已晚，清雅的兴致在凉爽的晚风中绵绵不断。诗人赞美友人的安贫乐道、胸怀淡泊，在清贫的物质生活中心神安然、怡然自得。

刘辰翁评此诗"自言其趣，言颇简淡"。"趣"约同于诗中所言的"清兴"，既是诗人对自然山水由衷的喜爱，又是他隐逸生活的恬淡心态。诗人从漾舟出发，到泛舟水上，再到舍舟上岸，迂回寻找，直至款言交谈，娓娓叙说了整个寻访的过程，始终保持着这种"清兴"，直到他听见茅屋中的读书声，与友人相见，清兴达到极点，且悠悠不尽。诗人所用之语简淡无华，所咏之景清幽淡雅，传神地表达了诗人淡然悠闲的心胸和风神散朗的自我形象。

晚 春

诗写生机盎然的春景,诗人于其中有一份从容闲适的心情,与酒歌相伴,及时行乐,颇显逍遥疏放的性情。又题作《春中喜王九相寻》。

二月湖水清,家家春鸟鸣。
林花扫更落,遥草踏还生。
酒伴来相命,开樽共解醒。
当杯已入手,歌妓莫停声。

二月湖水清,家家春鸟鸣——二句写阳春二月之景,一湖春水碧波荡漾,清澈见底,倒映着繁花修竹的娇姿倩影,家家春光明媚,树树翠叶藏莺,处处可闻清脆婉转的鸟叫声。

林花扫更落,遥草踏还生——二句写春暖花开之时,处处繁花似锦,花事从不间断,各种花卉次第而开,相继而衰,地上的落花扫了一层又一层。初生的纤纤细草,看上去弱不禁风,但有着强大的生命力,被游春的人们踩踏之后,经一夜春雨,又是一片碧绿,青翠欲滴。

酒伴来相命,开樽共解醒——相命:即相邀。二句写在这浪漫的春天,有酒伴来邀请共饮,二人于一湖春水之畔,万条柳丝之中,开筵对酒,盎然的春意和浮动的花香也一同入了酒杯,诗人怎么能不醉?

当杯已入手,歌妓莫停声——二句写于此温暖的春风、明媚的春光之中饮酒,不能缺少佳人的婉转娇喉,来衬托英雄对酒当歌的豪迈风流。

此诗句浅而意浓,几乎不需要注解,就能令读者心领神会,沉浸在一派明媚的春光中。起句非常的从容,用一"清"字和"鸣"字,写出春之明丽活泼,富有典型性。第二联可谓独开妙境,落花一般会引起人的伤感,如杜甫"落红万点愁如海"等,但孟浩然却以落花的扫不尽来写春天芳菲不断,又以不怕踩踏的草来写春的勃勃生机。第三联和第四联写饮酒的洒脱和豪情,颇似曹操"对酒当歌,人生几何"的意态,恰如刘辰翁评此诗所言"亦自豪宕,结语情属不浅",朴素的语言中蕴含着对春天和生命无限的热爱。

闻裴侍御朏自襄州司户除豫州以投寄

裴侍御朏：王士源《孟浩然集序》曾称，尚书侍郎河东裴朏与孟浩然为忘形之交。开元中曾任怀州司马，蒲州永洛县令，天宝初任礼部郎中，曾以考判不当贬官岭南。襄州：今湖北襄阳，唐代襄阳节度使理所，辖境相当于今湖北襄阳、谷城、光化、南漳、宜城等县地。《元和郡县图志》卷二一《山南道》："襄州，襄阳，大都督府。……今为襄阳节度使理所。"司户：唐代州府司户参军。见前《与杭州薛司户登樟亭楼作》注。豫州：汉武帝置十三刺史部之一，唐代为蔡州，今河南汝南。《新唐书》卷三十八《地理志》二："蔡州汝南郡，紧，本豫州，宝应元年更名。"此诗约作于开元二十二年(734)，诗人当时在长安，闻裴朏移职而作，诗中称赞了裴朏的美政，回忆了二人不同一般的友谊。诗题一作《闻裴侍御朏自襄州司户除豫州司户因以投寄》。

> 故人荆府掾，尚有柏台威。
> 移职自樊沔，芳声闻帝畿。
> 昔予卧林巷，载酒过柴扉。
> 松菊无时赏，乡园欲懒归。

故人荆府掾，尚有柏台威——荆府：此指襄州，汉时属荆州。荆府掾：襄州的僚属。柏台：指侍御史。详见前《陪柏台友共访聪上人禅居》注。二句写裴朏虽在荆州地方为官，但仍有侍御史的威名，人们心目中对他一如既往地仰慕和崇敬。

移职自樊沔，芳声闻帝畿——樊沔：樊城、沔水，代指襄州。《元和郡县志》卷二一《山南道·襄州》："禹贡豫、荆二州之域。……永嘉之乱，三辅豪族流于樊、沔，侨于汉水之侧……自东晋庾翼为荆州刺史，将事北伐，遂镇襄阳，北接宛、洛，跨对樊、沔，为荆、郢之北门。"帝畿：帝王的都城，这里指代长安。《文选》卷一班孟坚《西都赋》："是故横被六合，三成帝畿；周以龙兴，秦以虎视。"吕延济注："天子居之千里曰畿。"二句写裴朏将移职去豫州，远在长安的诗人亦听到此消息。

昔予卧林巷，载酒过柴扉——二句写二人的深厚友谊，昔日诗人以布衣之身隐居于山林陋巷，裴朏曾载酒上门相访，同饮共醉，结为情投意合的知己。

松菊无时赏，乡园欲懒归——松菊：《陶渊明集·归去来兮辞》："三径就荒，松菊犹存。"二句写诗人为裴朏的离去伤心失落，无心再赏松菊之贞姿秀态，甚至不愿再回到温馨的故园，因为没有了友人的相伴，一切风景都将是那么的聊赖索然。

诗的前半首写裴朏之离去，不乏赞美和惋惜之意。后半首写二人的友情，"昔予卧林巷，载酒过柴扉"一句不仅写出诗人的疏散幽隐，而且裴朏潇洒不拘的性情也跃然纸上，呼之欲出，可谓传神之笔。尾联语言优美，寓意亦新，以无心赏菊，不忍归故园来反衬出失落的心情，可见二人深厚的友情，同时也强化了二人志趣相投的性情。

登岘亭寄晋陵张少府

岘亭：岘山之亭。参见前《与诸子登岘山》注。晋陵：唐晋陵县，今江苏常州。《元和郡县志》卷二十五《江南道·常州》："晋陵县，本春秋时延陵，汉之毗陵也，后与郡俱改为晋陵。"张少府：孟浩然的好友张子容。《国秀集》卷下："晋陵尉张子容二首。"诗写登岘山亭所见之景，抒发了对友人的思念之情。诗题或作《岘山亭寄晋陵张少府》。

> 岘首风湍急，云帆若鸟飞。
> 凭轩试一问，张翰欲来归。

岘首风湍急，云帆若鸟飞——岘首：岘山一名岘首山。云帆：即船帆。《后汉书·马融列传》："然后方徐皇，连船舟，张云帆。"二句写诗人登上岘山亭，临风远眺，江面上浪急风高，悬挂着白帆的舟船像展翅而飞的鸿鸟，迎风而行，顺流直下，转眼之间就驶出数驿。

凭轩试一问，张翰欲来归——张翰：字季鹰，晋吴郡人，性至孝，纵任不拘，善属文。《晋书》卷九十二《张翰传》："张翰字季鹰，吴郡吴人也。……翰谓同郡顾荣曰：'天下纷纷，祸难未已。夫有四海之名者，求退良难。吾本山林间人，无望于时。子善以明防前，以智虑后。'荣执其手，怆然曰：'吾亦与子采南山蕨，饮三江水耳。'翰因见秋风起，乃思吴中菰菜、莼羹、鲈鱼脍，曰：'人生贵得适志，何能羁宦数千里以要名爵乎！'遂命驾而归。"二句写诗人伫立于呼啸的山风之中，凭栏凝

177

望片片归帆,把远在晋陵的好友深深怀念,西风乍起的时候,他是否想起了家乡,是否将扬帆而还?惆怅满怀的诗人不由对天长问:今生我们能否再见?你究竟何时才能归还故园?

这首五言诗中前两句为写景之笔,其景物一改诗人笔下的清新秀丽,变化为风高浪急之峻逸,后两句由景入情,凭栏一问,情真意切,尽显诗人临风眺望的神态。全诗出语不凡,节奏紧凑有力,末句又能引人遐想,含蕴隽永。

田园作

据诗意约作于三十岁时,开元六年(718)左右。诗中淋漓尽致地抒发了诗人渴望仕进的愿望,但他的愿望和现实发生了激烈的矛盾冲突,使他陷入痛苦之中,欲罢不能。

> 弊庐隔尘喧,唯先尚恬素。
> 卜邻近三径,植果盈十树。
> 粤余任推迁,三十犹未遇。
> 书剑时将晚,丘园日已暮。
> 晨兴日多怀,昼坐常寡悟。
> 冲天羡鸿鹄,争食嗟鸡鹜。
> 望断金马门,劳歌采樵路。
> 乡曲无知己,朝端乏亲故。
> 谁能为扬雄,一荐《甘泉赋》。

弊庐隔尘喧,唯先尚恬素。卜邻近三径,植果盈十树——弊庐:诗人自称其园庐。尘喧:尘世的喧哗。唯先:唯字无实意,即先人。恬素:朴素恬淡。晋葛洪《抱朴子·内篇·至理》:"专气致柔,镇以恬素。"卜邻:选择好的邻居。《春秋左传正义》卷四十二昭公三年:"谚曰:'非宅是卜,唯邻是卜。'二三子先卜邻矣。"杜预注:"卜良邻。"三径:代隐士所居。见前《寻陈逸人故居》注。四句写诗人的先人崇尚恬淡朴素的生活,所以他家的园庐筑于郊外,远离闹世的喧哗。周围的邻居多有隐居高士,闲来酌酒谈诗,其乐无比,园外遍植果树,春季多有似锦繁花,夏季有清清绿荫,秋季悬挂着累累果实。

粤余任推迁，三十犹未遇。书剑时将晚，丘园日已暮——粤：助词，用于句首。推迁：时间的推移变迁。丘园：丘墟与园圃。《易·贲》有"贲于丘园"句，孔颖达疏："丘谓丘墟，园谓园圃，唯草木所生，是质素之所。"此指隐居之所。四句写诗人身在园林之中，但怀有强烈的功业之心，大有一番作为才不枉一世人生。荏苒的时光若东流之水一去不返，年届三十的志士却还未得到知赏，还未找到自己前进的方向！他恨韶年将晚，才华无处施展，寂寞地隐居在这园庐里，踌躇满志，忧心如焚，沉沉暮色中，不由得发出一声悲叹！

晨兴日多怀，昼坐常寡悟。冲天羡鸿鹄，争食嗟鸡鹜——兴：起来。冲天：直上天空。鸿鹄：喻志向远大。见前《送莫氏外生兼诸昆季从马入西军》注。鸡鹜：鸡鸭，喻凡庸之辈。《楚辞·卜居》："宁与黄鹄比翼乎？将与鸡鹜争食乎？"四句写诗人面对朝日初升，露珠稀薄，常常感受到生命的短促。白天常常独坐陋室，在寂寞安静之中思索他的人生道路，该何去何从？他的理想和壮志是振翅高飞，建立一番名垂千古的伟业，绝不是老死于此丘墟园圃之中！可是世道艰难，他无法与蝇营狗苟之辈同流合污、夺利争名，于是只好远离是非之地，在田园之中洁身自好，等待着冲天高飞、一鸣惊人！

望断金马门，劳歌采樵路。乡曲无知己，朝端乏亲故。谁能为扬雄，一荐《甘泉赋》——金马门：汉代的宫门名，指代宫殿。劳歌：劳动之歌。《春秋公羊传注疏》卷十六《宣公十五年》："什一行而颂声作矣。"何休注："饥者歌其食，劳者歌其事。"采樵路：采樵途中。乡曲：乡里。《文选》卷四十一司马子长《报任少卿书》："仆少负不羁之行，长无乡曲之誉。"朝端：朝廷。扬雄：见前《初出关怀王大校书》注。《甘泉赋》：见前《题长安主人壁》注。六句写诗人怀有仕进之心，渴望着被明主发现，得以待诏金马门，可这一切仅是他美好的幻想而已，他困顿于田园，采樵劳歌。诗人出身寒素，在乡里没有他真正的知音，在朝廷更是无故无亲，谁是别具慧眼的英雄？谁能给予他扶助和援引？谁能把他的诗文献荐给当朝的皇上？他无奈地在园庐中徘徊彷徨。

诗的前四句先写田园隐居，欲于恬淡中平静地度过一生。然而时光的荏苒，年龄的老大，事业的无成，每一点都引起了诗人无限的悲苦，而这三点又汇到了一处，成为燃烧诗人胸中怒火的导火索，所以从第九句"晨兴日多怀"开始，他就一发不可收拾，汪洋恣肆地倾诉了他的希望和失望、理想和现实、挣扎和困顿，他试图用田园的清静无为来化解失意情绪，试图以避世来淡化不被世用的痛苦，所以他的情绪忽而徘徊于山林间的采樵路上，忽而又飞冲到九霄云天之上。这种受现实压迫的失意和痛苦，这种"欲说还休"的心态，都使此诗具有一种低回昂扬、沉郁顿挫之姿。

上巳日涧南园期王山人陈七诸公不至

上巳日：见前《上巳日洛中寄黄九》注。涧南园：见前《仲夏归汉南园寄京邑旧游》注。王山人：疑为白云先生王迥，见前《游精思观回王白云在后》注。陈七：名不详。诗写诗人期待与友人一起欣赏美景，共度美好的节日，但友人们却未至，由此发出了失望遗憾的叹息。

> 摇艇候明发，花源弄晚春。
> 在山怀绮季，临汉忆荀陈。
> 上巳期三日，浮杯兴十旬。
> 坐歌空有待，行乐恨无邻。
> 日晚兰亭北，烟开曲水滨。
> 浴蚕逢姹女，采艾值幽人。
> 石壁堪题序，沙场妙解神。
> 群公望不至，虚掷此芳辰。

摇艇候明发，花源弄晚春。在山怀绮季，临汉忆荀陈——艇：小舟。明发：黎明。绮季：绮里季，汉初隐于商山，为四皓之一。《史记》卷五十五《留侯世家》："太子侍。四人从太子，年皆八十有馀，鬓眉皓白，衣冠甚伟。上怪之，问曰：'彼何为者？'四人前对，各言名姓，曰东园公、甪里先生、绮里季、夏黄公。上乃大惊。"荀陈：《后汉书》卷六十七《李膺传》："李膺字元礼，颍川襄城人也。……性简亢，无所交接，唯以同郡荀淑、陈寔为师友。"此以荀、陈比陈七诸公。四句写游览的小舟已经备好在岸，只待天明就立刻出发。晚春天气，芳菲不断，处处可见桃红柳绿。诗人无论是对遥遥春山还是临漾漾春水，都深深地把朋友们想念，期待着与他们快快相见，共赏美景芳春。

上巳期三日，浮杯兴十旬。坐歌空有待，行乐恨无邻——浮杯：见前《上巳日洛中寄黄九》注。十旬：酒名。《文选》卷四张平子《南都赋》："酒则九酝甘醴，十旬兼清。"李善注："十旬，盖清酒百日而成也。"刘良注："九酝、十旬，皆酒名。"四句写诗人殷切地盼望上巳日快快来临，盼望同朋友们携手同游、浮杯饮酒。在长久的等待中佳节到来了，处处欢声笑语，诗人翘首以待的友人们却没有来，诗人不由陷入深深的失落寂寥，孤单一人无心再对琼浆玉液，无心再对芳春佳节。

日晚兰亭北，烟开曲水滨。浴蚕逢姹女，采艾值幽人——兰亭：在今浙江绍兴。《艺文类聚》卷四晋王羲之《三日兰亭诗序》："永和九年，岁在癸丑，暮春之初，会于会稽山阴之兰亭，修禊事也。……引以为流觞曲水，列坐其次。"浴蚕：浸洗蚕子，以选良种。《礼记正义》卷四十八《祭义》："使入蚕于蚕室，奉种洗于川。"孔颖达疏："近川而为之者，取其浴蚕种便也。奉种浴于川者，言蚕将生之时而又浴之，初于仲春已浴之，至此更浴之。"姹女：少女。采艾：艾，药草。《齐民要术》卷三《杂说》："三月，三日及上除，采艾及柳絮。"值：遇到。四句写诗人在落寞之中独自徘徊，不知不觉中日落西山，烟霭迷漫，曲折的水滨还隐隐可见洗浴蚕种的少女，山脚还有采摘艾叶的幽人。

石壁堪题序，沙场妙解神。群公望不至，虚掷此芳辰——题序：即题写诗序。沙场：平坦的沙滩。解神：祈神。北周庾信《庾子山集》卷一《春赋》："三日曲水向河津，日晚河边多解神。树下流杯客，沙头渡水人。"芳辰：良辰美景。四句写青色的石壁上正好适宜题写诗序，沙滩上多有虔诚的人们前来祈神。对着夜色中的幽景，诗人渐渐恢复了一些兴致，但还是对众人的不至心怀惆怅，深深地叹息良辰美景被空空地抛掷。

此诗写待人不至。前六句写诗人的热切盼望，他已备好游览之舟，十句美酒，要与友人们共度一个快乐的节日，这部分情感热烈，突出了后面的失望之深。从第七句开始写失望后的情绪和独游，诗人虽无心游赏，但也略述己见，所以这部分似一幅民俗画卷，展开了唐代上巳日的风情，如浴蚕、采艾、解神等，既富有时代的特色，又具有浓浓的地方特色。而在这热烈的节日景象之中，诗人因为有所期待，不能笑逐颜开，不能融入万民同乐中去，所以最后发出了叹息，好像有点后悔应该珍惜这芳辰，没有友人也该好好度过。但期待和失落本身就有一种美，两种情绪使诗人的种种所见、种种所想，都有了一种含蕴之美，而不是一览无馀，所以此诗更显得朴素亲切，淡淡的语言配以清淡的画面，情感低回，耐人回味。

建德江宿

建德江：浙江流经建德境内的水段。《元和郡图志》卷二五《江南道睦州》："建南县。浙江，在州南一十里。又有东阳江，东南自婺州界来，至州南注浙江。"

诗题或作《宿建德江》。诗写旅途中泊舟暮宿时的愁思。

移舟泊烟渚，日暮客愁新。
野旷天低树，江清月近人。

移舟泊烟渚，日暮客愁新——烟渚：烟雾笼罩的小洲。二句写诗人的一叶孤舟渐渐收起帆，缓缓地在水上移行，停泊于烟霭迷离的小洲边，结束了一天疲劳的行程。暮色之中诗人的心头却升起了一种新的忧愁，举目四望，烟霭迷茫，不知故乡在何方。

野旷天低树，江清月近人——野旷：无边无际的原野。二句写原野辽阔无边，远处的天空比近处的树木还要低，夜色渐浓，云开雾散处涌出一轮团团明月，倒映在澄清江水中的月影可爱玲珑，和舟中的人是那么相亲相近。

这首小诗历来被评论家称为"神品"（胡应麟《诗薮》）、"奇作"（潘德舆《养一斋诗话》）。第一句叙明背景，"移舟泊烟渚"，十分含蕴优美，所用的"移"、"泊"、"渚"都是很典雅的字词，但不生僻，明白易懂，极易引起读者丰富的联想，在脑海中产生一幅广阔的晚江泊舟图，诗就在诗意的叙述中开始了。第二句为抒情，"日暮客愁新"，日暮时分是最易引起游子乡愁的时候，诗人即有"愁因薄暮起"之名句，看着群鸟归巢、众人还家，不由得想到自己形只影单，遂又升起了一轮新愁，而"新"字表明，他的愁不是固定不变的，而是日益递增的，旧愁不去，新愁又至，一颗心被层层包裹，凄楚而又孤苦。第三句"野旷天低树"为写景之笔，一面是无际的江水，一面是无边的原野，茫茫的宇宙中诗人所见的只是几棵树木，并没有看见温暖的炊烟，可见此地的荒芜，更衬托出诗人内心的孤独。第四句"江清月近人"，亦为写景，在旷野荒原谁能与诗人相依为伴呢，谁能安慰他那一颗装满愁闷的心呢？诗人如何解脱他自己呢？答案就是这一轮明月。李白有一首《月下独酌》："花间一壶酒，独酌无相亲。举杯邀明月，对影成三人。月既不解饮，影徒随我身。"写的是孤独之中与月共饮，但月终是不解饮，相伴的只有他自己的影。孟浩然在孤独中亦与月为伴，但恰恰相反的却是，他并未看到自己的影，而是看到了月的影，与水里的月相亲相近，可见诗人从外界的景色中得到了慰藉，从而融入了自然之中，升华了自我的孤独，得到精神上的解脱，此可谓是孟浩然的一种性情，亦是其山水诗的重要特色。全诗字字珠玑，如"蓝田日暖，良玉生烟"，富有景外之景、象外之象、味外之味，又如"水中之月"，玲珑透彻，不可凑泊，神韵天成。这些正是这首小诗千古以来流传不衰的魅力所在。

◎ 附　录

孟浩然年谱简编

武则天永昌元年己丑(689)，一岁

是年，孟浩然生(孟浩然生年说法不一，有689年、687年两说)，据王士源《孟浩然诗集序》，卒于开元二十八年(740)，年五十二，逆推应为本年生。祖籍邹鲁，父似未为官，家居襄阳城南郊涧南园，有弟洗然、馨、谔，姐妹中有适莫氏者。

武则天圣历元年戊戌(698)，十岁

在家与弟一起闭门读书学剑。《入峡寄舍弟》："吾昔与尔辈，读书常闭门。"四十岁作的《秦中苦雨思归赠袁左丞贺侍郎》："苦学三十载，闭门江汉阴。"《伤岘山云表上人》："少予学书剑，秦吴多岁年。"《自洛之越》："遑遑三十载，书剑两无成。"

中宗景龙二年戊申(708)，二十岁

经常游历家乡的鹿门山等地，作《题鹿门山》诗。

睿宗景云二年辛亥(711)，二十三岁

与张子容一同隐居鹿门山，作《夜归鹿门寺》诗。

玄宗先天元年壬子(712)，二十四岁

冬，送别张子容上长安应进士举。作《送张子容进士举》诗，"茂林余偃息，乔木尔飞翻"，表明将继续隐居。

开元元年癸丑(713)至开元二年甲寅(714)，二十五岁至二十六岁

张子容登进士举。

秋，游蜀地，有《入峡寄弟》云"吾昔与尔辈，读书尝闭门。未尝冒湍险，岂顾垂堂言。自此历江湖，辛勤难具论"，知是初次离家漫游，又云"秋深露已繁"，知为深秋。

次年春，返回襄阳，作《行出竹东山望汉川》，诗云"雪馀春未暖……信宿见维桑"，可知在蜀度岁后返乡而作。

开元三年乙卯(715)至开元五年丁巳(717)，二十七岁至二十九岁

漫游江汉湖湘。在洞庭，登岳阳楼，作《岳阳楼》，干谒时任岳州刺史的张说。

开元六年戊午(718)，三十岁

有很强的出仕愿望，不遇，居涧南园，作《书怀贻京邑同好》，诗言"三十既成立"，《田园作》诗言"三十犹未遇"，自永昌元年顺推，当在是年。

开元八年庚申(720),三十二岁

暮春时卧病南园,有诗《晚春卧病寄张八》赠张子容。

开元九年辛酉(721),三十三岁

游洪州、南康等地,有《九日于龙沙作寄刘》等诗。

开元十年壬戌(722)至十二年甲子(724),三十四岁至三十六岁

曾寓居洛阳,作《上巳日洛中寄黄九》、《宴包二融宅》、《李氏园卧疾》等诗。据《通鉴》记载,唐玄宗于开元十二年十一月至洛阳,一直到十五年十月才由洛阳回长安,诗人可能求仕于洛阳。《李氏园卧疾》云"年年白社客,空滞洛阳城",应是长期滞于洛阳。

开元十三年乙丑(725),三十七岁

襄州刺史韩思复卒,孟浩然与卢僎立石岘山。

开元十五年丁卯(727),三十九岁

三月下扬州(是年之前,曾漫游于襄阳与扬州之间,然不可考订具体时间),途经武昌时遇李白(与李白成交在此之前)。李白作《黄鹤楼送孟浩然之广陵》以送。有《夜泊宣城界》等诗。

开元十六年戊辰(728),四十岁

冬,往长安赴进士举,途中遇雪,作《赴京途中遇雪》。

开元十七年己巳(729),四十一岁

春,在长安举进士不第。《旧唐书·文苑传》:"(浩然)年四十来游京师,应进士不第,还襄阳。"

与王维见面,成为至交,王维为其画像。

秋,在秘书省联句,赋"微云淡河汉,疏雨滴梧桐",举座嗟其清绝,誉满京师。继续留长安献赋,但九月时仍无回音,有诗《题长安主人壁》、《秦中感秋寄远上人》、《秦中苦雨思归赠袁左丞贺侍郎》。其中"授衣当九月,无褐竟谁怜"、"百镒磬黄金"、"黄金燃桂尽,壮志逐年衰"等可见生活已很困窘。

《新唐书·文艺传》载孟浩然入内苑访王维,适明皇驾至,为玄宗诵"北阙休上书,南山归敝庐"诗之事,然经多人考订此说不可信。

冬,离开长安,经洛阳,至襄阳北部的邓州(隋旧名穰县)一带遇雪,作《和张二自穰县还途中遇雪》诗,"今日南归楚,双飞似入秦","似入秦"应指去年冬天的冒雪入长安。据《元和郡县志》卷二十三《山南道·邓州》"(邓州)南至襄州一百八十里",可知此次诗人确实归还家乡,且在田园中度过新岁,作《田家元日》"我来已强仕,无禄唯尚农",《礼记·曲礼上》有"四十日强而仕",故应为是年所作。

开元十八年庚午(730),四十二岁

秋，从洛阳往游吴越，作《自洛之越》。经汴水至谯县，作《适越留别谯县张主簿申少府》，诗言"朝乘汴河去，夕次谯县界。幸值西风吹，得与故人会"，又"别后能相思，浮云在吴会"，表示将往游吴越。经临涣县，参加裴明府的宴集，作《临涣裴明府遇张十一房六》。

开元十九年辛未(731)，四十三岁

春，在杭州，游定山、渔浦潭等地，有《早发渔浦潭》诗。

夏，拟游越地天台，在临安作《将适天台留别临安李主簿》诗。在往天台的路上，有诗《舟中晚望》《寻天台山》《越中逢天台太一子》等。后游天台山、赤城山、四明山，有《宿天台桐柏观》等诗。

冬，游剡县石城寺，有《腊八日于剡县石城寺礼拜》诗。

开元二十年壬申(732)，四十四岁

在会稽，游镜湖，探禹穴，游耶溪、云门寺等地，作《与崔二十一游镜湖寄包贺》《题龙门山寄越府包户曹徐起居》《夜登孔伯昭南楼时沈太清朱昇在座》《夏日与崔二十一同集卫明府席》《久滞越中贻谢甫池会稽贺少府》等诗。

冬，浮海前往乐城，作《岁暮海上作》。除夕，在乐城张子容家，有《除夜乐城逢张少府作》诗。

开元二十一年癸酉(733)，四十五岁

初春，卧疾于乐城馆中，作《初年乐城馆中卧疾怀归作》，有强烈的思归愿望。后游永嘉，有《宿永嘉江寄山阴崔少府国辅》诗。在永嘉重遇张子容，作《永嘉上浦馆逢张子容》《永嘉别张子容》，"旧国余归楚，新年子北征"，表明了子容将北上，诗人将还乡。

还乡途中，至郢州有《归至郢中》诗。五月，回到襄阳，有《仲夏归汉南园寄京邑旧游》诗。闻岘山云表上人已逝，作《伤岘山云表观主》。

秋，奉先令张愿休假还襄阳，孟浩然与张愿家宴，作《奉先张明府休沐还乡海亭宴集探得阶字》诗，"自君理畿甸，余亦经江淮。万里音书断，数年云雨乖"，表明二人因行迹不同而多年未见。又有《和卢明府送郑十三还京兼寄之什》诗，"寄语朝廷当世人，何时重见长安道"，又萌上长安求仕之意。

冬，丁大凤往长安应进士举，作《送丁大凤进士举》诗相送，并兼呈新执政的张九龄，"故人今在位，歧路莫迟回"，一为鼓励友人，一为自勉。

开元二十二年甲戌(734)，四十六岁

寒食，宴于张愿家，作《寒食张明府宅宴》。张愿新建别业成，作《同张明府碧溪答》诗相和。

夏秋之季，又入长安，游终南翠微寺，作《题终南翠微寺空上人房》，"缅怀赤

185

城标，更忆临海峤"，确为游吴越之后再游终南。闻裴朏自襄州司户除豫州司户，有《闻裴侍御朏自襄州司户除豫州以投寄》诗，"移职自樊沔，芳声闻帝畿"，可知诗人当时确在长安，又云"松菊无时赏，乡园欲懒归"，知可能为秋季。辛大再次于求仕中失败欲还乡，有诗《都中送辛大》，"未逢调鼎用，徒有济川心。余亦忘机者，田园在汉阴。因君故乡去，遥寄式微吟"，表明将归还故里。

深秋，求仕无果，没有得到故人的推荐，欲离去，离京前夕，作诗留别王维，《留别王侍御》云："只应守索寞，还掩故园扉。"此诗一说作于开元十七年求仕失败后，但王维开元末年才任殿中侍御史，故系于此年。出关后，有诗《初出关怀王大校书》怀念王昌龄。

冬，归襄阳，洛阳一带遇雪，作《行至汝坟寄卢征君》《南归阻雪》，诗言"十上耻还回"表明非一次进京。

开元二十三年乙亥(735)，四十七岁

春，韩朝宗欲荐孟浩然于朝，约日同行，但浩然因饮酒而未践约行。在岘山饯别房琯、崔宗之，作《岘亭饯房琯崔宗之》，约定九月九日再会。李白游襄阳，作《赠孟浩然》诗以赠，诗云："吾爱孟夫子，风流天下闻。红颜弃轩冕，白首卧松云。"对浩然的淡泊名利表示倾倒。秋，与卢象宴于张愿海亭，卢象有诗，浩然以和。九月九日，参加卢象在岘山的宴请，作《卢明府九日宴袁使君张郎中崔员外》。后张愿除义王府司马，同卢明府为之饯别，作《同卢明府饯张郎中除义王府司马就张海园作》。

开元二十四年丙子(736)，四十八岁

在襄阳，九月，韩朝宗贬洪州刺史。孟浩然有《送韩使君除洪州都曹韩公父尝为襄州使》诗。

开元二十五年丁丑(737)，四十九岁

春，登万山亭，作诗寄韩朝宗，《和张判官登万山亭因赠洪府都曹韩》。四月，张九龄被贬荆州大都督府长史，五月，抵荆州上任。

夏，入张九龄幕。作《荆门上张丞相》，表示感激之情。陪张九龄行县当阳，登当阳城楼，作《陪张丞相登嵩阳楼》。又陪张九龄自松滋往渚宫，有《陪张丞相自松滋江东泊渚宫》，后陪张九龄猎南纪城，有诗赠裴迥、张参军：《从张丞相游南纪城猎戏赠裴迥张参军》，表示对幕僚生活的不适应。

还襄阳，有诗《和宋大使北楼新亭》，"愿为江燕贺，羞逐府僚趋。欲识狂歌客，丘园一竖儒"，直抒了对幕府生活的厌倦。

开元二十六年戊寅(738)，五十岁

立春，仍在张九龄幕府，遇春雪，有《和张九龄春朝对雪》。二月，陪往祠紫盖

山,途经玉泉寺,有《和张丞相祠紫盖山述经玉泉寺》。

　　夏,从幕府回,卧病于襄阳。

　　秋,王昌龄被贬岭南,经襄阳,浩然饯别,并作《送昌龄王君之岭南》相送,"已抱沉痼疾,更贻魑魅忧",知当时确在病中,心情惆怅。

开元二十七年己卯(739),五十一岁

　　依然卧病在家,被友人疏远,生活孤独而贫苦,夏,毕曜探视,并有馈赠,作《家园卧疾毕太祝曜见寻》。

开元二十八年庚辰(740),五十二岁

　　疾欲愈。王昌龄遇赦北归又经襄阳,二人相见甚欢,食鳝疾重,终于南园。

孟浩然著作主要版本

1. 《孟浩然诗集》三卷

　　宋刻本,最初为唐王士源搜辑成集,后又经唐韦滔整理。

2. 《孟浩然诗集》三卷《补遗》一卷

　　宋刘辰翁评点,明顾道洪参校。

3. 《孟浩然集》三卷

　　明铜活字本。

4. 《孟浩然诗集》二卷

　　宋刘辰翁、明李梦阳评,明凌濛初刻套印本。

5. 《孟浩然集》四卷

　　明嘉靖十六年屠倬、陈凤等刻王孟集本。

6. 《孟浩然诗》二卷

　　清《全唐诗》本。

7. 《孟浩然诗集校注》

　　巴蜀书社1988年版,李景白校注。

8. 《孟浩然诗集校注》

　　人民文学出版社1989年版,徐鹏校注。

9. 《孟浩然诗集笺注》

　　上海古籍出版社2000年版,佟培基笺注。

孟浩然研究主要著作

1. 《孟浩然诗集校注》

李景白校注,巴蜀书社1988年版。

2.《孟浩然诗集校注》

徐鹏校注,人民文学出版社1989年版。

3.《王维孟浩然诗选集》

王达津选注,上海古籍出版社1990年版。

4.《孟浩然年谱》

刘文刚著,人民文学出版社1995年版。

5.《孟浩然诗集笺注》

佟培基笺注,上海古籍出版社2000年版。

6.《孟浩然研究文集》

刘阳主编,人民日报出版社2001年版。

《孟浩然集》名言警句

△挂席几千里,名山都未逢。泊舟浔阳郭,始见香炉峰。(《晚泊浔阳望庐山》)(第003页)

△梅花残腊月,柳色半春天。(《冬至后过吴张二子檀溪别业》)(第011页)

△人事有代谢,往来成古今。江山留胜迹,我辈复登临。(《与诸子登岘山》)(第014页)

△夕阳照雨足,空翠落庭阴。(《题大禹义公房》)(第023页)

△松月生夜凉,风泉满清听。(《宿业师山房待丁公不至》)(第031页)

△太虚生月晕,舟中知天风。挂席候明发,渺漫平湖中。中流见遥岛,势压九江雄。(《彭蠡湖中望庐山》)(第037页)

△坐看烟霞晚,疑是赤城标。(《舟中晚望》)(第044页)

△一杯弹一曲,不觉夕阳沉。(《听郑五愔弹琴》)(第045页)

△春眠不觉晓,处处闻啼鸟。夜来风雨声,花落知多少。(《春晚绝句》)(第053页)

△山寺鸣钟昼已昏,渔梁渡头争渡喧。(《夜归鹿门寺》)(第055页)

△八月湖水平,含虚混太清。气蒸云梦泽,波动岳阳城。(《岳阳楼》)(第067页)

△愁因薄暮起,兴是清境发。时见归村人,沙行渡头歇。天边树若荠,江畔洲如月。(《秋登万山寄张五》)(第081页)

△风鸣两岸叶,月照一孤舟。(《宿庐江寄广陵旧游》)(第082页)

△洞庭一叶惊秋早,漠落空嗟滞江岛。(《和卢明府送郑十三还京兼寄之什》)(第087页)

△弦歌即多暇,山水思微清。(《和张明府登鹿门山》)(第090页)

△江静棹歌歇,溪深樵语闻。(《同王九题就师山房》)(第100页)

△众山遥对酒,孤屿共题诗。(《永嘉上浦馆送张子容》)(第106页)

△榜歌空里失,船火望中疑。(《夜泊牛渚趁钱八不及》)(第109页)

△暝帆何处宿,遥指落星湾。(《下赣石》)(第111页)

△魏阙心恒在,金门诏不忘。(《自浔阳泛舟经明海》)(第116页)

△露气闻芳杜,歌声识采莲。榜人投岸火,渔子宿潭烟。(《夜渡湘水》)(第119页)

△遑遑三十载,书剑两无成。(《自洛之越》)(第122页)

△时时引领望天末,何处青山是越中。(《济江问舟人》)(第124页)

△当路谁相假,知音世所稀。(《留别王侍御》)(第131页)

△日暮征帆泊何处,天涯一望断人肠。(《送杜十四》)(第137页)

△白云向吴会,征帆亦相随。(《送谢录事之越》)(第138页)

△月明全见芦花白,风起遥闻杜若香。(《鹦鹉洲送王九之江左》)(第143页)

△谁采篱下菊,应闲池上楼。(《途中九日怀襄阳》)(第152页)

△烛至萤光灭,荷枯雨滴闻。(《初出关怀王大校书》)(第154页)

△木落雁南渡,北风江上寒。(《早寒江上有怀》)(第155页)

△荷风送香气,竹露滴清响。欲取鸣琴弹,恨无知音赏。(《夏日南亭怀辛大》)(第157页)

△秋空明月悬,光彩露沾湿。惊鹊栖未定,飞萤卷帘入。庭槐寒影疏,邻杵夜声急。(《秋宵月下有怀》)(第159页)

△向夕开帘坐,庭阴落影微。鸟过烟树宿,萤傍水轩飞。(《闲园怀苏子》)(第160页)

△照水空自爱,折花将遗谁。(《春意》)(第161页)

△桥崩卧槎拥,路险垂藤接。日落伴将稀,山风拂薜衣。(《樵采作》)(第164页)

△北阙休上书,南山归敝庐。不才明主弃,多病故人疏。白发催年老,青阳逼岁除。永怀愁不寐,松月夜堂虚。(《岁晚归南山》)(第167页)

△黄昏半在下山路,却听泉声恋翠微。(《过融上人兰若》)(第170页)

△故人具鸡黍,邀我至田家。绿树村边合,青山郭外斜。开筵面场圃,把酒话桑麻。待到重阳日,还来就菊花。(《过故人庄》)(第172页)

△林花扫更落,遥草踏还生。(《晚春》)(第175页)

△冲天羡鸿鹄,争食嗟鸡鹜。(《田园作》)(第178页)

△移舟泊烟渚,日暮客愁新。野旷天低树,江清月近人。(《建德江宿》)(第182页)

图书在版编目（CIP）数据

孟浩然集/（唐）孟浩然著；阮堂明，李云解评 .—1 版 .
—太原：三晋出版社，2008. 6（2024.5 重印）
（中国家庭基本藏书·名家选集卷）
ISBN 978 - 7 - 80598 - 885 - 6 - 01

Ⅰ . 孟… Ⅱ . ①孟…②阮…③李… Ⅲ . 唐诗—选集
Ⅳ . I222.742

中国版本图书馆 CIP 数据核字（2008）第 090756 号

孟浩然集

著　　者：（唐）孟浩然	解 评 者：阮堂明　李　云
责任编辑：田潇鸿	审 订 者：陈霞村
封面设计：敬人工作室	版式设计：敬人工作室
责任校对：田潇鸿	责任印制：李佳音

出版发行：山西出版集团·三晋出版社
地　　址：太原市建设南路 21 号
电　　话：（0351）4956036（咨询）　　　4922268（邮购）
传　　真：（0351）4922102
网　　址：www.sxskcb.com
邮　　编：030012

印刷装订：山西新华印业有限公司
（本书如有破损、缺页、装订错误，请与本社联系调换）

开　　本：787mm×960mm　　　1/16
字　　数：230 千字
印　　张：13
版　　次：2008 年 6 月第 1 版
印　　次：2024 年 5 月第 2 次印刷
书　　号：ISBN 978 - 7 - 80598 - 885 - 6 - 01
定　　价：50.00 元